파이널 드래곤

파이널 드래곤 6

김진희 판타지 장편 소설

초판 1쇄 찍은 날 § 2004년 10월 13일
초판 1쇄 펴낸 날 § 2004년 10월 23일

지은이 § 김진희
펴낸이 § 서경석

편집장 § 문혜영
편집책임 § 유경화
편집 § 장상수 · 김민정 · 최하나
마케팅 § 정필 · 강양원 · 이선구 · 김규진 · 홍현경

펴낸곳 § 도서출판 청어람
등록번호 § 제1081-1-89호
등록일자 § 1999. 5. 31
어람번호 § 제1-0552호

주소 § 경기도 부천시 원미구 심곡1동 350-1 남성B/D 3F (우) 420-011
전화 § 032-656-4452 팩스 § 032-656-4453
http://www.chungeoram.com
E-mail § eoram99@chollian.net

ISBN 89-5831-277-7-04810
ISBN 89-5831-032-4 (SET)

파이널 드래곤

김진희 판타지 장편 소설

Final Dragon

6

완결

도서출판

청어람

목차
❻

2차 사막 원정대… 그들의 실태를 고발한다!!

2차 사막 원정대···
그들의 실태를 고발한다!!

"**여**기서 잠시 쉰다. 각자 쉴 천막을 치도록!!"

하자드의 말이 끝나기 무섭게 부산하게 천막을 치는 불쌍한 중생들을 바라보며 나는 사악한 미소를 지었다. 그리고는 불쌍한 중생들의 시샘 어린 시선을 받으며 멋들어진 폼으로 카드를 꺼내 들고는 소리쳤다.

"결계!!"

말이 떨어지기 무섭게 100퍼센트 열기 차단, 쾌적한 실내(?)를 자랑하는 결계막이 주위에 주욱 퍼졌고, 그 안에 푹신하기 이루 말할 수 없고 덤으로 시원하기까지 한 물침대―하자드 집에서 만든 아이템이다―를 꺼내 던져 놓자 순식간에 완벽한 잠자리 or 쉼터가 만들어졌다.

그렇게 완벽하게 만들어진 쉼터에 몸을 누이며 마법 주머니에서―전에 하도 고생을 해서 마법 주머니에다 음식과 얼음을 잔뜩 싸왔다―꺼낸 얼음 동동 띄운 사과 주스를 홀짝이고 있는데, 한쪽 구석에서

요란한 소음이 퍼져 나왔다.

"하아, 또 시작이군."

"그렇군요. 저분들은 참 체력도 좋군요. 저는 완전 다운인데……."

흐느적거리는 브렌의 목소리를 들으며 나는 오늘도 어김없이 벌어진 자그마한 유혈(?) 전쟁에 한숨을 내쉬었다.

처절한 비명과 피가 튀지는 않았지만 요란한 비명을 빙자한 욕설과 주먹이 사방에서 날아들고 있는 중이었다. 체력이 넘쳐흐르는 두 남자, 하자드와 케미트로 인해서…….

"하아, 또 무슨 이유래요?"

"어디를 거쳐 가야 할지에 대해 토론했었지요. 그러다가……."

"그러다가… 어떻게 된 건가요?"

내 물음에 한숨을 내쉬는 루 대신 이오가 잔뜩 빈정거리는 어조로 대꾸했다.

"보다시피 결론이 안 나 주먹으로 결론을 만들고 있잖아. 남자는 주먹이라나 뭐라나! 바보같이 저게 뭐야. 안 그래요, 아빠?"

"하아~ 정말 바보 같군요."

"그래도 결론이 난 건 있습니다. 저더러 자신들이 앞장서겠다고 전해달라 하더군요. 사막의 길은 자신들이 잘 안다면서요."

"우리를 쏙 빼놓고 결정을 내린 것은 불만이지만 그 의견에는 찬성이에요."

우리를 무시한 듯한―특히 나를―그들의 태도에 약간 화가 나기는 했지만, 선발대의 위험을 너무 잘 알고 있는 나로서는 그들이 알아서 우리 대신 위험을 자처해 준다니 용서해 주기로 했다.

"그런데 언제까지 저럴 거래요? 무슨 콩가루 집안(?)도 아니고 매번 저렇게 싸우면 부하들의 사기도 떨어질 텐데… 정말 믿고 따라가도 될지 걱정이에요."

지휘관급이라 할 수 있는 하자드와 케미트—아셈의 형이지만 첩의 자식이기에 장자권은 없는 아들이다—가 매번 저렇게 싸우니 그들을 믿고 따라가야 하는 자신들의 신세가 걱정되는 것이다. 그런 걱정은 그들을 바라보고 있는 동료들도 마찬가지인 듯했다.

"그래도 말리는 사람이 있어 그나마 다행이군요."

루의 말처럼 점점 위험하게 치달리던 싸움도 아셈이 나서서 말리자 언제 그랬냐는 듯 사그라졌다.

그 이유는 자신의 주인의 장자인 아셈에게는 하자드가 대들 수 없고 아무리 동생이긴 하나 자신의 주인—여기는 장자가 아버지의 재산을 모두 갖기 때문에 나머지 아들들은 따로 나가서 처음부터 시작해야 한다. 그런고로 약간 복잡한 가족사긴 하지만 어쨌든 케미트에게 아셈은 동생이 아닌 주인이 되는 것이다—인 아셈의 말에 케미트도 대들 수가 없기에 언제나 그들의 싸움은 이렇게 끝이 났다.

언제나처럼 휭 하니 자리에서 떠나 버리는 케미트와 그런 그를 안쓰럽게 바라보는 아셈의 모습에 나는 어깨를 으쓱거렸다.

부드럽고 온유하지만, 너무 우유부단하고 유약한 장자인 아셈과 성격이 급하지만 리더십이 있고 행동력이 있는 케미트. 둘은 성격이 판이하게 달랐고, 그들 앞에 놓인 미래도 판이하게 달랐다. 잔인할 정도로 말이다.

그러나 남의 집안일에 생판 남인 내가 끼어들어 밤 내놔라 감 내놔라, 시시콜콜 간섭하는 것은 그들이나 나나 서로 원하지 않았기에 모든 것을 무시하기로 마음먹었다.

그게 나나 저들에게 가장 좋은 방법 같았기 때문이다.

"저… 왠지 불안한 상황이네요."

"예. 잘하면 제2의 레오를 볼 수 있을 것 같군요. 아니, 아무래도 그럴 것 같으니 브렌과 루도 저 두 사람, 아니, 저들하고 너무 깊게 연관되지 말아요. 귀찮기도 하고 나중에 또다시 마음이 아파질 수도 있으니까."

경고와 같은 차가운 말을 남긴 나는 털썩 물침대에 눈을 감고 드러누웠다.

얼굴이 따가울 정도로 브렌과 루의 시선이 느껴졌지만 나는 그 의미 있는 시선에도 아무런 대꾸도 하지 않고 멍하니 하늘만 바라보았다.

레오와 관련된 것을 생각하게 되면 자연스레 떠오르는 얼굴이 있었다. 오랜 시간이 지났어도 그의 얼굴과 그때 일을 떠올리면 마음이 아프기는 마찬가지였다.

'지워야지. 후회한다 해서 시간을 돌릴 수 있는 건 아니니까. 그래, 지우자고… 내가 웬 시리어스냐, 난 코믹이라고… 밝고 명령한 캐릭터라구!!'

그렇게 멍하니 되도록 아무 생각도 하지 않으려 노력하며 하늘을 바라보다 나도 모르게 피식 웃었다.

뜨거운 태양 빛도, 후덥지근한 열기도 차단된 곳에 누워 파란 하늘을 보고 있자니 이 사막도 그리 나쁜 것만은 아닌 것 같았다. 물론 밖으로 나가면 즉시 저 아름다운 붉은 태양이 지긋지긋해질 게 분명하긴 하지만 말이다.

"이제 출발할 테니 준비하시오."

다시금 노예 상인으로 부활한 하자드의 재촉에 나는 한숨을 내쉬며 자리에서 일어나 결계를 거둬들였다.

　그렇게 정리하고 그들을 따라 말을 몰던 나는 시간이 지날수록 점점 불안해지는 마음에 그다지 내키지는 않지만 그래도 사막의 지리에 밝은 하자드에게 마음속에 품고 있던 의문을 물어보기로 했다.

　"저… 뭔가 이상하지 않나요?"

　"루안(루치아의 남자 예명)? 자네가 내게 말을 걸다니, 이거 내일 해가 서쪽에서 뜨겠군."

　한참이나 나를 바라보며 나온 말이 빈정거림이라 화가 울컥 치밀었지만 아직 대답을 듣지 못했기에 우선은 참기로 했다. 하지만 좋게 말하고 싶은 마음은 없었기에 나 역시 그에 못지않게 빈정대는 목소리로 대꾸했다.

　"…꼭 그렇게 비꼬아야겠습니까?"

　"사실이 그렇잖은가. 그래, 뭐가 이상하다는 건가?"

　"…아까부터 아무것도 볼 수 없다는 게 이상해요. 마물들은 물론이며 동물, 심지어는 곤충까지 여기에서는 그 무엇도 볼 수가 없잖아요. 원래 이런가요?"

　"아니, 그렇지 않아. 없기는커녕 버글버글하지. 하지만 들어서자마자 기다렸다는 듯이 달려드는 것보다는 낫지 않나."

　"그것보다는 낫긴 하지만 그래도 사카이나 사막에 들어온 지 오늘이 벌써 사 일째인데 마물이 한 번도 나오지 않다니… 영 불안한데요. 전에는 사카이나 사막에 들어서기도 전에 마물이 나타나 우릴 덮쳤잖습니까!"

　"그건 그렇긴 하지……."

　하자드가 동조하듯 고개를 끄덕였기에 조금 기운을 얻은 나는 내 의견을 피력하기 시작했다.

"생각해 봐요. 이곳은 몬스터가 많기로 유명한 사카이나잖아요. 게다가 마계의 마물까지 나타났는데, 지금까지 한 마리도 만나지 않았다는 게 솔직히 아주 이상하잖아요. 안 그래요?"

"하지만……."

"하지만은 뭐가 하지만이야. 솔직히 너도 이상하잖아. 그래, 네 말이 맞아. 이상해, 그것도 아주 많이."

언제 우리가 하는 이야기를 들었는지 불쑥 끼어드는 케미트의 목소리에 나는 속으로 길게 한숨을 내쉬었다. 큰맘먹고 원수 같은 하자드에게 말을 건넸건만 아무래도 조용한(?) 대화는 그른 모양이었다. 그의 앙숙 케미트가 나타났으니 말이다. 에휴~

"넌 또 뭐가 그리 많이 이상한데?"

틱틱거리는 하자드의 말에 날아올 케미트의 주먹을 생각하고 한숨 먼저 내쉰 나의 예상과 달리 케미트는 주먹을 날리기는커녕 심각한 표정으로 목소리를 낮춰 속삭였다.

"솔직히 흔하게 봤던 사막 몬스터까지 보이지 않는다는 게 불길하잖아. 마물도 마찬가지고… 앗! 설마 그들이 그룹 지어 어디에 숨어서는 우리를 기다리고 있는 건?!"

"헉!!"

케미트의 말에 놀란 듯 길게 숨을 들이키는 하자드의 모습에 나는 그의 어깨를 툭툭 치며 고개를 가로저었다.

"그럴 일은 없으니 걱정 말아요. 마물들은, 특히 중급 마물들은 그룹을 이루지 않고 혼자 사니 그럴 위험은 없어요. 하지만……."

"하지만?"

"하지만 뭐?"

똑같이 물어오는 두 남자의 모습에 난 긴 한숨을 내쉬며 지금까지 속으로 삭여왔던 걱정거리를 조심스레 내뱉었다.

"하지만… 여기에 몬스터나 하급 마물들이 보이지 않는 것은 더 이상 먹이가 없으니 힘이 강한 마물들이 약한 마물이나 몬스터들을 먹어 치운 것 같아요."

"……!!"

"그, 그렇다면 여기에 살아남아 있는 건……."

무척 놀랐는지 말도 제대로 잇지 못하는 그들을 바라보며 나는 천천히 고개를 끄덕였다.

새파랗게 질린 얼굴로 보아 내가 생각해 왔던 최악의 시나리오가 그들의 머리 속에서도 비슷하게 그려지고 있는 모양이었다. 그동안 내가 주욱 생각해 왔던 불길한 시나리오가…….

솔직히 말은 안 했지만 사카이나 사막 안으로 들어가면 들어갈수록 나의 마음 한구석에서는 두려움이 커져만 갔었다.

그 이유는 지금까지 한 번도 만날 수 없었던 몬스터에 있었다. 마계화까지 진행되었는데 더욱 많아지면 많아졌지 수가 줄어들 리는 없을 테니, 그들이 이곳에 없다는 것은 그들보다 더 강한 마물이 사막에 살고 있던 몬스터나 약한 마물들을 먹어치웠다는 결론이 나왔던 것이다.

그 결론에서 알 수 있는 것은 이제부터 우리에게 덤벼들 마물들은 그 먹이 전쟁에서 살아남은, 먹이 사슬의 정점에 있는 강한 마물들이라는 것이다.

그 생각을 조심스레 마음에 품은 뒤부터 마음 한구석에 왠지 모를 불안함이 피어오르고 있었다. 그것은 전에 우리가 봤던 사카이나 사막 입구 부근을 지키고 있던 앤트 라이온―앤트 라이온은 수컷과 암컷이 한곳에 같이 산다―의 모습이 보이지 않는다는 것에 있었다.

전에 카이넨의 손에 한 마리가 죽었지만, 그것은 암컷이었기에 그 근처에 수컷이 있을 게 분명했다. 물론 카이넨의 손에 둘 다 죽었을 수도 있지만 그때 카이넨이 우리보다 먼저 사라졌기에 그럴 가능성은 희박하다.

다른 곳으로 이사(?) 갔을 가능성도 있지만 그보다 강한 마물에 잡아 먹혔다는 게 더욱 가능성이 높았다. 그렇다면 앤트 라이온보다 강하다는 건데… 그 앤트 라이온에게도 벅벅댔던 우리가 그보다 강한 마물을 이길 가능성은… 전무했던 것이다.

"하아, 죽겠군. 그 앤트 라이온이란 마물도 이기지 못했는데 그보다 강한 마물이라니… 정말 죽어라 죽어라 하는구먼."

"그렇다고 사막의 전사가 싸워보지도 않고 도망갈 생각이냐."

"누가 도망간데… 아무튼 우선 이 이야기는 우리만 알고 있기로 하자. 미리부터 동료들에게 겁을 줄 필요는 없잖아."

"무슨 소리야? 아무것도 모르고 있다 대비도 제대로 못하고 죽게 되면 어떻게 하려고!!"

"그런 위험도 있지만… 처음부터 부하들의 사기를 꺾을 필요는 없잖아! 솔직히 강한 몬스터… 아니, 네가 전에 봤다던 그 몬스터보다 강한 몬스터들이 사카이나 사막에 잔뜩 있다면 들어가고 싶겠냐? 들어간다고? 잘났다! 뭐, 나? 난 당연히 안 들어가지. 난 돈도 명예도 좋지만 그 무엇도 목숨보다 소중한 건 없다고 생각해!"

"그럼 왜 왔냐?!"

기가 막힌다는 듯 바라보며 퉁명스럽게 내뱉는 하자드의 말에 케미트는 '가라고 하니 가야지. 내가 별수있냐. 뭐, 가긴 하겠지만 위험하면 난 도망갈 거다. 잡을 생각 하지 마!' 라고 대꾸하였다.

나는 케미트의 솔직한 말이 '전사의 명예를 위해서라면 싸워야지, 도망친다니 그게 무슨 소리야!!' 라고 화를 내는 하자드의 말보다 더욱 마음에 들었다.

나는 기사들이나 전사 같은 자들이 자신의 명예를 지킨답시고 질 게 뻔한 상대에게 무모하게 덤비는 것을 세상에서 제일 바보들이나 하는 짓이라고 생각하고 있었다. 그렇기에 그런 멍청한 답변을 한 하자드보다 현실적인 대답을 한 케미트가 내 마음에 드는 건 당연지사였다.

아무리 명예가 좋고 돈이 좋다 하지만… 케미트의 말처럼 우선 살고 봐야지 않는가. 그런 것은 나중에도 얻을 수 있으니 말이다. 그 대답 하나로 나는 꽉 막힌 하자드보다 삶의 욕구가 강하고 자신의 마음에 충실한 케미트가 더 마음에 들기 시작했다.

"하! 전사답지 못한 놈이군!!"

"맞아, 난 상인이지 전사가 아냐! 그러니까 나한테 이익이 있는 쪽을 택하는 거지… 그래, 너는 평생 그렇게 명예를 지키며 살라고… 나는 나를 위해서 살 테니."

말 위인데도 불구하고 금방이라도 주먹을 휘두를 듯이 티격태격하는 두 남자의 모습에, 나는 더 이상 이대로 두었다가는 안 되겠다는 생각이 들어 그들 쪽으로 한 움큼의 붉은 개미를 집어 던졌다.

그러자 멱살을 잡고 싸우고 있던 두 남자는 으악, 소리를 지르며 고삐도 놓은 채 미친 듯이 몸을 털기 시작하였다.

"이… 이게 무슨 짓이야?!"

"으악!! 난 붉은 개미가 싫다구!!"

몸을 타고 올라가는 조그마한 붉은 개미를 미친 듯이 털어내며 소리 지르는 두 남자의 모습에 나는 큰 소리로 웃음을 터뜨렸다. 커다란 내 웃음소리에 앞서 가던 동료들과 브렌들이 돌아보았다.

"이… 이게 무슨 일이야?"

"마… 마물이!!"

"케미트!!"

다급히 달려드는 아셈과 동료들의 모습에 나는 애써 웃음을 참으며 걱정 말라는 듯이 손을 흔들었다.

"괘, 괜찮아요. 마물이 아니에요."

"뭐라구요?"

검을 뽑아 들고 달려온 동료들이 내 대답에 놀란 듯 되묻기에 나는 손가락을 튕겨 마법을 풀었다. 그러자 케미트의 몸을 타고 오르던 붉은 개미가 눈 깜짝 할 사이에 사라져 버렸다. 그 붉은 개미는 바로 내가 만든 일루전이었던 것이다.

"마… 마법?!"

일순간에 개미가 사라진 것은 물론이며 개미에 물려 퉁퉁 부었던 몸이 눈 깜짝 할 사이에 원상 복귀되자 놀랐는지 나를 바라보는 케미트에게 고개를 끄덕여 주었다.

"네, 마법입니다. 저런… 붉은 개미가 싫으셨나요? 그럼 바퀴벌레로 했으면 더 좋을까요?"

"야!! 너 이거 당장 풀지 못해!!"

"네, 분부대로 합죠."

아직까지 개미에 휩싸여 있는 하자드가 소리치자 나는 손뼉을 쳐서 몸을 타고 오르던 붉은 개미를 일순간에 사라지게 만들었다.

그 모습에 진정이 되었는지 아셈과 동료들이 일제히 깊은 한숨을 내쉬었다.

모두 사라졌음에도 불구하고 여전히 옷자락을 젖혀가며 몸을 확인하고 있는 하자드의 모습에 나는 피식 웃음을 터뜨렸다.

"이미 다 사라졌어요. 그렇게 검사 안 해도 된다구요."

"어이구, 아예 뒈져라 뒈져. 너무 과민 반응 아냐? 사막의 전사답지 않게 비명까지 질러대며 말이야!"

"너도 그 앤트 자이언트라는 붉은 개미한테 당하는 모습 한번 봐봐!! 나처럼 이러지 않는가!! 그리고 말리는 건 좋지만 너무한 건 아닌가?!"

나를 노려보며 소리치는 하자드에게 나는 얼굴을 붉적이며 어색한 미소를 지었다.

"이런… 제 생각이 짧았습니다. 그럼 다음부터는 바퀴벌레로 하도록 하죠."

"다 싫어!!"

"아예 하지 마!!"

이럴 때는 마음이 잘 맞는 두 남자의 모습에 나는 피식 웃었다.

"이럴 때는 참 마음이 잘 맞네요. 이렇게 계속 마음이 잘 맞는다면 제가 그런 짓을 저지를 이유는 없죠. 그건 그렇고 이제 진정됐습니까? 그러면 아까 한 대화를 계속할까요? 하자드 씨, 케미트 씨의 말에 찬성입니까, 반대입니까? 아! 잊어버렸나요? 아까 케미트 씨는 '미리 겁에 질리지 않게 동료들에게 이야기하지 않았으면 좋겠다'라고 하셨습니다."

마치 덜떨어진 아이를 가리키는 듯이 하나하나 꼬집어 말하는 내 모습이 마음에 안 드는지 하자드는 얼굴을 일그러뜨렸다.

"아! 그래도 잘 모르시겠다면 더 부연 설명을……."

"됐어!! 모르게 하는 건 마음에 안 들지만… 케미트 의견에 찬성이야. 이 사실을 말한다면 모르고 당할 위험은 없지만 사기가 바닥이 될 게 분명해! 그렇게 되면 마물을 만나 싸우기도 전에 졌다 생각하고 포기할 위험이 있어 안 된다고!"

"빙빙 말을 돌리긴 했지만 결국 찬성이군요. 그럴 거면 왜 그렇게 말을 길게 합니까. 사람 귀찮게……."

"맞아, 맞아!"

투덜거리는 나와 고개를 끄덕이며 빈정대는 케미트의 모습에 하자드의 얼굴은 더욱 구겨졌지만 그는 더 이상 쓸데없는 말을 하지 않고 찬성을 표했다.

"그럼 이 사실은 저희만 알고 있는 것으로 하는 겁니다. 그래도 어느 정도 대책이 필요하지 않을까요?"

"알릴 수 없으니 뾰족한 수도 없고……."

"우리가 더욱 주의하면 돼! 불침번도 너하고 내가 번갈아 가면서 지휘하면 되고… 아! 자네도 같이 해줄 건가?"

은근히 바라는 듯한 두 사람의 눈빛에 나는 방긋 웃으며… '제가요? 에이, 농담도…' 라고 말했다.

재미있는 말을 들었다는 듯 손을 흔들며 웃는 내 모습에 두 남자는 얼굴을 구기며 퉁명스럽게 말했다.

"단칼에 거절하는군."

"좀 미안한 기색이라도 보여주면 안 되나?"

이럴 때는 정말 마음이 잘 맞는 두 라이벌의 모습에 나는 웃으며 설명을 덧붙였다.

"제가 귀찮은 일을 할 사람으로 보입니까? 하지만 저도 걱정되니 주위에 알람 마법을 설치해 놓을게요. 게다가 전 당신의 부하가 아니라 손님이니 부려먹을 생각은 아예 하지 말도록 하세요. 물론 부려먹으려 한다 해서 부려질 제가 아니지만요. 우후후후후."

이런 뻔뻔한 인간은 처음 본다는 듯이 바라보는 두 남자의 시선에 얼굴이 좀 따가웠지만 그렇다고 내 달콤한 잠을 포기할 마음은 추호도 없었다. 게다가 더운 날씨만 해도 사람을 지치게 하는데 미쳤다고 다른 녀석을 위해 내가 희생을 한단 말인가… 나는 그렇게 살신성인의 정신이 강한 사람이 아니다.

그렇기는커녕 나를 위해 다른 녀석을 강제로 살신성인시킬 수 있는 드래곤이었다.

"진짜 뻔뻔하군."

"동감이야."

구시렁대기 시작하는 두 남자의 모습에 이만 자리를 옮길까 하고 말을 몰던 나는 조그마한 발소리에 고개를 돌렸다. 옆을 돌아보니 앞서 가고 있는 줄 알았던 아셈이 우리를 바라보며 고개를 갸웃거리고 있었다.

"심각해 보이던데 무슨 이야기 중이었나?"

"아… 그게요."

"음… 그게……."

이미 숨기기로 했으니 말하지 않아야 했기에 딴 이야기를 찾고 있는 듯했지만 그런 쪽에는 전혀 소질이 없는지 두 남자는 벅벅거리기만 했다. 그런 한심한 모습에 대신 칼(?)대를 차기로 한 나는 의문 가득한 시선으로 우리를 바라보고 있는 아셈에게 부드럽게 웃으며 입을 열었다.

"별거 아니에요. 저녁에 제가 불침번에 빠지는 대신 이 주위에 알람 마법을 걸어놓겠다는 얘기였습니다. 그렇게 되면 잠든 사이 접근하려는 몬스터나 마물의 움직임을 사전에 알아차릴 수 있으니까요."

하디자의 장자이자 이곳에서 가장 지위가 높은 그였지만 소심하고 유약했기에 나는 그가 모르는 게 낫다고 생각했다. 그리고 우리만 알고 있기로 약속했기 때문에 나는 앞말은 잘라 버리고 뒷말만 말해 주었던 것이다.

그렇게 말하고 나자 내 뒤통수에는 불침번 사건을 그렇게 넘어가는 나의 교묘한 행동에 기분 나쁜지 노려보는 두 남자의 시선이 따갑게 느껴졌다.

하지만 아무것도 모르는 아셈만은 나의 이런 자상한(?) 행동에 감동한 듯했다.

"그거 감사하군요. 손님이신데 이런 일에까지 신경 써주셔서 정말 감사하오."

"별말씀을요. 저분들도 쉬어야 하니까요. 그럼 저는 이만 제 동료들 쪽으로 가도록 하겠습니다. 그럼 실례를……."

그렇게 벗어난 나는 큰맘먹고 하자드에게 말을 건 내 행동에서 나온 결론에 한숨을 내쉬고 말았다.

'뭐야 이건, 결국 주의를 하고 불침번을 선다는 것뿐이잖아. 뭐야 이게!!'

결국 아무런 성과를 얻지 못한 한심스러운 내 모습에 기가 막혔지만 나 자신의 멍청함에 한탄하고 고민한다고 뾰족한 수가 나오지 않기에 나는 고개를 흔들며 천천히 말을 몰았다.

"자자, 고민해 봤자 머리만 아프니까 포기하자고… 뭐, 어떻게든 되겠지. 난 브렌들에게서만 떨어지지 않으면 돼!!"

하자드들보다 정작 내가 지켜야 할 것은 브렌들이기에 나는 이제부터 어떠한 일이 있어도 그들에게서 떨어지지 않기로 마음먹었다. 그리고 동시에 절대 하자드와 케미트에게 내 알람 마법에 숨겨진 비밀을 말하지 않기로 마음먹었다.

내 알람 마법은 2백 미터 땅 아래, 하늘 위까지 정사각형의 결계로 쳐지기 때문에 따로 불침번을 서지 않아도 된다는 사실을 말이다.

"저런… 괜찮으신가요?"

"괜.찮.소."

이를 갈며 말하는 하자드에게 나는 속으로 웃으며 조용히 뒤로 말을 몰았다.

날이 가면 갈수록 혈기가 왕성해지는—전사들이 쓰는 얼굴 가리개와 로브에 냉기 마법을 걸어 나와 루들이 사용하고 있다—우리와 달리 두 남자는 날이 가면 갈수록 피죽도 못 먹은 사람처럼 퀭해져만 갔다.

그런 그들의 모습에 모두 의아한 듯 물어봤지만 사실을 말할 수 없는 그들이기에 아무것도 아니라며 괜찮다고 할 수밖에 없었다. 그리고 그런 그들의 모습에 아셈을 비롯한 우리 착한 루와 브렌들까지 걱정을 했으니 모든 사실을 아는 나는 웃음이 나와 미칠 것만 같았다.

그들은 입이 찢어져도 자는 동안 마물들이 덮칠지 몰라 번갈아가며 불침번을 서 잠을 못 잔다는 말은 할 수 없었고, 그들에게 불침번을 설 필요가 없다는 것을 알려주지 않아 그들의 고생은 여전했던 것이다. 키케케케케케케케.

"···안 ···루안! 루안! 루안!"

"아악!! 뭐··· 뭐야?"

웃음을 참느라 애쓰고 있던 나는 나를 부르는 소리에 화들짝 놀라 브렌을 바라보았다. 그러자 브렌이 아주 이상하다는 표정으로 나를 바라보았다.

"왜, 왜요?"

"몇 번이나 불렀는지 아십니까? 도대체 무슨 생각을 그렇게 하고 계셨던 겁니까?"

"아, 별거 아니에요. 그런데 갑자기 왜? 뭔가 이상한 것이라도 발견했나요?"

"예, 발견한 건 있지만 이상한 게 아니라 오아시스예요. 운디네들이 서쪽으로 1,200미터 정도 가면 조그마한 오아시스가 있다고 해서 점심 때고 하니 좀 쉬었다 가면 좋겠기에 부른 거였습니다. 괜찮을까요?"

"괜찮기는요. 아주 구~웃이지요. 그럼 제가 저들에게 허락받고 올게요."

"예, 그럼 부탁드려요."

브렌의 부탁을 등에 업고 나는 퀭한 얼굴로 말을 몰고 가는 두 남자 쪽으로 갔다. 잠을 자지 못해서인지 아니면 내가 경고한 것 때문인지 그들은 나의 등장을 금방 알아채고는 신경질적인 목소리로 소리를 질렀다.

"무슨 일이야?"

"또 약 올리러 온 건가?"

"이런이런, 제가 언제 약을 올렸습니까! 걱정해 드린 거죠. 그건 그렇고 브렌이 서쪽에서 오아시스가 있다고 하는데 거기서 좀 쉬었다 가면 안 될까요?"

내 말에 손으로 망원경을 만들어가며 말 위에서 눈을 동그랗게 뜨고 바라보았지만 1,200미터 정도 거리 뒤에 있을 오아시스가 그들의 눈에 보일 턱이 없었다.

"오아시스라니… 우리에게는 보이지 않는데?"

"그래. 그런데 여기에 오아시스가 있었나?"

고개를 갸웃거리며 묻는 하자드의 말에 나도 고개를 갸우뚱거렸다.

사막을 횡단하는 상인들이 가장 중요하게 생각하는 것은 자신들이 지나가야 하는 곳에 오아시스가 있는가 하는 것이었다. 목적지와 가까운 길이라 해도 도중에 오아시스가 없으면 오아시스가 있는 먼 길로 돌아가야 하는 법이었다.

사막 운송 때 가장 중요한 것이 물이기에 시간이 돈이라는 걸 잘 아는 상인들이라도 그만한 희생을 치르는 것이다. 그런데 그렇게 소중한 오아시스를 상인인 그들이 모른다니… 뭔가 좀 이상했다.

"전에 이쪽으로는 와본 적이 없는 거 아니에요?"

"그럴 리가… 나는 물론이며 여기 하자드, 케미트도 이곳에 와본 적이 있소. 그때는 운송이 목적이 아니라 이 근방에 오아시스가 있나 알아보기 위해서였지만… 그런데 무슨 이야기 중이었던가?"

어느새 다가와 묻는 아셈의 말에 나는 하자드들에게 했던 말을 다시 그에게 했다. 그러자 그 역시 이상하다는 듯 고개를 갸웃거렸다.

"실례지만 그 엘프라는 분이 잘못 알고 있을 가능성은 없나?"

"그럴 리 없어요. 엘프는 물론이며 정령은 거짓말을 못합니다. 그리고 왜 브렌이 그런 거짓말을 하겠습니까? 무슨 이득이 있다고……. 음, 그동안 작은 오아시스가 생긴 건 아닐까요?"

"그럴 수도 있겠군. 그때가 벌써 8년 전이니… 그렇다면 밑져야 본 전이니 그쪽으로 가볼까? 어이, 하자드, 그런 표정 하지 말라고. 사실일 수도 있고 또한 가는 길에서 크게 벗어나는 것도 아니잖나. 게다가 곧 점심 시간이기도 하고."

"그럼 딱 1,200미터만 가는 겁니다. 아셈님도 알다시피 사막에서 길을 잃는 것만큼 무서운 것도 없으니까요."

"정말 딱 1,200미터만이오! 더 이상은 갈 수 없소, 알겠소?"

아셈의 의견에 어쩔 수 없다는 듯 찬성하는 두 남자의 모습에 나는 대답 대신 고개를 끄덕여 보이고는 브렌 쪽으로 말을 몰았다.

이번에는 내 의견에 당연하다는 듯이 반대하는 두 남자의 태도에도 화가 나지 않았다.

나 역시 그들이 걱정하는 마음을 알았던 것이다.

끝도 없는 모래와 자신이 밟고 온 발자국도 사막의 바람에 금세 사라져 버리는 이곳에서 길을 잃어버리는 것은 최고로 처절하고 바보 같은 자살 행위나 다름없었다.

아무리 사막에서 태어난 사람이라 해도 태양이 지기 전에는 그나마 이정표로 잡을 수 있는 별자리도 없고 또한 여기저기 조그마한 모래언덕도 금세 허물어지고 다시 생기는 곳에서는 방향을 잡기가 쉽지 않았던 것이다. 그 때문에 그들은 되도록 같은 길, 정해진 길을 따라갔다.

그런 이유로 나 같은 방향치 드래곤은 이런 곳에 혼자 룰루랄라 하고 온다면 말라 죽을 게 뻔했다. 물론 그건 내가 워프를 못한다는 가정 하에서 말이다.

그런 최악의 방향치인 나에게는 이정표도 없는데 몇 번 와봤던 길이라고 모래투성이의 사막에서 길을 찾아가는 하자드들이 신기해 보였다.

그런 그들이 저 멀리 커다란 나뭇잎이 달린 나무 끝이 보이자 신기하다는 얼굴로 우리를 특히… 브렌을 바라보았다.

그 존경스럽다는 눈빛을 받는 브렌의 사정을 아는 나로서는 전혀 브렌이 존경스럽지 않았다.

지금 브렌과 이오는 운디네와 실프를 불러 자신의 옷자락 속에 숨겨 놓고 더위를 식히고 있는 중이었기 때문이다.

꽤 좋은 방법이었지만 모양새가 좀 이상했기에 그다지 따라 하고 싶지는 않았다. 물론 나는 정령이—분노의 정령을 빼고는—없기에 따라 할 수도 없지만 말이다.

아무튼 저 멀리 물이 보이고 커다란 열매—꼭 야자열매같이 생겼다—가 달린 나무들이 보이자 여기저기서 함성이 터져 나왔다.

그동안 세수도 제대로 못하고 물마저 떨어져 가던—브렌이 운디네를 불러 물을 받아왔지만 사막에 있는 운디네들이라 그들이 가지고 있는 물이 별로 없었다. 그래서 그걸로 마실 물을 조달하고 나면 끝이었다—찰나에 오아시스라니… 정말 뜻밖의 엄청난 행운이었던 것이다.

나를 비롯해 '물, 물이다!!' 하며 달려가던 사람들이 갑자기 동시에 줄줄이 멈춰 섰다. 그 바람에 부딪쳐 낙마할 뻔한 나는 그들을 향해 빽 소리를 질렀다.

"뭐… 뭐예요! 하마터면 낙마할 뻔했잖아요!! 지금 뭐 하는 거예요?"

"……."

"뭐 해요? 무슨 일인데요?"

내 질문에 대답은커녕 고개를 돌린 채 내 쪽을 바라보며 얼굴을 붉

히고 있는 그들의 모습에 의아해진 나는 고개를 쑥 빼 오아시스 쪽을
바라보았다.

그리고 곧 미친 듯이 물, 물 하고 달려가던 하자드들이 고개를 돌린
이유를 알 수 있었다. 그도 그럴 것이 여섯 명의 아름다운 여성이 얼굴
을 붉힌 채 목만 물 밖으로 내밀고 있었던 것이다.

"엑… 왜, 왜 여자들이 여기에 있는 거야?"

"그건 내가 묻고 싶은 말이다!"

벌게진 채 그쪽은 안 보려고 애쓰는 하자드들의 모습이 웃겼지만 이
렇게 놔둘 수만은 없어 일을 수습하기 위해 내가 앞장섰다.

아무렇지 않게 내가 그녀들에게로 말을 몰자 남자들에게서 비난의
목소리가 터져 나왔다. 그 비난의 목소리에 질투심이 담겨 있다는 것
을 잘 아는 나는 터져 나오는 웃음을 참을 수가 없었다.

그렇게 말을 근처까지 몬 나는 그녀들이 벗어놓은 옷을 집어주기 위
해 오아시스 주위를 살펴보았다. 하지만 그 어디에서도 옷이 보이지
않았다.

'누가 가져갈까 봐 숨겨놓은 건가?'

"저… 저기요. 옷을 어디에 두었나요?"

"저기요, 제 말 못 알아듣나요? 아니면 안 들리는 건가요?"

몇 번을 물어도 대답은커녕 남자가 다가가는데도 방긋방긋 웃는 그
녀들의 모습에 이상함을 느끼다 귓가에 울리는 찢어지는 비명에 순간
움찔하며 그 자리에 멈춰 섰다.

"가까이 가지 말아요!! 떨어지라구요!!"

"피해요, 루안!!"

"뭐… 뭐야!! 왜 그래요?! 아! 아아아아악!!"

갑작스런 루와 브렌의 고함에 의아해하던 나는 갑자기 물보라를 튕기며 불쑥 솟아오른 머리에 기겁하고 말았다.

파악 소리와 함께 튕긴 물보라에 뒤돌아 서 있던 남자들마저 고개를 돌렸고 자신들 눈앞에 나타난 광경에 나와 마찬가지로 비명을 질러대기 시작했다.

"으아아아악!!"

"뭐… 뭐야!!"

"하, 함정이었어!!"

3미터는 육박할 기다란 목을 이리저리 흔들며 우리를 덮쳐 오는 마물의 모습에 우리는 이 아름다운 오아시스가 거대한 함정이라는 것을 깨달을 수 있었다. 오아시스와 함께 물 위에 떠 있던 아름다운 머리들은 우리를 유혹하기 위한 미끼였던 모양이다.

하지만 더 이상 가장을 포기했는지 아름다웠던 얼굴이 좌악 갈라지더니 3중 이빨이 달린 거대한 입이 나타났다. 그리고 마물들은 그 거대한 입을 벌리며 우리를 덮쳐 오고 있었다.

히이이이잉, 푸르르르르—

덮쳐 오는 괴물의 입도 입이었지만 갑자기 나타난 마물의 모습에 놀란 말들이 날뛰는 바람에 나를 비롯해 동료들은 말에서 떨어지지 않기 위해 안간힘을 써야 했다. 그렇게 떨어지지 않기 위해 안간힘을 쓰며 말에 매달려 있던 나와 동료들에게로 다급한 목소리가 들려왔다.

"천으로 눈을 가려!! 말 눈을 가리고 뒤로 물러나란 말이야!!"

"뒤로… 어서 뒤로 가세요!!"

미친 듯이 고함을 지르는 하자드와 아셈들의 목소리에 나는 입고 있던 로브를 잡아당겨 말의 눈을 가렸다. 하지만 말은 흥분이 가시지 않는지 여전히 몸부림을 쳤다.

'이런, 제기랄!'

"아악!!"

"크아아악!"

몇몇 동료들이 날뛰는 말을 달래려다가 낙마하는 것을 보고 말에서 뛰어내린 케미트가 미친 듯이 고함을 지르기 시작했다.

"뛰어내려!! 차라리 뛰어내리라고!!"

케미트의 말에 나와 브렌들은 날뛰는 말을 진정시키는 것을 포기하고 말에서 뛰어내렸다. 다행히 바닥이 모래라 크게 다치지는 않았기에 서둘러 몸을 굴려 몸부림치는 말에서 최대한 멀리 떨어졌다. 지금 난동을 부리는 몇몇 말이 문제가 아니었던 것이다.

"뭐… 뭐야 저건!!"

"하… 하늘이 우리를 버리셨어!!"

'너는 줍지도 않냐!! 여긴 조그마한 오아시스란 말이야아아아!!' 라고 소리치며 멱살을 잡고 따지고 싶을 정도로 좁은 오아시스에 나타난 마물들은 크기가 무지무지 컸다. 정말 목, 아니, 촉수 부분은 물론이며 몸까지 다 꺼낸 몬스터의 크기는 어마어마해 한눈에 다 들어오지 않을 정도였다.

"스… 스킬라(해안가나 거대한 호수에 사는 마물로 아름다운 여성의 얼굴을 가진 촉수로 먹이를 유혹해 끌어들인 후 숨겨놓은 거대한 입과 그 입속에 있는 3중의 날카로운 이빨로 먹이를 낚아채는 마물)!"

"뭐라구요?"

"대답할 시간이 없어요. 모두 눈을 마주치지 말고 뛰어요!!"

공포에 질린 브렌의 목소리에 나는 근처에 떨어져 있는 루를 달랑 들고 무작정 뛰기 시작했다. 이렇게 무작정 뛰는 것은 동료들과 흩어지는 위험이 있긴 하지만 지금 그런 걸 따질 시간이 없었다.

그렇게 무작정 뛰던 나는 등 뒤에서 칼부림 소리가 들리자 그만 굳고 말았다.

'설마 저 멍청이들이… 아냐, 그 정도로 바보는 아닐 거야. 그래, 그럴 거야' 하는 바람을 담고 고개를 돌린 나는 휘청이는 여섯 개의 기다란 목과 싸우는 하자드들을 볼 수 있었다.

게다가 자기의 목숨이 아깝다고 말한 케미트까지 멍청한 하자드와 함께 무모하게 스킬라에게 덤비고 있는 중이었다.

"도망쳐!! 지금 뭐 하는 거야!!"

"큭… 잡혔다고!! 아셈이……."

"제기랄. 뭐 저런 비겁한 놈이 다 있어!!"

찢어지는 듯한 하자드의 말에 나는 스킬라의 거대한 이빨에 낀 아셈을 볼 수 있었다. 뿐만 아니라 마쿰까지 스킬라의 거대한 입에 물려 공중에 떠 있는 상태였다.

지금 하자드와 케미트들이 싸우고 있는 것은 남은 네 개의 머리였다.

그나마 다행인 것은 아셈들이 피를 흘리고 있긴 했지만 살아 있다는 것이었다. 아니, 그것이 더 불행인지도 몰랐다. 잡힌 아셈이 인질인 상황이니까 말이다.

스킬라가 쓸 수 있는 촉수—머린 줄 알았는데 촉수였다—네 개뿐이라 어찌 보면 수가 많은 하자드들에게 유리해 보여도, 상대가 파워가 센데다 위험에 닥치면 아셈이나 마쿰을 인질로 삼아 휘두르니 하자드들이 제대로 힘을 발휘할 수 없는 상황이었다.

저대로 놔두었다가는 저들 모두 스킬라의 먹이가 될 게 뻔했다.

'으이씨, 이게 뭐야!! 도망가지. 드래곤 귀찮게…….'

속으로 욕설을 내뱉으면서도 나는 루를 안고 있던 팔에 힘을 풀어 루를 땅에 내려놓았다. 죽도록 놔두기에는 아직 쓸모―길 안내자로―가 있었기에 이대로 마물의 먹이가 되게 할 수는 없었다.

"제길… 미안하지만 루, 잠시만 여기서 기다려 줄래요?"

"아뇨, 저도 갈 겁니다. 가죠."

"예?"

방긋 웃으며 먼저 앞장서서 달려가는 루의 모습에 나는 당황했지만 정신을 차리고 황급히 뒤따라갔다. 루가 지금 무슨 생각을 하는지 영 알 수가 없었지만 그렇다고 혼자 놔둘 수는 없었기 때문이다.

다행히 흥분은 가라앉았는지 마물 바로 앞까지는 가지 않고 근처 부근에 멈춰 선 루의 팔을 나는 간신히 잡아챌 수 있었다.

"도대체 이게 무슨 짓이에요? 얼마나 위험한지 루도 잘 알잖아요!"

"예, 잘 압니다. 하지만 다 생각이 있어서 그래요. 우선 브렌, 밑에 있는 몬스터들을 부탁드립니다."

고개를 끄덕이더니 이오를 뒤에 세우고 나서는 브렌의 모습에 당황한 채 바라보는 나에게 루가 속삭였다.

"루안은 저를 도와주셔야겠어요."

"예? 뭐를요?"

"같이 공격하게요. 하늘에서."

"예에?"

놀라 멍청히 바라보는 나에게 루는 방긋 웃어주고는 플라이 마법을 실행했다.

그리고는 성급히 스킬라 쪽으로 날아가는 루의 모습에 나 역시 서둘러 마법을 실행하고 루의 뒤를 따랐다.

"도대체 무슨 생각인 거예요? 하늘에서 공격하자니… 왜 이렇게 위험한 일을 자처하는 거예요!!"

"저도 위험하다는 건 안다구요!! 하지만 언제까지 아무것도 못하고 도움만 받아야 하는데요? 이래봬도 전 성인입니다!"

그런 뜻은 아니었지만 무시하는 듯한 내 말에 화가 났는지 벌컥 소리 지르는 루의 모습에 나는 약간 놀라고 말았다. 정말 그런 뜻은 아니었는데, 간간히 보이는 무신경한 내 태도에 그동안 루가 많이 상처를 받았던 모양이다.

"미… 미안해요. 하지만……."

"저도 화내서 미안합니다. 무작정 덤빈 건 아닙니다. 아무리 하자드들이 강하다 해도 저렇게 인질이 잡혀 있는 상황에서는 힘을 다 발휘하지 못해요. 그러니 공중에서 움직일 수 있는 우리가 인질을 구해야 한다구요."

"…무척 위험할 거예요. 이번에는 제가 못 구해 드릴 수도 있어요."

루의 굳은 결심과 뜻을 이해한 나는 굳은 얼굴로 그를 바라보며 말했다. 그러자 루는 걱정 말라며 내 반대쪽으로 날아갔다.

그런 루가 걱정되긴 했지만 우선 루를 믿기로 한 나는 나에게 달려드는 머리를 피하기 위해 더 높이 올라갔다.

'검보다 마법이 좋으려나? 그러려면 파괴력이 센 흑마법이 낫겠지.'

공격 마법은 흑마법까지 알고 있는 나이기에 정체 모르는 마물들에게 타격을 더 크게 줄 수 있는 마법 쪽을 택했다. 하지만 문제가 있었다.

'잘못하다가는 동료들이 맞겠어.'

정말 미친 듯이 촉수를 흔들며 공격하고 있는 스킬라였기에 자칫 잘못했다가는 인질인 아셈 등이 맞을 수 있을 것 같았다. 게다가 밑에는 하자드들이 그 촉수와 대치하고 있으니 잘못했다가는 내 마법에 동료들이 몰살될 위험이 있었던 것이다.

결국 고심한 끝에 가장 적중률이 높고 파괴력이 강한 다크 애로우(매직 애로우의 흑마법 버전으로 매직 애로우보다 몇 배나 강한 파괴력을 자랑한다)를 선택한 나는 날아드는 촉수를 피해 공중으로 더 몸을 띄우고는 시동어를 외쳤다.

여섯 개가량의 다크 애로우를 내 머리 위에 만든 나는 아셈을 잡고 있는 촉수의 목 부분을 겨냥해 날… 리려고 했다.

"까아아아아악, 루우우우!!"

그러나 미처 날리기도 전에 들리는 찢어지는 비명에 나는 새파랗게 질린 채 루 쪽을 바라보았다. 내가 공격하기에는 한 발 늦은 상태였다.

물고 있던 마쿰을 언제 땅에 던졌는지 커다란 입을 쩌억 벌린 스킬라가 루의 바로 앞에 있었던 것이다.

최악의 모습을 상상하고 있던 나는 나도 모르게 눈을 감고 말았다. 하지만 쩌렁쩌렁하게 울리는 '라이트'라는 외침과 처절한 여러 개의 비명 소리에 눈을 번쩍 떴다.

"키에에에엑!!"

"카아아아악!!"

눈을 뜨자마자 보이는 웃고 있는 루의 모습에 나는 힘없이 따라 웃으며 고개를 흔들었다. 역시 우습게 볼 루가 아니었다.

"하하하, 역시 머리가 좋아요, 루!"

"별말씀을요!"

힘이 약한 대신 머리가 좋은 루는 그 급한 상황에서 자신이 입고 있던 로브를 휘두르며 라이트 마법을 발동시켰던 것이다. 그 로브에는 라이트 마법—저녁에 마법 공부한다고 자신의 로브에 냉기 마법과 추가로 라이트 마법을 건 루였다—이 걸려 있기에 시동어만으로도 마법이 발동했고, 그 빛을 본 스킬라들의 눈은 잠시나마 일제히 못 쓰게 되고 만 것이다.

루에게 받은 타격으로 몸부림치는 바람에 놓쳐 떨어진 아셈과 마쿰을 본 나는 서둘러 그쪽으로 몸을 날렸다. 다행히 별로 다치지 않았는지 아셈들은 반사적으로 스킬라에게서 벗어나려고 질질 기어서 도망가고 있었다.

그들 곁으로 서둘러 날아간 나는 피를 흘리는 아셈과 마쿰을 집어 들고 동료들에게서 너무 멀리 떨어지지 않으면서도 가장 안전한 곳으로 그들을 대피시켰다.

이 정도면 괜찮겠다 싶어 내려놓았던 나는 새파란 안색에 피를 줄줄 흘리고 있는 그들의 모습에 인상을 찌푸렸다. 아무래도 생각보다 상처가 심한 모양이었다.

"저… 괜찮아요?"

"네, 괘, 괜찮아요."

"고마워요. 정말… 저희는 괜찮으니 다른 동료들을 구해주세요."

힘없는 아셈의 부탁에 나는 고개를 끄덕이고 다시 하자드 쪽으로 달려갔다. 그리고 또 한 번 나는 내 동료의 숨은 실력에 감탄하고 말았다.

두 개의 촉수가 마취제라도 맞은 듯이 그 기다란 목을 가누지 못하고 있었다. 그리고 그 옆에 서 있는 것은 손목을 흔들고 있는 브렌이었다.

"여어, 대어를 낚았네요. 그러나저러나 그거 마취제인가요?"

"아뇨, 신경계 독입니다. 꽤 독한 건데도 마물이라서 그런지 죽을 줄 알았는데 살았네요."

"아… 예."

방긋 웃는 얼굴과 달리 살벌한 말을 내뱉는 브렌의 말에 나는 어색하게 웃으며 아직 살아 있는 네 개의 목과 싸우고 있는 하자드 쪽으로 몸을 날렸다.

"뭐 해요? 도망가지 않고!!"

"아, 너… 냐? 도망… 으윽!! 가고야 싶지! 제길, 죽어라! 그런데… 이 녀… 석이 에잇!! 놓아주지 않… 잖아! 죽어라, 제발!!"

상대하고 싸울 때는 집중하는 하자드와 달리 내 질문에 꼬박꼬박 대답해 주는 케미트의 자상함에(?) 감탄하며 나도 공격 태세를 갖췄다. 이미 인질도 없으니 마음껏 공격해도 되는…….

"안 돼요!!"

전에 만들어놓았던 다크 애로우를 날리기도 전에 또다시 끼어든 목소리에 나는 고개를 돌렸다가 입이 쩍 벌어지는 줄 알았다.

반대편에서 보이는 광경 때문이었다.

잠시 브렌이 한눈을 판 사이 브렌이 잠재워(?) 놓았던 목을 다른 두 어벙한 녀석이 베어버렸던 모양이다. 그 바람에 그 거대한 촉수(목) 부분에서 피가 철철 넘쳤지만 그것까지는 좋았다.

그러나 그 잘린 촉수(목) 부분에서 눈 깜짝할 사이에 똑같은 촉수(머리통)가 생겨난 것이다. 그것도 잠이 완전히 깬(?) 촉수가……

"그러니까 이 촉수 부분은 금방 재생되는 부분이라 자르면 안 된다니까요!!"

"미리 말했어야지!!"

브렌이 따지자 목을 잘렸던 순달과 무스타모가 맞받아 따지면서 다시 달려드는 촉수들을 피해 움직이기 시작했다.

그러나 자신의 촉수 머리 부분이 잘려 열받아 그런지, 아니면 먹이를 놓쳐 그런지 전보다 더 미친 듯이 공격하는 마물을 피하기 위해 하자드들은 마치 춤이라도 추듯 이리저리 뛰어야 했다. 물론 공중에 떠 있는 나와 루를 제외하고 말이다.

"제가 공격할 테니 모두 최대한 멀리 떨어져요!"

그 모습이 웃기긴 했지만 더 이상 두고만 볼 수 없어 나는 피하고 있는 하자드들에게 크게 고함을 지르고는 몸통을 향해 만들어놨던 다크 애로우를 날리기 시작했다.

콰콰쾅, 하는 요란한 소리와 함께 충격의 반동으로 뒤로 날아갔던 하자드들은 곧 몸을 둥글게 말아 굴리더니 최대한 뒤로 물러나기 시작했다. 그들이 어느 정도 멀어지자 나는 마음 놓고 다크 애로우와 다크 블로우(검은 어둠 덩어리로 쉽게 파이어 볼의 흑마법 버전으로 보면 된다. 물론 파이어 볼보다 수십 배나 강하다)를 계속 만들어 던졌다.

"그렇게 계속해서 멀리 떨어져요!! 물속에 사는 마물이니 물가에서 떨어지면 괜찮을 거예요!!"

나는 뒤로 물러나기 시작하는 하자드들을 바라보며 소리를 질렀다. 하지만 내 생각이 틀린 모양이었다.

"아니에요. 스킬라는 물 밖에서도 공격할 수 있어요!! 다리가 있다구요!!"

"뭐?"

브렌의 고함 소리에 나도 모르게 브렌 쪽을 잠시 바라봤던 나는 새파랗게 질려서는 소리 지르는 싱의 모습에 다시 스킬라 쪽으로 고개를 돌렸다.

믿고 싶지 않지만 드디어 물 밖으로 완전히 나온 스킬라의 거대한 몸에는 그 몸을 지탱할 수 있는 문어 다리같이 두껍고 흉측한 여섯 개의 커다란 다리가 달려 있었다.

"쿠에에엑, 뭐가 저렇게 흉측하게 생겼냐."

"지금 넋 놓고 있을 때야. 어서 피해!!"

케미트의 외침에 멍하니 있던 나는 황급히 정신을 차리고는 공중으로 더욱 높이 솟구쳤다. 순간 내가 있던 자리를 횡 하고 지나가는 촉수에 나는 안도의 한숨을 내쉬며 가슴을 쓸어 내렸다.

"도망가요!! 물 밖에서는 이동 속도가 엄청 느리니 빨리 도망가면 살 수 있어요!!"

돌아보니 마물 박사(?) 브렌의 말처럼 물 밖으로 나온 스킬라의 이동 속도는 달팽이가 기어가는 것처럼 엄청나게 느렸다. 하지만 거대한 몸과 흐늘거리는 기다란 촉수 때문에 조금밖에 못 움직여도 우리에게는 위험한 상황이었다.

미친 듯이 날뛰는 말을 끌고—두고 도망가는 게 빠를지 모르지만 식량이나 물 같은 짐 등을 모두 말들이 지고 있기에 놓고 갈 수는 없었다—하자드와 동료들은 뒤로 물러나기 시작했다.

다행히 말들도 말귀를 알아들었는지, 아니면 살려는 욕구가 생겼던지 더 이상 날뛰지 않고 하자드들이 이끄는 대로 뒤로 빠져나가기 시작했다. 그렇게 하나 둘 물러나자 나는 스킬라를 향해 또다시 마법을 시전했다.

스킬라의 몸, 촉수 따질 것 없이 매직 애로우 및 다크 블로우를 던지며 나는 동료들에게 큰 소리로 소리쳤다.

"모두 눈 감아요!!"

"뭐?!"

내 외침에 질문을 하긴 했지만 하자드들은 서둘러 돌아서서 눈을 감았다.

그들이 안전하게 눈을 감은 것을 확인한 나는 내 마법으로 인한 상처 때문에 온몸에서 검은색 피를 흘리고 있는 스킬라를 바라보며 큰 소리로 외쳤다.

"파워 워드 블라인드(흑마법의 일종으로 걸린 상대는 무조건 실명한다)!!"

내 마법이 시전됨과 동시에 엄청난 빛이 폭발했고 곧 찢어지는 듯한 스킬라의 비명이 터져 나왔다.

루 때보다 더 미친 듯이 몸부림 치는 스킬라들에게 마지막으로 커다란 다크 블로우를 던진 나는 옆에서 눈을 꼭 감고 떠 있는 루를 잡아채고는 하자드 쪽으로 서둘러 몸을 날렸다.

"뭐해요? 이때 뛰지 않고!!"

"아? 알았어!!"

내 말에 눈을 꼬옥 감고 있던 하자드들은 다시 도망치기 시작했다. 그런 그들을 본 나는 옆구리에 끼고 있던 루를 놓아주고 쓰러져 있는 아셈과 마쿰을 루 대신 옆구리에 끼고 높이높이 날아올랐다.

지금 내 마법으로 인한 충격으로 한동안 쫓아오지 못할 게 분명하니 이때가 도망갈 적기였던 것이다.

미친 듯이 말을 몰고 한참을 날았을까. 더 이상 아무런 소리가 들리지 않자 우리는 지친 몸을 마찬가지로 지친 말의 몸에 기댔다.

"우와! 죽는 줄 알았네."

"으… 진짜 생각하기도 끔찍한 마물이었어."

"정말 난 그대로 죽는 줄 알았다고… 살아서 정말정말 다행이야."

"난 내 목이 여기 붙어 있는 게 실감이 나질 않을 정도야."

벗어났다는 안도감에 자신의 목을 더듬으며 안도의 한숨을 내쉬는 전사나 고개를 흔들며 몸을 부르르 떠는 전사들의 모습에 나는 피식 웃으며 천천히 하늘에서 몸을 내렸다.

"죄송해요. 저 때문에……."

"응? 뭐, 조금 그렇긴 하죠. 제가 귀찮았으니……."

난 내 옆구리에 끼고 달렸던 아셈과 마쿰을 바닥에 내려놓느라 죄책감이 가득한 브렌의 얼굴을 보지 못했다. 그렇기에 아무 생각도 하지 않고 무심히 대답했던 것이다.

그리고 곧 후회했다. 돌아본 브렌의 얼굴은 죄책감과 우울함으로 가득했기 때문이다.

나는 그저 두 사람을 뛰고 달린 나에게 도움을 못 줘 사과하는 줄 알고 장난스럽게 말했기에 심각한 브렌의 표정을 보고 바로 후회했고 또 어떻게 수습해야 할지 난감해지고 말았다.

저 죄책감 가득한 표정은 아무래도 내게 도움을 못 줘 그런 것보다 오아시스에 가자고 한 것에 대한 책임감 때문인 것 같았다.

그러나 나 역시 열렬히 동조한 입장이었기에 함부로 브렌에게 괜찮다고 위로할 수도 없었다. 또 그 사건으로 가장 크게 상처를 입은 아셈과 마쿰이 바로 내 옆에 있었기 때문이다.

"이… 정도야. 싸나… 이의 훈장이… 죠, 뭐…….."

"그래… 요. 게다가 브렌 씨가 고… 쳐 줄 텐데…….."

과다 출혈로 새파랗게 질린 얼굴에도 불구하고 웃으며 브렌을 위로하는 마쿰과 아셈의 모습에 브렌은 금방이라도 울음을 터뜨릴 것만 같았다. 그런 브렌의 모습이 안타까웠는지 이오가 위로하듯 그의 허리를 꼭 끌어안고 작게 토닥였다.

"게다가 난 아빠 덕에 살았어. 아빠, 정말 짱—내가 알려준 말이다—이야. 멋져!! 나중에 나 꼭 아빠 같은 사람… 아니, 아빠한테 시집갈 거야!"

"고맙구나."

귀여운 딸의 징그러운—내가 보기에—애교 섞인 위로에 겨우 브렌은 약하게나마 웃음을 찾을 수 있었다.

"그래요. 잘못한 것 없어요. 다만 운이 나빴을 뿐이에요. 누가 오아시스에 그런 괴상망측한 마물이 있을 거라 생각했겠어요!"

"맞소. 게다가 죽은 사람도 없고 하니… 액땜했다 생각하자구."

"게다가 덕분에 아무도 죽지 않고 다 살았잖아요. 그럼 된 거죠, 뭐."

아셈들에 이어 하자드와 케미트, 그리고 주위의 동료들까지 괜찮다고 웃으며 말하자 울보 브렌은 끝내 눈물을 보이고 말았다.

'이런… 이렇게 마음이 심약해서야, 저런 말괄량이 딸을 데리고 어떻게 험난한 세상을 이겨낼는지 원.'

"고… 고맙습니다. 그리고 미안합니다. 저 때문에…….."

"정 미안하시다면 다친 환자들을 치료해 주시겠습니까? 약사라고 하셨으니…….."

케미트의 말에 브렌은 서둘러 눈물을 닦고 마법 주머니에서 여러 가지 약병과 붕대들을 꺼냈다.

그러자 이오가 마치 간호사라도 된 양 아주 능숙하게 아버지의 짐을 들고 뒤따라 뛰어다녔다.

"고맙군요. 이렇게 넘어가……."

"뭐, 당연한 거 아니오. 알고 한 것도 아닌데 화내면 그게 이상하지. 참, 놀 시간이 있다면 당신도 도와 천막이라도 치시오. 아무래도 오늘은 여기서 쉬었다 갈 것 같으니 나는 잠깐이라도 자야겠소. 불침번을 대비해서……."

피곤한 듯 자신의 얼굴을 부비며 돌아서는 하자드의 말에 미안한 마음이 든 나는 나도 모르게 해서는 안 될 말을 하고야 말았다.

"제가 알람 마법을 칠게요. 그럼 불침번을 서지 않아도 되는… 헉!!"

순간 실수를 알아차렸지만 이미 때는 늦고 말았다.

바람을 일으킬 정도로 획 돌린 얼굴에 떠오른 살기등등한 표정이 나의 실수를 절실히 알려주고 있었던 것이다.

"지, 지금 뭐, 뭐라고 했소!!"

"아하하하하! 그게… 그게……."

살벌한 그의 표정에 벅벅대던 나는 내 목덜미를 움켜잡는 하자드의 손길에 '어머, 제가 언제 그런 말을…' 이라는 표정을 담아 환하고 귀엽고 순진한 미소를 지어 보였다.

그러나 나의 이런 애교 섞인 순진한 미소에도 불구하고 하자드의 분노는 조금도… 아주 조금도 가라앉지 않았다.

"불.침.번.을. 서.지. 않.아.도. 된다라… 부~울.침.번.을 서.지. 않.

아.도. 된다라……. 그래, 도대체 그 말이 무슨 뜻이야!!"

하자드의 우렁찬 고함 소리에 천막을 치던 전사들은 물론이며, 브렌을 도와 아셈들을 살피고 있던 케미트까지 우리를 일제히 바라보았다.

그렇게 하자드에게 달랑 들린 꼴로 서 있는 내 민망할 꼴을 모두 다 본다는 생각이 들자 나의 얼굴은 잘 익은 홍시마냥 순식간에 빨갛게 물들고 말았다.

하지만 지금은 쪽팔린 게 문제가 아니었다.

하자드의 고함 소리를 들었는지 하자드 못지않은 검은 오라를 풀풀 풍기며 케미트가 내 쪽으로 성큼성큼 걸어오는 것이었다. 그 섬뜩한 표정에 나는 나도 모르게 딸꾹질을 하기 시작했다.

'딸꾹! 이 …이거 된… 딸꾹! 통 걸렸잖아!! 딸꾹!'

"하.자.드. 그게 무슨 소리냐?! 불.침.번.을 서지 않아도 됐었다니?"

금방이라도 살인을 저지를 것 같은 케미트의 모습에 나는 아무것도 모른다는 순진한 미소를 지었다. 그러나 이번에도 미소가 어색했는지 아무런 효과가 없었다. 효과가 있기는커녕 쏟아지는 살기가 더욱 강해질 뿐이었다. 이런…….

"자, 이제 사실을 말해 보실까요?"

"아.하.하.하.하. 그… 그게요."

'사실을 말했다가는 지금 그 주먹으로 때리려고…….'

얼굴 근육을 떨며 나를 노려보는 두 남자의 꽉 쥔 주먹에 나는 더욱 어색한 웃음만 흘렸다.

'나 여기서 무사히 살아 나갈 수 있을까? 힝~ 할아부지, 도와줘~ 요.'

"아빠! 저들 지금 도대체 뭐 하는 거래요?"

이오가 부르는 소리에 고개를 돌렸던 브렌은 눈앞에 보이는 광경에 자신도 모르게 고개를 흔들고 말았다.

아무것도 모르는 이오로서는 그 뭣 같은 성격으로 유명했던 루안이 목덜미가 붙잡혀 달랑달랑 흔들리고 있는데도 웃기만 하고 있는 게 무척이나 이상했던 모양이다.

그러나 아무것도 모르는 이오와 달리 브렌은 어렴풋이 며칠 전부터 루안이 벌인 일을 대강 감지하고 있었다. 하지만 하자드들에게 말해 줘야 할 의무도 없었고, 루안의 취미(?)를 방해할 생각도 없었기에 입을 다물고 있었는데… 아무래도 루안이 자신도 모르게 실토를 한 모양이다.

금방이라도 주먹을 휘두를 것 같은 두 남자에 둘러싸여 어색하게 웃고 있는 루안이 안되 보였지만 자신이 벌인 일의 대가이니 브렌은 어쩔 수 없다고 생각했다. 그저 모르는 척하는 수밖에는……

"아… 저건 네가 신경 쓸 게 아니야. 그런데 이오, 너도 이제부터는 말조심해라! 특히 상대를 속이거나 괴롭히고 있을 때는 더욱더 말에 신경 쓰도록 해. 알았지?"

"예, 아빠! 걱정하지 말아요."

딸에게 할 말이 전혀 아닌 것 같은 말을 심각하게 하고 있는 아빠나 그런 아버지의 말에 열심히 고개를 끄덕이며 심각하게 받아들이는 딸의 모습에 아셈, 아니, 그 주위에 있는 인간들은 전해 내려오는 엘프의 장점 중 이 한 가지를 수정해야만 했다.

엘프란 절대 사람을 속이지도… 거짓말도 하지 않는다라는 말을……

"이런, 죄송했습니다. 치료하는 도중에……."

"아, 괜찮소."

"그런데 생각보다 상처가 심하군요."

브렌은 옷을 벗기고 자세히 살펴본 상처에 자신도 모르게 이맛살을 찌푸렸다.

아셈이 말한 것과 달리 그 날카로운 이빨에 물려 흔들린 상처는 심하게 벌어져 계속 해서 붉은 피가 흘러나오고 있었던 것이다.

상처를 보고 놀라 숨을 들이키는 주위 사람들과 과다 출혈로 쓰러진 마쿰을 살피던 브렌은 고개를 흔들며 절구에 시약과 여러 가지 약초를 넣고 빻기 시작했다. 금세 만들어진 진득진득한 검붉은 액체 덩어리에 아셈을 비롯한 주위 사람들의 얼굴이 찌푸려졌다.

그러나 브렌은 그에 아랑곳하지 않고 아셈의 상처에 그 진득진득한 액체 덩어리를 펴 바르기 시작했다.

"좀 따가울 겁니다."

'으엑', '저렇게 무식하게?', '아프겠다' 하는 주위의 비명에도 아랑곳하지 않고 브렌은 그저 묵묵히 종이에 풀을 바르듯 계속 해서 상처에 액체 덩어리를 발랐다.

무식할 정도로 펴 바르는 브렌의 손길에 놀랐던 아셈은 쉬이익 하는 소리와 함께 열과 따끔따끔한 약간의 통증만 느껴지기에 놀랐다.

하지만 그런 놀람은 시작에 불과했다. 약을 바른 곳에서 하얀 연기와 함께 자신의 상처가 빠른 속도로 살과 살이 붙으며 아물어가기 시작했던 것이다.

그 엄청난 약초의 효능에 주위에서는 놀란 눈으로 바라보았지만 그걸 아는지 모르는지 브렌은 옆에 있는 마쿰의 몸에 그 액체를 펴 바르기 시작했다.

그 역시 어느 정도 상처가 치료되자 브렌은 다시 다른 절구를 꺼내 또 다른 약초와 열매를 넣고 빻기 시작했다. 그렇게 빻은 가루를 깨끗한 물에 개어 조그맣게 환약으로 만든 그는 여러 가지 다른 약재 가루와 조그마한 열매 몇 개씩을 나눠 담아 아셈에게 내밀었다.

이 모든 것이 인간 약사가 하면 한 시간 정도 걸릴 시간이었지만 엘프인 브렌은 놀랄 정도로 빠르게 순식간에 끝마쳐 버렸다.

"몸에 바른 것으로 상처는 낫게 할 수 있지만 체력은 회복하지 못합니다. 이건 간단한 영양제로 체력을 회복하는데 도움이 될 테니 앞으로 식후에 한 번씩 하루에 세 번 복용하세요. 참, 여기 나중에 드실 사탕도 있습니다."

어색한 표정으로 자신이 건넨 환약과 사탕을 받아 든 아셈들에게 방긋 웃어준 브렌은 몸을 획 돌려 다른 전사들을 바라보며 더욱 환한 미소를 지었다.

"자, 그럼 다음 분은 누구십니까?"

웃으며 다른 환자에게 다가가는 브렌과 모른 척 고개를 돌리는 루에게 배신감을 느낀 나는 이를 으드득 갈았다. 믿었던 그들이 이렇게 배신을 때릴 거라고는 생각 못했던 것이다.

'브… 브렌, 그리고 루, 당신들이 나를 버리다니!! 이건 배신이야, 배신!! 이 배신자들아아아아!!'

"…안, 루안!! 루안!!"

"아! 예? 왜요?"

잠시 한눈을 파느라 그들이 부르는 소리를 못 들었던 나는 내 대답에 일그러지는 두 남자의 얼굴에 어색한 미소를 지었다.

"아하하하하하. 잠시 브렌, 아니, 아셈들의 상황을 보느라 제가 못 들었거든요. 일부러 그런 게 아니에요. 진심이에요."

"하! 말을 말자! 말을 말아! 정말 반성의 기미는 하나도 보이질 않잖아!!"

'반성할 게 있어야 반성하지. 쳇, 다음부터는 입조심해야겠어!!'

"원래 이런 놈이니 시간 낭비 그만 하자구!!"

'그래, 나도 바쁜 사… 아니, 드래곤이라고!! 어여어여 그만 가라, 가!!'

투덜투덜 내뱉는 두 남자의 말에 속마음과 달리 웃는 미소로 일관하던 나는 이어 내뱉어진 하자드의 말에 그만 미소가 쩌억 하고 얼어붙고 말았다.

"뭐, 뭐라구요? 지금 바로 행군한다구요?"

"맞소. 이번에는 확실히 들었군. 그래, 동료들이 치료되는 대로 곧장 움직일 생각이오. 왜 그런 표정이지? 뭔가 잘못 됐나?"

퉁명스런 하자드의 말에 나는 고개를 세차게 위아래로 끄덕였다. 그리고는 지는 태양으로 얼룩져 가는 하늘을 한 손으로 가리키며 소리쳤다.

"곧 저녁이 된다구요!! 이런데도 간다구요?"

"어이, 자네는 몰라서 그러는데… 사막에서는 길을 잃으면 별자리를 제외하고는 다른 길을 찾을 방도가 없어. 쓸데없이 징징대지 말고 어서어서 움직여!!"

"누가 징징댄다는 겁니까?"

"네가!"

"자네가!!"

'이놈들, 진짜 보자 보자 하니까!!'

나를 꾸욱 찌르고 있는 두 남자의 손가락에 화가 치민 나는 그 손가락을 잡아 그대로 분질러 버리고 싶었다. 하지만 나의 이런 바람은 갑작스럽게 뛰쳐나온 하얀 손으로 인해 피어보지도 못하고 스러지고 말았다.

"루안님, 이들의 말이 옳습니다. 그러니 진정하세요."

터지기 일보 직전인 내 상황을 눈치 챘는지 어느새 다가와 나를 달래는 브렌의 말에 나는 힘을 주던 손을 풀었다.

"알았어요, 알았어. 조용히 있을게요."

노려보는 하자드의 시선에 같이 노려봐 주자 피식 웃음을 터뜨리더니 고개를 돌려 브렌을 바라보며 말했다.

"이 녀석 문제는 넘어가고 동료들의 상태는 어떻소?"

"마쿰과 아셈은 어떻소? 움직일 수 있겠소? 아까 보니 상처가 심해 보이던데……."

걱정스런 표정으로 자신의 동생―아셈이 지금 장자권을 가지고 있긴 하나 원래는 케미트가 형이다―을 바라보는 케미트의 모습에 브렌은 부드럽게 웃으며 고개를 끄덕였다.

"솔직히 좋다고 할 순 없죠. 하지만 아셈님들 역시 사막 생활을 한 분들이라 그런지 먼저 움직이자고 하시더군요. 자신들은 괜찮다면서요. 그들의 뜻이 워낙 강해 어쩔 수가 없더군요. 하나 상처가 상처인 만큼 무리는 하지 않게 해주세요."

"주의하도록 하겠소. 그럼 당신도 출발할 준비를 하시오."

하자드의 말에 알았다고 말한 브렌이 나를 잡고 끌고 갔다. 그런 브렌에게 끌려가며 나는 퉁명스럽게 말했다.

"도대체 브렌은 누구 편이에요?!"

"전 착한 사람 편이에요. 솔직히 시작은 루안님이 먼저 하셨습니다."

"쳇, 쳇. 알아요, 알아!! 하지만 너무하잖아요. 배신을 때리다니……."

"배신이라뇨. 올바른 쪽에 손을 든 것뿐입니다. 자자, 빨리 움직이죠. 다들 저희를 기다리고 있으니까요."

능수능란하게 위기를 넘겨 버리는 자신의 말발에 기가 막혀 하는 나를 뒤로하고 브렌은 말을 타는 것이었다. 그런 브렌을 노려보고 있던 나는 재촉하는 하자드의 말에 긴 한숨을 내쉬고는 말에 올라타야 했다.

"자, 출발!!"

하자드의 말이 떨어지기 무섭게 동료들이 타고 있는 말이 움직이기 시작했다.

아까와 전혀 다른 길을 선택하였지만—물론 나는 몰랐지만—다시금 스킬라와 만나고 싶지 않았기에 반대하는 사람은 그 누구도 없었다.

그렇게 누런 모래를 보며 지루하게 걷고 또 걷고 있는데 갑자기 우리 주위의 모래가 동그랗게 푹푹 꺼지기 시작했다.

히잉! 히이잉!

"뭐… 뭐야?"

놀라는 말을 진정시키려 애쓰고 있는데 갑자기 푹푹 꺼진 모래에서 '키엑' 하는 괴상한 고함 소리와 함께 마물들이 튀어나왔다.

마물들은… 특히 레벨이 높은 마물들은 모여 살지 않는다는 우리의 예상을 깨뜨리려는 게 목적이었는지, 푹푹 꺼진 모래 여기저기서 튀어

나온 마물의 수는 차마 그 수를 다 헤아릴 수 없을 정도로 어마어마했다.

"뭐야!! 중급 마물들은 몰려 살지 않는다면서……."

"나도 그런 줄 알았어요!!"

또 거짓말—불침번 사건 후로는 나를 완전히 거짓말쟁이 취급하고 있다—을 했냐는 타박 섞인 케미트의 고함에 나도 꽥, 하고 맞고함을 질러주었다.

케미트의 타박에는 일단 성질은 냈지만 이거 정말 큰일이었다.

저렇게 많은 수의 마물들이 하나같이 앤트 자이언트나 스킬라처럼 레벨이 강하다면 하.자.드.들은 여기서 몰.살.이었기 때문이다.

여기서 중요한 건 하자드들만이라는 거다. 하자드들만…….

끽 하면 루와 브렌들은 내가 들고 워프해 버리면 되니까 남는 하자드들만 몰살이라는 것이다.

"죽었군!"

하자드의 허탈한 목소리에 브렌이 앙칼진 고함으로 반발했다.

"아니에요. 가능성은 있어요. 이건 중급 마물이 아닌, 하급 그것도 레벨이 가장 낮은 애스코모이드(버섯 모양의 마물로 회전해서 공격해 타격을 입힌다)이에요. 레벨이 낮기 때문에 이들은 이렇게 떼로 사냥하는 거예요!!"

브렌의 설명처럼 레벨이 약한지 사람 크기만한 마물들은 하자드들이 찌르면 푹푹 들어가고, 베면 픽픽 쓰러졌다. 정말 뭐가 이래.

케미트의 부탁대로 케미트들이 둥글게 싼 중앙에 서서 아셈과 마쿰을 지키고 있던 나는 하자드들이 검을 휘두르고 찌를 때마다 진짜 버섯을 찌르는 것처럼 푹푹 들어가는 애스코모이드들을 보며 비웃었다.

하지만 베어도 베어도 끝도 없이 쏟아지는 수에 점차 공포감이 밀려오고 있었다.

중앙에 있었기에 검을 뽑을 필요가 없었으나 베어도 베어도 점점 늘어나는 것만 같은 마물의 수에 어쩔 수 없이 검을 뽑아 들어야 했다.

스릉 하고 검을 뽑은 나는 주위에서 쏟아지는 따가운 시선을 애써 무시한 채—그들은 내 검의 길이 때문에 지금까지 장점인 줄 알았던 것이다—하자드의 배리어를 뚫고 넘어온 애스코모이드를 단칼에 잘라 버렸다.

내 검이 좋다 하나, 너무 잘 잘라지며 뭉클하게 검에 엉겨 붙은 그 촉감은 마치 썩은 두부를 벤 듯해 소름이 쫘악 돋았다. 으악!!

하지만 베어도 끝이 없는 게 이것들은 먹이를(?) 힘으로 잡기보다 수로 덮쳐 지치게 한 뒤에 잡는 것 같았다. 한마디로 인해전술이라고 할까.

하지만 만약 그게 사실이면 곤란했다. 그것도 아주 많이.

이미 하자드와 케미트—이놈들이 가장 체력이 강한 놈들이니 다른 놈들은 이미 숨이 넘어가기 일보 직전인 상태였다—들이 지쳤는지 숨소리가 거칠어질 대로 거칠어진 상태였다.

게다가 파이어 볼을 계속 시행하고 있는 루와 독을 사용하는 브렌이나 정령을 사용하는 이오까지 점차 지쳐 가고 있었다.

나에게 발악을 하며 덤비는 여러 개의 버섯을 두 개의 검으로 잘라 낸 나는 그 물컹한 촉감에 또다시 몸을 부르르 떨며 생각에 잠겼다. 정말 머리를 굴려야지 이렇게 무식하게 힘으로 해서는 끝이 없을 것 같았다.

잠시 생각에 잠긴 나는 좋은 생각이 떠오르자 뽑아 든 검을 다시 검집에 넣었다. 그런 내 행동에 의아해하는 아셈들을 바라본 나는 굳은 얼굴로 그들에게 물었다.

"제가 여기에 결계를 쳐드릴 테니 절대 움직이지 말고 최대한 작게 엎드려 계세요. 아무리 저 녀석들이 마물이라 해도 한동안은 버틸 수 있을 테니까요."

"알았소. 우리 걱정은 안 해도 되오."

"걱정 마!"

고개를 끄덕이며 숙이는 아셈과 마쿰을 바라본 난 카드를 꺼내 그들 주위에 작지만 단단한 결계를 쳤다.

내 결계는 모기나 바람 비 등을 막는 것으로 물리적인 타격에는 약했지만 크기를 줄인다면 심한 공격에도 2~3분 정도는 버틸 수 있는 힘은 있었다.

"무슨?"

갑자기 엎드리라 하고 내가 공중으로 몸을 띄우자 케미트가 놀랐는지 고함을 질렀지만 아셈에게 달려든 몬스터가 뭔가에 부딪쳤는지 팅겨 나가자 안도의 한숨을 내쉬었다.

그런 그들에게 걱정 말라고 소리친 나는 고개를 돌려 한창 바쁘게 움직이고 있는 브렌을 불렀다.

"브렌, 운디네의 힘이 필요해요. 물을 좀 뿌려주세요!"

"예? 예에! 이오야, 너도 부탁한다."

내 외침에 놀랐던 것도 잠시 머리 좋은 브렌은 곧 내 생각을 알아차리고는 이오와 함께 운디네를 불러들였다. 그리고 불러들인 운디네를 통해 소량이긴 하나 버섯 마물 모두에게 물을 뿌려댔다.

"자, 모두 검을 버리고 엎드려요!!"

"뭐어!!"

"버리라잖아!"

검은 곧 무사의 생명이라고 외치며 하자드가 반항을 했지만 제일 먼저 검을 던진 케미트가 반항하는 하자드의 검을 뺏어 던지고 그의 머리를 모랫바닥에 처박았다.

그렇게 마지막으로 하자드까지 엎드린—처박힌—것을 확인한 나는 큰 소리로 시동어를 외쳤다.

"모노 볼트(전극계 공격이라 할 수 없는 약한 전기 공격. 원래는 정전기의 두 배 정도 되는 전력을 발생하지만 나는 한 열 배 정도는 더 되게 했다)!!"

내 시동어와 함께 터진 전기 공격에 당한 버섯 마물들은 기괴한 비명을 지르며 몸부림쳤다. 하지만 그 정도로 약한 공격에 죽은 마물은 하나도 없었다.

하지만 실패한 것은 아니었다. 그건 내가 혹시나 동료들에게 피해가 갈까 일부러 약하게 했기 때문이다. 게다가 그 정도만으로도 원래의 내 목적은 충분히 달성하고도 남았다.

"아셈!! 하자드 등등등(?)은 모두 빨리 피해!! 검을 놓고 뒤로 물러서라구요!!"

내 목소리에 정신이 들었는지 몸을 벌떡 일으킨 아셈 등등(?)은 서둘러 지직거리는 마물들에게서 떨어졌다.

어느 정도 동료들이 떨어졌다 싶자 나는 동료들 쪽으로 움직이는 마물들을 향해 이번에는 제대로 된 공격을 퍼부었다.

"라이트닝 볼트!!"

아까와는 다른 비명 소리도 들리지 않을 정도로 파괴력을 보이는 라이트닝 볼트에 수많은 마물들이 새카맣게 타 넘어가기 시작했다. 연달아 한 열대여섯 번을 그렇게 날리자 살아남은 마물들을 찾아보기가 힘들 정도였다.

간간히 살아남은 마물들이 여기저기 불에 탄 동료들을 밀치고 일어섰지만 처음과 달리 공격할 태세를 갖추지 않고 쭈뼛거리고 있었다. 아무래도 수가 현저히 떨어졌으니 그들의 사기가 떨어질 대로 떨어진 모양이었다.

마물들은 더 이상 덤빌 생각을 안 하고 자신들이 튀어나왔던 모래 구덩이로 하나 둘씩 사라졌다. 그 모습에 다 정리해 버릴 심산으로 마법을 실행하려던 나는 브렌의 목소리에 하늘에서 내려왔다.

"내버려 둬요. 저들이 살아 있어야 강한 마물들이 조금이나마 시선을 우리에게서 저들로 돌릴 테니까요."

"하긴 그렇겠군요."

고개를 끄덕이며 땅에 발을 디딘 나는 주위를 주욱 둘러보고는 다친 사람들이 있긴 했지만 죽은 사람은 한 명도 없다는 것에 만족했다.

"다행히 이번에는 큰 희생이 없었네요."

"그래, 큰 희생은 없었지만 내 신념에 상처를 받았지."

퉁명스럽게 대꾸하고 자신의 검을 주워 닦기 시작하는 하자드를 바라보며 나는 고개를 절레절레 저었다. 그렇게 돌아서는데 갑자기 여섯 개의 손이 튀어나와 옷을 잡아당겼다.

돌아보니 눈 높이가 같은 두 사람과 눈 높이가 다른 한 사람… 모두 세 사람이 나를 바라보고 있었다.

가끔 보이는 루의 이상하리만치 초롱초롱한 눈빛과 그에 못지않은 눈빛으로 바라보는 두 남자에게 나는 황당해하는 표정을 지으며 그들을 바라보았다.

"왜요? 아셈, 케미트, 루! 도대체 왜 그런 눈으로 보는 건데요?"

"이번에 쓴 건 알겠는데… 저번 스킬라에게 쓴 마법은 뭐예요?"

"검 좋더구만……."

"그래, 자랑할 만했어."

'켁!!'

위급한 상황이었기에 검을 뽑았던 나는 내 검을 바라보며 눈을 빛내는 세 남자—하자드까지 추가됐다—의 모습에 한숨을 내쉬었다. 그리고 전에 세반에게 당했던 일이 있기에 굳게 마음을 먹은 나는 최대한 차갑게 대꾸했다.

"그래요, 좋다고 했잖아요. 그래서요? 설마 보여달라고 하진 않겠죠?"

"뭐, 꼭 보고 싶은 건 아니지만……."

"그래, 그렇지… 만……."

"좀 보… 여주면 안… 되나?"

어물거리면서도 내 검에서 눈길을 못 떼는 그들의 시선에 '안 됩니다'라고 딱 잘라 거절한 나는 초롱초롱한 시선으로 나를 바라보는 루에게 웃으며 그의 질문에 대답해 줬다.

"루는 백마법사이니 모르는 게 당연하죠. 전에 사용한 마법은 흑마법이니까요."

"뭐!!"

"흑마법이라고라!!"

무슨 문둥병자가 앞에 있는 것처럼 소리 지르며 좌악 물러나는 남자들의 모습에 기분 나빠진 나는 이맛살을 찌푸리며 그들을 노려보았다.

이렇게 기분 나쁜 기색을 팍팍 풍기는 내 시선에도 불구하고 두 남자는―이때 아셈은 머쓱한 표정으로 빠졌다―거부하는 듯 한발 뒤로 물러났다.

'뭐야, 뭐? 이것들이 지금 뭐 하는 거야!'

"정말 뭐 하는 거예요?! 도대체 뭐가 잘못 된 건가요?"

"흑마법이라니… 너 흑마법사였냐?"

"흑마법을 하면 다 흑마법사입니까? 전 백마법, 흑마법 다 할 줄 알아요. 아까 사용한 모노 볼트나 라이트닝 볼트가 따지고 보면 당신들이 말하는 백마법이잖아요! 그리고 내 흑마법 덕택에 살아남았으면서……."

"그건 그렇지만… 흑마법이라니 영……."

"그래, 좀 찜찜하지……."

그 흑마법 덕에 위험에서 벗어났다는 것을 잊고 불쾌한 기색을 보이는 두 남자의 모습에 더 더욱 기분이 나빠진 나는 가출 때 무기 상점 주인에게 들었던 흑마법에 대한 일장 연설을 그대로 쏟아내기 시작했다.

그 결과 빡빡한 전사들이었기에 집어넣는 것이 힘들긴 했지만 그래도 처음처럼 대놓고 기피하는 현상은 없어졌다.

하지만 이런 나의 설명에도 좀 충격적이었는지 빡빡한 머리의 대명사인 하자드는 머리를 절레절레 흔들며 자신의 동료들 쪽으로 비틀비틀 걸어가는 것이었다. 그러나 머리가 덜 빡빡하고 유들유들한 케미트는 남아서 신기해하는 얼굴로 나를 이모저모 뜯어보았다.

"자네는 보는 것과 달리… 정말 못하는 게 없군."

"전에도 말했을 텐데요. 저는 기본적으로 못하는 게 없다고."

"하하하. 그거 자의식 과잉 아냐? 암튼 솔직히 좀 놀랐어. 흑마법을 쓴다 해서 말이야. 그런데 백마법사가 흑마법을 배웠다니… 그거 따지고 보면 이단 행동 아닌가?"

"이단 행동이라… 뭐, 어때요. 어쨌든 살고 보면 되는 거 아닌가요?"

퉁명스런 나의 말에 눈을 동그랗게 뜨고 바라보던 케미트가 갑자기 큰 소리로 웃음을 터뜨리기 시작했다. 그 영문 모를 행동에 돌아서서 걷던 하자드도, 천막을 치기 시작하던 전사들도 모두 이상해하며 우리 쪽을 바라보았다.

본의 아니게 이상한 시선을 받게 된 나는 민망해져 아직도 허리를 굽히고 웃고 있는 케미트를 노려보았다.

"왜 그래요?! 지금 저를 비웃는 건가요?"

"아, 아니야. 비웃는 게 아니야. 다만 네 녀석의 말이 내 신조하고 너무 같아 놀란 거야! 정말 그게 정답이지. '명예롭게 죽었다' 라기보다 '아직 살아 있다' 가 중요한 거니까! 안 그래?"

"맞아요. 당신 예상외로 마음에 드네요."

"아, 그래? 고마워. 그건 그렇고 나도 이만 웃고 저들을 도와주러 가야겠어. 봐, 저기 하자드 녀석이 노려보고 있잖아. 그럼 나는 이만… 참! 그 좋은 검을 가지고 있으면 연습이라도 제대로 하라고 검이 아깝잖아. 하긴 제법 실력도 있긴 했지. 검법도 특이하고… 아아, 알았어. 간다고, 가!! 이 노예 감독관 같은 놈아!! 그럼 난 이만 간다."

"칭찬해 줘서 고맙군요."

팔짱을 끼고 자신을 노려보는 하자드를 가리키며 케미트가 웃자 나도 덩달아 웃으며 그의 칭찬에 감사의 말을 던졌다. 그렇게 케미트가 떠나자 그동안 조용히 밑에서 기다리던 루가 입을 열었다.

"본격적으로 배우신 건가요?"

"본격적이라기보다 할아버지한테 공격 마법을 조금 배웠지. 그래도 마물 소환이나 좀비 같은 걸 부리는 걸 배우는 건 좀 싫더라고. 진짜 소설에 나온 미치광이 흑마법사 같은 악역이 되는 것 같아서 말이야."

미간을 찌푸리며 장난스럽게 말하는 내 모습에 루는 작게 웃음을 터뜨렸다.

"하긴 폼에 살고 폼에 죽는 루안이니 무리인 일이겠네요."

"그렇지."

루의 농담을 맞받아치며 웃고 장난치고 있었기에 내게 쏟아지는 탐욕스런 시선을 눈치 채지 못했다. 그리고 그자가 짓는 의미심장한 미소도…….

검은 동굴…….

정말 그 검은 동굴은 말 그대로 동굴을 이루고 있는 돌벽도 검었고, 검은색 안개까지 스산하게 피어 있어 동굴이라기보다 살아 있는 생명체의 탐욕스런 입같이 보였다.

지금 그 불길한 느낌을 주는 동굴에 있는, 검은색으로 온몸을 감싸고 있는 한 생명체는 이글거리는 눈빛으로 수정 구슬을 노려보고 있었다.

시시각각 바뀌는 아름다운 영상에도 불구하고 그 여자는 자신의 수정 구슬에 비치는 초대받지 않은 불청객들이 마음에 들지 않는지 사나운 시선을 숨기지 않은 채 수정 구슬을 손가락으로 톡톡 두들기고 있었다.

그렇게 잠시 두들기고 있었을까, 갑자기 적막하던 동굴 안에 또 다른 인기척이 느껴진다 싶더니, 붉은 연기와 함께 그 여자 못지않게 검은색의 로브를 뒤집어쓴 남자가 나타났다.

아무래도 여자가 상관인 듯 남자는 서둘러 무릎을 꿇고 여자 쪽으로 고개를 숙였다.

"찾으셨습니까?"

남자의 인사에도 검은색 로브의 여자는 뒤도 돌아보지 않고, 수정 구술에서 눈도 떼지 않은 채 입을 열었다.

"예, 불청객이 들어왔더군요."

"불청객들이요? 아~ 며칠 전에 들어왔다던 인간들 말입니까? 뭐, 어차피 그들은 우리 귀여운 아이들의 먹잇감이 될 테니 두르가님이 신경 쓰실 필요는 없을 듯싶습니다."

"하찮은 것들이긴 하나 이종족들이 끼어서 그런지 제법 발악을 하더군요. 눈에 거슬리게……."

"정 거슬리시면 제가 나가볼까요?"

"그럼, 부탁드리겠어요."

"별말씀을요. 어차피 이번 시험작들을 시험해 보려 했으니 도리어 잘됐습니다. 실험 재료도 부족한 상태였거든요."

"그럼……."

명령이자 동시에 축객령인 이 말에 검은 로브의 남자는 서둘러 몸을 일으켜 세웠다.

그 역시 같은 편이고 자신의 상관이긴 하나 이 잔인한 여자의 심성을 건드리고 싶은 마음은 없었던 것이다.

"잠깐만!!"

"무슨 일이십니까?"

"아, 재료라고 해서 생각났는데… 이종족은 몇 살려 데려오도록 하세요. 새로운 제물이 필요한 때니까요."

"알겠습니다."

"뭐, 반항하면 망가뜨려도 됩니다. 제물로 올릴 때까지만 심장이 뛰면 되니까요."

"명심하겠습니다. 그럼 저는 이만……."

마지막으로 인사의 말을 올리고 돌아서는 남자의 행동에도, 올 때와 마찬가지로 사라졌을 때도 그 검은 로브의 여자는 단 한 번도 뒤를 돌아보지 않았다.

그저 이곳에 어울리지 않게 찬란한 빛을 내는 수정 구슬만 바라볼 뿐이었다.

대충이나마 다친 사람을 치료한 뒤 우리는 그나마 남아 있는 말—많은 말이 애스코모이드에게 끌려갔다—에 다친 사람을 싣고 서둘러 이동해야 했다.

시간도 별로 없었고 져서 물러나긴 했으나 또다시 애스코모이드 군단이 나올지 몰라 그곳에 있을 수 없었기 때문이다.

그렇게 계속 걷다 보니 나는 성한 내 몸과 튼튼한 내 다리가 원통스러웠다. 몸이 성한 사람은 자신의 다리로 걸어야 했기 때문이다.

게다가 하자드들과 달리 어린 아이 둘—이오와 루는 모두 속은 나이 많은 할아버지(?), 할머니이긴 하나 겉은 아이였기에 어린애로 취급당했다—까지 있는 브렌과 나였기에 지친 그들을 엎고 가려니 더욱 죽을 맛이었다.

하지만 미안하다고 괜찮으니 걷겠다고 하는 연약한 루를 차마 내려놓을 수 없었던지라 나는 어설프게나마 웃으며 '괜찮아요. 저는 넘치는 체력 빼면 시체니, 정말 걱정하지 않아도 돼요' 라고 달래며 걸어야 했다.

그렇게 걷고 또 걷고 한 끝에 드디어 날이 저물자 우리는 근처 공터에 또다시 천막을 치기 시작했다. 하지만 천막 또한 말에 실었던 물품이었던지라 남아 있는 게 거의 없어 겨우 대여섯 개 친 게 다였다.

게다가 식수와 먹을 음식─버섯 군단에게 음식 주머니를 모두 빼앗겨 버렸다. 다행히 내 마법 주머니에 음식이 있긴 하나 이 많은 수가 먹기에는 턱없이 모자랐기에 최대한 아껴서 조금씩 먹기로 했던 것이다─까지 부족했기에─운디네의 물은 아까 버섯 군단에게 다 써버렸다─우리는 마른 목과 고픈 배를 움켜쥐며 좁은 자리에 몸을 구기고 잘 수밖에 없었다.

텐트가 모자란 고로 아셈과 그를 지키기 위한 하자드, 그리고 덤으로 마쿰까지 끼어든 바람에 제법 널널했던 내 결계는 다른 텐트 못지않게 꽉 차고 말았다.

'자면서까지 저 원수를 봐야 한다니… 으워어어어어~'

속으로 울부짖는 내 마음을 아는지 모르는지 마쿰 녀석은 천막과 달리 시원해 좋다며 감탄을 해댔다. 그중 가장 열받는 것은 왕 불청객인 하자드가 아셈에게 내 매트에서 최대한 편한 자리를 골라준 것이었다. 원래 거긴 내 자린데…….

"미안하오. 본의 아니게……."

기분 나쁜 기색을 풍기는 내 모습을 보고 아셈이 미안한 듯 웃으며 사과하기에 나는 어색하게 웃으며 괜찮다고 황급히 대답해 주었다. 물론 속은 절대 괜찮지 않았지만 말이다. 크흑… 거긴 내 자린데…….

"우와, 이거 굉장히 좋은데… 엇, 손가락에 이상한 막 같은 게 걸려."

신기한 듯 결계를 꾹꾹 눌러보는 마쿰의 모습에 나는 힘없이 고개를 흔들며 그의 질문에 대답해 주었다.

"그게 결계예요. 이 결계는 물리적인 방어는 거의 없지만 비나 모기 등의 잡벌레를 막을 수 있는 데다가 온도 조절 같은 것도 완벽해서 밖에서 야영할 때는 딱이죠."

"우와! 이거 되게 좋은데……. 정말 상단 운송할 때 이런 거 가져가면 정말 좋겠다. 모기나 잡벌레도 못 들어오고… 안 그래 하자드?"

흥분한 듯한 마쿰의 목소리에 아셈의 수발을 들던 하자드는 고개를 돌려 이쪽을 바라보며 퉁명스럽게 대꾸했다.

"좋긴 하지만 비싸잖냐! 게다가 사막의 전사가 모기 따위를 두려워해서 쓰겠냐!"

"하지만 매일 물리면 너도 짜증나잖냐! 상단 운송 때마다 모기 때문에 가장 신경질 낸 게 누군데, 자신이 가장 많이 물린다면서……."

"누, 누가?"

"누구긴 여기에 앉아 계신 하자드님이시지, 내가 뭐 틀린 말했냐?"

"으… 윽."

능글맞게 웃으며 골리는 마쿰의 말에 하자드의 얼굴이 붉어진 걸 보니 아무래도 그는 모기가 가장 총애하는 인간인 모양이다. 하긴 여자들이 좋아하지 않는데 모기라도 좋아해 줘야 그도 외로움을 덜 느끼겠지. 케케케케케.

내 비웃는 마음을 눈치 챘는지 하자드는 괜스레 마쿰의 머리를 매트에 박아 눌렀다. 그것도 어서 자라면서…….

'그렇게 누르다가 아주 영원히 자겠다, 자겠어.'

무식한 하자드의 힘에 끝내 항복한 마쿰이 자리에 눕고, 잠에 취해 칭얼대던 이오를 안은 브렌도 눕자 덩달아 자리에 누웠던 나는 한쪽 구석에서 공부 중인 루의 모습에 한숨을 내쉬었다.

이런 상황에서도 공부를 하다니 정말 열성파가 따로 없었다.

"안 자요?"

"먼저 주무세요. 전 좀 있다가 잘 테니까요."

피곤하지도 않은지 방긋 웃으며 자신이 읽던 책을 들어 보이는 루의 열혈적인 탐구 정신에 질린 나는 어느새 잠들어 버린 이오 옆에 몸을 눕혔다.

눕자마자 몽롱한 게 아무래도 오랜 시간 걸어서 꽤나 피곤했던 모양이다. 하긴 마법을 많이 난사했으니 졸리는 게 당연… 하~암 졸리다. 하암~

마지막 하품을 끝으로 눈을 감아 나는 내 쪽을 보며 귀엽다고 중얼거리는 루도, 그 목소리에 괴상한 소리를 내뱉은 하자드도 보지 못했다.

그렇게 행복한 꿈속에 빠져 있는데 귀청을 찢는 요란한 소리가 울려 퍼졌다.

"도둑이다, 도둑이야!! 짐 챙겨!! 돈 챙겨!! 어서 튀어라!!"

"뭐… 뭐야!!"

요란한 괴성에—녹음된 스타아의 목소리다—벌떡 일어난 나는 놀란 눈으로 나를 바라보는 하자드에게 소리쳤다.

"적입니다! 준비하세요!"

내 외침에 언제 잠들었냐는 듯 순식간에 깨어난 하자드는 대답 대신 굳은 얼굴로 무기를 챙기기 시작했다. 그리고 그런 그를 바라보며 나도 머리맡에 두었던 검을 잡았다.

불길한 느낌에 오늘은 더욱 멀리 알람 마법을 설치했던지라 적들이 우리 쪽에 올 때까지는 시간이 있을 줄 알았다.

"뭐, 뭐야 이건!!"

시리도록 하얀 달을 가르며 검은 밤을 등 뒤로 하고 날아오는 수십 마리의 정체 불명의 마물의 모습에 나는 내 좋은 눈을 의심했다.

아무리 봐도, 아무리 생각해도 저게 도무지 어떤 마물인지 영 감이 잡히지 않았던 것이다.

혹시나 해서 마물 박사로 통하는 브렌을 바라보았지만 브렌 역시 모르겠다는 표정으로 고개를 흔들었다.

그렇게 브렌을 바라보고 있던 나는 무스타모의 고함에 시선을 돌렸고, 어느새 바로 앞까지 날아온 정체 모를 마물들의 모습에 놀라 비명을 지르고 말았다.

"뭐야, 도대체 이건!!"

어느새 지척으로 다가온 놀라운 이동 속도도 속도지만 날고 있는 마물의 모습이 더욱 충격적이었다. 모두 한결같이 꿈에서도 보기 싫을 정도로 끔찍한 모습을 하고 있었다.

기다란 뱀의 몸에 커다란 박쥐의 날개를 가진 그(?)는 날개 끝마다 날카로운 전갈의 독침 같은 걸 달고 있었고 얼굴, 아니, 머리 부분에는 스킬라처럼 세 개의 촉수가 달려 너풀너풀 거리고 있었다.

하지만 그렇게 모두 같은 모습을 하고 있는 건 아니었다. 추악하고 끔찍한 모습은 같았지만……

저 멀리 날고 있는 것은 말 같은 네 발 짐승에 앤트 라이온처럼 몸에

얇은 잠자리 날개 같은 날개를 가진… 공포에 질린 남자의 얼굴을 단 괴물이었다.

그들의 기괴한 모습에 질려 있던 우리는 잠시 방심하느라 그들이 선공할 틈을 주고 말았다. 그리고 곧 방심한 자신들에게 크게 한탄했다.

그들의 공격력은 오전에 만났던 버섯 군단에는 비교되지 않을 정도로 엄청나게 강했던 것이다. 내가 나는 것보다 배는 빠른 속도와 맞으면 뼈가 으스러질 것 같은 파괴력에 우리는 질리고 말았다.

하지만 이대로 죽을 수 없기에 검을 뽑고 그들을 막아서기 시작했다. 그러나 역부족이었는지 여기저기서 뼈가 부서지고 처절하게 울리는 비명 소리가 들려오기 시작했다.

"등을 맞대고 둥글게 모여!!"

아셈의 외침에 우리는 서로 등을 맞대고 섰다.

그렇게 하니 피할 수 있는 행동의 반격은 좁아지긴 하였으나 뒤를 당할 위험이 없어 싸우기에는 편했다. 그렇게 서다 보니 본의 아니게 무스타모와 케미트와 등을 맞대게 된 나는 멀리 떨어져 있는 부상자들이 걱정되기 시작했다.

"웃!! 아셈들은 괜… 아, 앗차!! …찮을까요?"

"괜… 찮을 거야. 그래빼… 도 읍!! 검술 솜씨… 는 좋거든. 그리… 고 지금 우리… 하앗!! 가 그걸 걱정할 때… 는 아닌 것 같은데. 큭!! 이 녀석 장난… 이 아니잖아!!"

케미트의 말처럼 여기저기서 날아드는 손톱과 꼬리에 나는 남 걱정할 때가 아니라는 것을 알 수 있었다. 그러나 케미트와 무스타모의 솜씨가 좋았는지 덤벼드는 적을 모두 제거하지는 못했지만 크게 상처 입지는 않았다.

"크아아악!!"

케미트와 무스타모의 합동 작전에 앤트 라이온의 날개를 가진 이상한 사람 얼굴의 마물이 넘어가자 나도 힘을 내 녹색의 도마뱀을 향해 검을 날렸다. 내 검이 그의 목을 뚫고 지나가자 커다란 괴성과 함께 그 마물은 자신의 피부색보다 더 진한 녹색의 피를 뿜으며 넘어갔다.

그렇게 그가 넘어가자 또 다른 마물이 덤벼들기 전에 서둘러 던진 검을 잡으러 달려간 나는 검을 잡기도 전에 들린 이오의 처절한 울음소리에 나도 모르게 고개를 돌리고 말았다.

"놔!! 놓으라고!! 아아악, 루우우우!!"

미친 듯이 울부짖으며 루의 목을 움켜잡고 있는 독수리 발톱을 단검으로 공격하고 있는 이오의 모습에 나는 새파랗게 질리고 말았다.

아무리 이오가 정령을 부린다고 하나 하급이었고 지금 이오가 부린 실프의 공격은 그 소머리의 마물에게는 전혀 효과가 없었던 것이다. 그런데도 이오는 발버둥 치는 루의 목을 움켜잡고 있는 마물의 발을 자신의 작은 단검으로 찌르고 있었다.

하지만 그런 이오의 공격이 귀찮아졌는지 그는 그 기다란 악어 꼬리로 이오의 작은 몸을 팍 쳤다.

비명 소리조차 지르지 못하고 날아간 이오의 모습에 새파랗게 질렸던 나는 재차 이오를 공격하려는 그 소머리 마물의 모습에 내 주위도 인식 못하고 뛰쳐나갔다.

하지만 실수였던 모양이다.

"위험해에에에!!"

케미트의 고함 소리가 아니어도 나는 내 목을 노리고 달려드는 기다란 녹색 꼬리에 나도 모르게 눈을 감고 말았다.

푸악!!

"어?"

아무런 통증이 느껴지지 않았고 도리어 얼굴에 쏟아진 뜨뜻한 액체에 눈을 뜬 나는 붉은 피를 줄줄 흘리는 반쯤 부서진 사람의 머리를 볼 수 있었다. 그 발발 떠는 몸을 지탱하는 것은, 그 마물의 머리를 뚫은 거대한 검은 말에 검은색으로 온몸을 두르고 있는 남자가 가지고 있는 창이었다.

'누… 누구?'

"여어, 그렇게 놀면 재미있냐?"

마지막 맨티코어—몸은 사자, 머리는 인간, 꼬리는 치명적인 독을 가진 마물—가 처절한 비명과 피를 뿌리며 넘어가는 것을 바라보고 있던 카이넨은 자신의 뒤쪽에서 들리는 능글맞은 목소리에 미간을 팍 찌푸렸다.

"그래, 재미있다. 그런데 넌 또 여긴 왜 온 거야?"

잠시의 유희마저 깨져 버리자 화가 치민 카이넨은 잔뜩 날이 선 목소리로 자신을 바라보는 남자에게 대꾸했다. 그런 카이넨의 태도에도 불구하고 붉은 머리 남자는 흘러내린 외눈 안경을 치켜 올리며 희죽 웃을 뿐이었다.

"왜겠어. 당연히 널 놀리러 온 거지. 정말 애 쓴다, 애써. 귀찮은 건 딱 질색인 너답지 않게 죽이는 재미도 없는 하급 마물 사냥을 하고 난리냐? 그것도 인간계에서 말이야. 네가 이런다고 그 상대가 알아주기라도 하냐!!"

"누가 알아주길 바라서 하냐. 기다리기 심심해서 잠시나마 여흥을 즐기는 거지. 그리고 쓸데없이 말 돌리지 말고 넌 여기 왜 온 거야? 설마 진짜로 나 약 올리러 온 거냐, 플레이너스?"

"반은… 하지만 반은 아니야. 음, 그동안의 악연을 생각해 너에게 이 소식을 알려줘야 할 것 같아서 말이야. 너 장난감 간수 잘해야겠더라. 자칫 방심했다가 네가 가지고 놀기도 전에 딴 녀석에게 뺏기겠더라구."

"뭐? 그게 무슨 소리야?"

"어이, 그렇게 노려보지 마! 노리는 건 내가 아니니라구!!"

"그럼 누구야?"

낮게 가라앉은 카이넨의 목소리에 놀랐는지 눈을 동그랗게 뜨고 카이넨을 바라보던 플레이너스가 곧 큰 소리로 웃음을 터뜨렸다.

"아하하하하. 너 진짜냐? 장난이 아니라 진짜냐구? 아하하하하. 이 거야말로 뉴스감인데… 아하하하하!"

허리까지 굽힌 채 미친 듯이 웃어대는 플레이너스의 모습에 얼굴에 약간 홍조를 띤 카이넨은 민망함을 감추기 위해 뺙 소리쳤다.

"쓸데없는 소리 그만 하랬지. 그래, 누구야!! 누구냐고!!"

"아하하하. 그래 알았다. 상대는 발록이야, 발록!"

"뭐, 발록? 그 녀석은 나보다 더 심하잖아!!"

믿기지 않는다는 카이넨의 말투에 플레이너스는 웃느라 흘린 눈물을 닦으며 고개를 끄덕였다.

"맞아. 피를 즐기면서도 귀찮다는 이유로 사냥을 안 할 정도로 움직이는 걸 싫어하는 놈이지. 하지만 미안하게도 사실이야. 뭐, 니가 믿든 믿지 않든 네 마음이지만 말이야."

장난이 많은 악우이긴 하지만 쓸데없는 말이나 거짓말은 하지 않는 플레이너스라는 것을 잘 알기에 카이넨은 믿을 수 없었지만 고개를 끄덕였다.

"그래, 그렇다고 치자고. 그런데 왜 그 자식이 내 장난감을 노린다는 거야! 도대체 무슨 이유 때문에?"

"마계에 피해가 올까 봐 움직였… 다는 건 당연히 아니고, 아마 내 예상이 맞다면 그 흑마법사에게 끌려간 컬바인 족 때문인 것 같아. 끌려간 놈이 케 뭐라 하는 놈이었는데… 아! 이름이 케인이었다! 아무튼 그놈이 불행히도 발록이 주워 키웠던 놈이거든. 아무튼 그로 인해 귀찮은 건 딱 질색인 발록까지 움직이고 있어. 그 녀석을 되찾기 위해서 말이야. 신기하지 않아?"

"그래 신기하다, 신기해. 하지만 발록이 키운 놈이 끌려갔다고 해도 그 녀석이 내 장난감을 노릴 이유는 없다고 보는데."

왜 어째서 그런 결론이 나왔냐고 되묻는 카이넨의 모습에 플레이너스는 얼굴을 긁적이며 어색한 표정을 지었다.

"나도 그렇게 생각해서 아무 말 안 했는데, 불행히도 그렇지 않았던 모양이야. 지금 네 장난감이랑 발록이랑 대치 중이거든."

"뭐!!"

"저… 도와주셔서 감사합니다. 그런데 실례지만 누구신가요?"

내 물음에 휙 고개를 돌린 머리부터 타고 있는 말까지 새카만 색으로 뺀 남자는 잘생기긴 했지만 온몸에서, 특히 눈에서 풍기는 살기가 장난이 아니었다.

마치 사냥감을 바라보듯 쳐다보는 시선에 등골이 오싹해지며 스멀스멀 불쾌한 기분이 피어오르기 시작했다. 왠지 이 남자가 익숙한 듯했기 때문이다.

'누구지? 처음 보는 건 분명한데 왜 이렇게 낯이 익은 거야? 누군가를 심히 연상시키는 이 안면 근육 경직 상태! 도대체 누구야, 이 녀석? 도대체 누군데 왜 이렇게 낯이 익은 거야? 그리고 누굴 닮은 거야!!'

머리 속에서 메아리치는 물음을 접고 나는 나의 대답에도 아직 묵묵부답으로 대변(?)하는 남자를 향해 조심스럽게 다시 질문을 던졌다.

"저… 제 말 못 들으신 건가요? 저 실례지만 누구신지……?"

재차 묻는 내게 돌아오는 것은 침묵뿐이었다.

'벙어리인가? 아니면 귀머거리? 에이 설마 이렇게 잘난 남자가?

"루안!!"

"아? 이런!!"

아무 대답도 하지 않고 있는 남자를 멍하니 바라보고 있던 나는 브렌의 비명과 다시 덤벼들기 시작하는 마물들의 괴성에 정신을 차렸다. 다행히 브렌의 경고에 검을 휘둘러 피할 수 있었던 나는 아직도 걸쭉한 녹색 피를 흘리고 있는 마물의 목에서 검을 뽑아 들고 루를 구하기 위해 달려갔다.

내가 도착하기도 전에 루를 낚아챈 마물은 어느새 저 멀리 날아가고 있었다.

그 모습에 서둘러 날아오른 나는 아까 맞고 튕겨 나간 이오를 떠올리고 이오 쪽을 바라보다 이오 곁에 서 있는 브렌을 볼 수 있었다. 브렌에게 이오를 맡기기로 생각한 나는 고개를 돌려 빠른 속도로 도망가는 마물을 쫓아 날아가기 시작했다.

하지만 속도가 나보다 빠른 데다가 덤벼드는 마물이 많아 잡기가 생각보다 힘들었다. 이대로 두었다가는 루를 놓칠 것 같아 날아가는 속도를 늦추고 시동어를 외기 시작했다.

"다크 애로우!!"

남달리 좋은 눈을 믿으며 내 근처의 마물과 루를 잡아 날아가는 마물을 향해 다크 애로우를 미친 듯이 난사하기 시작했다.

드래곤이란 이런 점에서 좋았다. 마법의 종족이라는 말답게 엄청난 마나와 따로 긴 주문을 외울 필요없이 시동어만으로 마법을 사용할 수 있다는 점 말이다. 게다가 무진장 좋은 눈도.

내 주위에 있던 마물들은 물론이며—아무래도 공격력에 비해 방어력이 현저히 떨어지는 녀석들이었다. 특히 날개 쪽은…—내 마법 공격에 집중적으로 당했던, 루를 들고 도망갔던 마물은 피막으로 덮힌 날개가 걸레가 되어 괴성을 지르며 밑으로 떨어지기 시작했다.

떨어지면서 놓쳤는지 루가 마물보다 더 빠르게 떨어지고 있어 나는 서둘러 루에게 페더 폴(떨어지는 물체의 속도를 깃털의 낙하 속도만큼 줄이는 마법)을 실행시키고 그쪽으로 몸을 이동시켰다.

"루! 루! 괜찮아요? 이런 기절했… 세상에나! 힐링!"

심각할 정도로 목이 찔린 루의 모습에 당황한 나는 서둘러 힐링을 걸어주었다. 다행히 숨은 쉬는 듯했지만 나의 뛰어난 마법에도 불구하고 정신을 차리지 못하고 고개를 축 늘어뜨리고 있는 루의 모습에 당황해 주위를 살피던 나는 저 멀리에서 싸우고 있는 일행을 확인하고는 정신을 차렸다.

"그래! 브렌, 브렌이 있었어! 어서 브렌에게 보여야 돼! 루, 죽으면 안 돼요. 잠깐만, 잠깐만 더 버텨요. 만약 죽으면 죽여(?) 버릴 거야! 알았어요!"

연신 루에게 협박을 내뱉으며 미친 속도로 브렌이 있는 곳으로 날아가던 나는 순간 아래를 바라보고는 비명을 지르고 말았다. 그도 그럴 것이…….

"재, 재생되잖아. 도대체 뭐야, 이것들은……!"

믿을 수 없게도 내가 반쯤 피떡으로 만들어놓은 몇몇 마물은 트롤처럼 재생 능력이 있는지 빠르게 재생되어 가고 있었다. 아니, 트롤보다 재생 능력이 월등히 뛰어난지 어느새 다시 재생된 날개를 펴고는 나를 향해 날아오고 있었다.

"이, 이런 워프."

바로 앞까지 날아온 손톱에 놀란 나는 나도 모르게 마법을 실행했다. 역시 나는 천재였는지 급히 시도한 워프임에도 불구하고 무사히 목적지인 브렌의 옆으로 이동할 수 있었다.

"루안?"

"네, 저예요. 이오는, 이오는 괜찮아요?"

"모르겠어요. 근처까지는 올 수 있었지만 아직 만져 보지는 못해서……."

덮쳐 오는 마물들을 불로 태우고 독약으로 녹이고 있는 브렌의 얼굴은 딸에 대한 걱정으로 가득했다. 딸이 날아가는 것을 보고 어떻게든 여기까지 오긴 왔지만 딸을 돌봐줄 정도의 시간은 없었던 것이다.

주위에 모여 있는 마물들에게 다발적으로 마법을 날려댔다. 순간 생긴 빈틈을 노려 나는 황급히 이오 곁으로 다가갔다. 쓰러져 있는 이오의 곁에 루를 눕힌 나는 이오의 목을 만져 보고 안도의 한숨을 내쉴 수 있었다. 미약하긴 하나 맥이 일정하게 뛰고 있었던 것이다.

"괜찮아요. 맥이 일정해요."

"다행이군요."

안도의 한숨을 내쉬는 브렌에게 나는 걱정 말라는 말을 건네고는 검

을 집어넣었다. 아무래도 재생되는 녀석이 있기에 검보다는 파괴력이
높은 마법이 낳을 것 같았다.

위험하다 해도 한 번에 제거할 수 있는 강한 그레이봄(적의 발밑을 폭
발시켜 상대를 폭사시키는 마법)을 시행하려던 나는 또다시 들리는 찢어지
는 비명 소리에 그쪽으로 고개를 돌렸다. 위험하다는 것도 잊고 말이다.

하지만 이번에는 아까와 달랐다. 무척이나.

상대가 한 명이 아닌 여러 명이라는 점과 비명을 지른 존재가 사람
이 아니라 마물들이라는 것이 이오 때와는 달랐다.

"우와, 잔인하긴 하지만 진짜 화려한 싸움이네요."

"그… 그렇군요."

브렌은 어색하게 동조했지만 그의 전투에 나는 감탄사를 연신 내뱉
었다.

한 손으로는 스커지(여러 개의 가죽 편에 매듭이나 뽀족한 스파이크를 달아
만든 채찍)를 휘두르며 한 손에는 기다란 창을 든 채 수십 마리의 마물을
일방적으로 학살하는 그 남자의 전투는 정말 화려하고 파워풀했다.

원래 스티지는 살생력이 거의 없는 괴롭히기만 하는 고문 도구였는
데, 이 남자의 스티지는 끝에 엄청 날카로운 스파이크가 박혀 있어 마
물들이 그것에 스칠 때마다 살점이 우두둑 쏟아지고 있었다. 게다가
그 거대한 창은 상대의 급소에 박혔고, 그럴 때마다 그 부분이 완전히
부서져 재생할 수 있는 마물이었음에도 불구하고 재생 한 번 해보지도
못하고 픽픽 쓰러졌다.

공포스런 파괴력과 잔인함으로 나를 비롯해 하자드들, 심지어 그와
대치하고 있는 마물들에게 감탄과 엄청난 공포감을 동시에 주고 있었
다. 특히 공포감은 마물들 쪽에서 더 했다.

그가 타고 있는 말이 이리저리 움직일 때마다 여기저기서 퍽퍽 터져 쓰러지는 동료들의 비참한 모습에 마물들은 전의를 잃어버렸는지 새파랗게 질려 덜덜 떨고 있었다.

그렇게 멍하게 있는 틈을 타 나는 마물들이 모여 있는 쪽으로 그레이봄을 시행했다.

콰앙 하는 요란한 굉음과 함께 동료들의 파편이 여기저기서 튀자 안 그래도 공포로 새파랗게 질려 있던 마물들이 주춤주춤 물러나기 시작하였다.

하지만 날아서 도망가는 녀석들의 손에는 이미 많은 동료들이 산 채로 잡혀 있었다. 심지어는 제법 친했던 마쿰 녀석까지.

'저 자식은 인질 되는 게 취미 아냐! 왜 이리 매번 잡히는 거야!'

속으로 틱틱거리면서도 나는 루 때보다 더욱더 빠르게 멀어지는 그들의 모습에 서둘러 날아올랐다. 워낙 빠르게 이동하는 녀석들이고, 어디로 움직일지 몰라 워프를 시도할 수 없기에 나는 속도를 더욱 내서 날 수밖에 없었다.

그렇게 날아가는 내 뒤로 케미트들이 고함을 지르며 쫓아오는 것을 볼 수 있었다.

"거기 서!!"

"비겁하게 도망가기냐!! 도망가더라도 인질은 놓고 가!!"

미친 듯이 비명을 지르며 쫓았지만 우리는 어떤 마물도 잡을 수 없었고, 또한 인질 중 그 누구도 구하지 못했다. 빠르게 날아가던 마물들 주위에 검은색의 동그란 원이 생기더니 비명을 지를 틈도 없이 번쩍하더니 순식간에 사라져 버린 것이다.

"뭐, 뭐야 이건!! 도대체 뭐냐고!!"

순식간에 동료들을 놓쳐 버린 나는 허탈하고 기가 막혀 비명을 질렀지만 사라진 동료와 마물들은 돌아오지 않았다. 한참을 그렇게 바라보고 있는데 귓가에 나를 부르는 소리가 들렸다.

"어이, 가자고."

"그래, 가자. 보고 있는다고 돌아오진 않을 테니까."

"하지만……."

"하지만 뭐, 이미 사라졌잖아. 아직 남아 있는 적이 있을지 모르니까어서 동료들에게 돌아가야 해."

"아… 알았어요."

멀리서 희미하게 들리는—기본적으로 나는 인간보다 몇 배로 귀가 좋으나 그들이 너무 멀리 떨어져 있었다—케미트들의 목소리에 나는 갈 때와는 다르게 힘없이 날아갔다.

잠시 날아가자 그동안 나를 기다리고 있었는지 케미트가 어두운 얼굴로 나를 맞아주었다. 그런 그들의 모습에 나는 천천히 땅으로 내려왔다.

"수고했어."

"수고라뇨, 동료들을 놓쳤는데요."

"하지만 많은 사람이 살았잖아. 괜찮아. 이렇게라도 살아 있는 게어딘데… 안 그래?"

달래는 듯이 내 어깨를 두드리는 케미트의 손길에 나는 더욱 얼굴을 굳혔다.

마음 한구석에서는 루가 아니어서 그렇게 쉽게 포기한 거 아니냐는내 스스로의 비난의 목소리가 들려와 더욱 마음이 아팠다. 그렇지 않다고, 절대 아니라고 속으로 되뇌였지만 나 스스로가 그 말을 믿을 수 없었다.

솔직히 그들이 이동한 곳은 노력하면 찾을 수 있을지도 모른다. 그리고 또 그곳으로 갈 수 있을지도 모른다. 가능성은 아주 조금밖에 없지만…….

하지만 솔직히 가고 싶지 않았다. 그곳에 갔다가는 내가 위험해질 게 뻔했기에 나를 지키기 위해 마쿰들을 버린 것이다.

그런 사실을 나를 위로하는 케미트에게는 말할 수 없기에 더욱 마음이 무거워져만 갔다.

그렇게 힘겹게 걸어오던 우리는 또 다른 대치 상태를 벌이고 있는 하자드들을 발견하고 서둘러 달려갔다.

하자드를 비롯한 아셈—브렌은 이오와 루의 상처를 치료하는 중이었다—들은 우리를 도와준 정체 불명의 남자를 둥글게 에워싸고 있었다. 적이라면 가차없이 덤비겠다는 표정으로 말이다. 물론 덤볐다가는 가차없이 죽겠지만.

"이게 무슨 일이에요?"

"그건 내가 묻고 싶은 말이군. 인간들은 은인에게 이렇게 대하나?"

그 정체 불명 남자의 입에서 나온 말에 가장 먼저 떠오른 생각은 '앗, 벙어리가 아니었잖아'였다. 정말 생각하면 할수록 나는 심각함을 오래 간직하지 못하는 타입인 것 같다. 아니면 상황 파악이 잘 안 되는 타입인지. 아마 둘 중 하나일 것이다.

"인간들이라… 그럼 당신도 마족인가요?"

평소와는 달리 앞서 나서는 아셈의 모습에 정체 불명의 남자는 아셈을 힐끔 바라보더니 무뚝뚝하게 대답하였다.

"맞아. 난 발록이지."

"바… 바바바바바바발록? 발록이라구요?"

믿을 수 없다며 비명을 지른 건 나였지만 나와 마찬가지로 브렌을 비롯해 하자드들도 놀란 게 분명했다. 그도 그런 게 주위의 모든 동료들이 턱이 빠져라 입을 딱 벌리고 있었던 것이다.

'발록이라니… 발록은 해골바가지에 검은 옷을 걸친 괴물이잖아! 아니면 소머리통이던가!! 근데 인간형이었어? 그것도 이렇게 자~알생긴 남자?'

너무 충격적인 말에 어버버 하고 있던 나와 동료를 발록이라는 남자가 이상한 듯 바라보았다. 하지만 그 모습에도 나는 쉽게 제정신을 차릴 수 없었다.

"아, 그… 그러셨습니까. 참, 인사가 늦었군요. 저희를 구해주셔서 감사드립니다. 정말 어떻게 감사를 드려야 할지……."

그나마 가장 빨리 정신을 차린 아셈이 충격 때문에 핼쑥한 얼굴로 고맙다는 인사의 말을 서둘러 건넸다.

"아! 감사 인사를 할 필요는 없소. 당연한 일이었으니. 게다가 당신들에게 볼일도 있었으니까. 그런데 그 키메라는 뭐요? 도대체 누가 마물을 써서 키메라 따위를 만든 건가?"

"에엣?"

미처 몰랐던 충격적인 사실에 나는 또다시 비명을 질렀다.

나의 비명을 들었는지 발록이라는 남자가 한숨을 내쉬며 나를 바라보았다.

"몰랐는가? 정체를 몰랐다면 누가 만든지도 모르겠군. 으음, 그럼 설마 이따위 장난감을 만들기 위해 케인을 끌어들인 건가?"

차가운 냉기를 풍기며 혼잣말하듯 작게 중얼거리는 남자의 모습에 나를 비롯해 동료들은 오싹한 한기에 몸을 부르르 떨었다. 그만큼 그 남자의 몸에서 피어오른 살기가 장난이 아니었던 것이다.

그리고 나는 그 살기 말고도 또 다른 것을 감지해 낼 수 있었다. 그 키메라를 만든 남자가 나중에 어떻게 될지에 대해…….

'누군지 모르지만 곱게 죽기는 틀린 것 같군.'

자살하는 게 더 행복하게 죽음을 맞는 거라 생각하고 있는데 무언가 오싹한 한기가 느껴졌다. 그 이상한 느낌에 고개를 들자 그만 발록과 눈을 딱 부딪치고 말았다.

"왜, 왜요?"

"네가 루치아노 칸 카이스트라인가?"

마족에게서 생각도 못한 내 이름이 나오자 당황한 나는 고개를 끄덕이며 황급히 대답했다.

"맞는데요. 실례지만 어떻게 제 이름을……?"

"그게 중요한 게 아냐. 미리 말해 두지만 너같이 얼빠진 녀석이 왔다 갔다 하면 일을 처리하는데 귀찮기만 하니까 당장 여기서 꺼져. 알았나? 알아들었을 거라 믿고 나는 이만……."

'뭐, 뭐어?'

자신의 할 말만 다다다 내뱉고는 순식간에 사라져 버린 발록의 모습에 나는 황당함에 입을 딱 벌리고 말았다. 그러나 그것도 잠시, 부글부글 끓어오르는 분노에 나는 주먹을 꼭 쥐고 하늘을 바라보며 소리 높여 외쳤다.

"와달라고 빌(?) 때는 언제고 이제는 꺼지라고? 웃기고 있네. 내가 불이냐 꺼지게!! 내 오기로 간다, 가!! 가서 네 목적이 뭔지 모르지만 확 뒤집어주고 말겠어, 알았냐!! 이 재수없는 마족 발록 자식아아아아아아!!"

꼭꼭 숨어라, 머리카락 보일라…

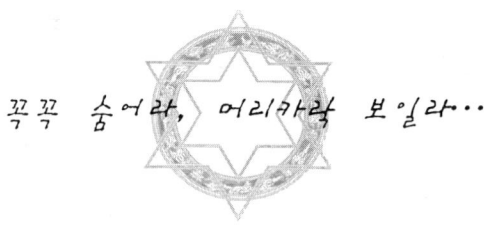

꼭꼭 숨어라, 머리카락 보일라…

"드디어 원래의 길을 찾았다! 찾았어! 자 이제부터 이쪽으로 죽 가면 목적지인 암만―하르콘 생산지로 여러 개의 작은 광산이 있다― 에 도착할 수 있다고! 아~앗싸!!"

"하~아, 드디어!!"

체면도 잊어버리고 소리 높여 탄성을 터뜨리는 케미트와 하자드, 그리고 그의 부하들의 모습에 나는 피식 웃고 말았다.

그동안 고생이 심해서인지 처음의 오만함은 사라지고 어느덧 푼수끼만 남은 그들이었다. 아니면 오만했던 것은 겉모습뿐이었고 원래는 100퍼센트 오리지널 푼수들이었든지.

"어이, 그런데 곧 있으면 나올 시젠에 들를 거야? 조금만 가면 나올 텐데?"

"그, 글쎄?"

'시젠?'

하자드의 물음에 즐겁게 웃던 케미트의 얼굴이 일그러지기에 뭔가 있다라고 느낀 나는 그들의 대화에 귀를 기울였다.

숙덕숙덕거리는 그들의 대화를 종합해 보니 시젠이란 곳은 어떤 장소인 듯했다. 어떤 장소의 이름이라는 걸 알게 되자 그곳이 어디를 말하는지 자연스럽게 떠올릴 수 있었다.

사막에서 들를 만한 곳은 흔하지 않기 때문이다. 기껏해야 유랑민의 영토나 고대의 신전 정도? 하지만 이 최악의 사막 사카이나에 사는 유목인은 없었기에 나는 시젠이라는 곳이 오아시스라 짐작… 아니, 확신할 수 있었다.

'오아시스라… 음… 아무래도 무작정 좋아할 만한 일은 아니군.'

나와 마찬가지로 오아시스에 아주 불쾌한 기억이 있던 케미트는 하자드의 의견에 떫은 얼굴을 하였다.

하지만 들러보자는 아셈의 말에 케미트는 어쩔 수 없는 듯 말을 그쪽으로 몰기 시작했다.

하긴 오랜 여행에 말도 쉬지 못했고 또한 물까지 거의 바닥난 상태니—우리는 매일 아침마다 브렌과 이오의 운디네가 준 물로 겨우 연명하고 있는 상태였다—위험하다 해도 오아시스를 못 본 척 지나갈 수는 없었던 모양이다.

걸어가던 케미트가 갑자기 말을 세우더니 아셈을 바라보았다.

뭔가를 요구하듯 바라보는 케미트와 하자드의 시선에 아셈은 한숨을 쉬며 앞으로 한 발짝 나서 큰 소리로 외쳤다.

"자, 이제 조금만 더 가면 너희가 아는 시젠이 나올 것이다. 오아시스에는 안 좋은 기억이 있기에 피하고 싶은 마음이 들 것이다. 하지만 알다시피 더 이상 오아시스는 없다. 그렇기에 나와 하자드는 시젠에 들렀다 가고자 한다. 그러나 케미트는 반대하고 있다. 케미트처럼 이 의견에 반대하는 자가 있다면 다른 의견을 말해도 상관없다. 그리고 그 의견이 타당하다면 나는 그 의견을 택할 것이다. 그래, 순달, 말해 보도록."

아셈이 자신의 말이 떨어지기 무섭게 불쑥 손을 든 순달에게 물었다.

"저, 꼭 들러야 합니까? 다시 그런 일이 생기지 않는다고 장담할 수 없잖습니까? 게다가 이곳은 사카이나 사막 깊숙한 곳입니다. 이런 곳에서 더 강한 마물이 나오면 나왔지 약한 마물이 나올 리 없잖습니까!"

"죄송하지만… 저도 순달의 의견에 찬성입니다. 마실 물 정도는 계속 브렌과 이오에게 부탁해서 이대로 갈 순 없나요?"

전의 기억이 떠올랐는지 어두운 얼굴의 순달과 무스타모가 반대 의견을 내뱉자 잠자코 듣고 있던 브렌이 조심스레 자신의 뜻을 말했다.

"그렇지만 이대로라면 무리입니다. 말은 안 했지만 저와 제 딸은 이미 한계에 도달한 상태입니다. 게다가 운디네의 물도 바닥이 난 상태라 최대로 버틸 수 있는 기간이 길어야 삼 일 정도입니다."

그동안 아무 말 없이 물을 대주던 브렌의 말에 주위에서 걱정하는 목소리가 여기저기서 터져 나왔다.

"그렇다면 어쩔 수 없이 가야 하는 건가요?"

힘없는 싱의 목소리에 다혈질인 마날이 버럭 소리를 지르며 나섰다.

"갑시다! 사막의 전사인 우리가 우리의 영토인 오아시스에 한낱 마물 때문에 가지 못 한대서야 말이 됩니까! 가서 싸워 되찾읍시다!"

"그건 바보 짓이야. 다른 방도를 찾자고……."

"다른 방도가 뭐가 있는데… 그리고 감히 누구한테 바보 짓이라 하는 건가!!"

"뭐얏!!"

각자 다른 의견을 내며 분분한 게 아무래도 이대로 뒀다가는 칼 들고 싸움이라도 일으킬 기세였다. 그런 그들의 모습을 잠자코 바라보고 있던 하자드가 이마에 핏대를 세우고는 큰 소리로 윽박질렀다.

"시.끄.러!! 니들이 여자냐!! 쨍알쨍알 시끄럽게!! 입 닥치고 한 명씩 말해!!"

'니가 더 시끄럽다. 으~ 골이야.'

바로 옆에 있던 하자드까지 버럭버럭 소리 지르는 바람에 그 여파를 고스란히 받게 된 나는 귀를 감싸 쥐고 자리에 주저앉고 말았다. 나라는 피해자가 있긴 했지만 그래도 하자드의 우렁찬(?) 외침 덕에 여기저기서 숙덕대는 것은 사라졌다.

하지만 계속해서 반대와 찬성 의견이 나오는 게 아무래도 이대로 놔뒀다가는 날이 지고 내일의 해가 떠도 끝이 날 것 같지 않았다.

"흐~유, 그럼 내가 갔다 오죠"

"혼자서 괜찮겠나?"

하자드의 말에 '이 사람아, 나 혼자 가는 게 더 편하네' 라고 생각했지만 그렇게 말할 수는 없기에 나는 괜찮다는 의미로 손을 흔들어댔다.

"플라이와 컨실 셀프(자신의 모습을 남이 볼 수 없게 하는 마법)를 사용하면 괜찮을 겁니다."

"그래도… 내가 따라갈까?"

"엑! 아… 아니, 아무것도 아니에요."

나도 모르게 나간 이상한 소리에 자기를 무시하냐며 화를 내는 케미트에게 나는 황급히 그런 뜻이 아니라며 손을 흔들었다.

"그런 뜻이 아니에요. 그 두 가지 마법을 쓰면 들킬 위험이 적은데다 만약에 걸리더라도 나는 이쪽으로 워프하면 됩니다. 그러니 혼자 가는 게 편하죠."

이렇게까지 말하자 얼굴 근육을 푼 케미트가 고개를 끄덕이며 나에게 부탁의 말을 건넸다.

"그렇다면야 음… 이쪽 일직선으로 쭉 2천 미터 정도 날아가면 오아시스가 보일 거야. 확인 부탁하고 적이 있다면 싸울 생각 하지 말고 바로 오도록 해!"

잘 다녀오라는 말과 그답지 않게 무사하라는 말에 어색한 미소로 답변해 준 나는 서둘러 컨실 셀프를 시행한 후 몸을 하늘로 띄웠다.

최대한 빠른 속도로 일직선으로 주욱 날아가자 케미트가 말한 오아시스를 볼 수 있었다.

모습을 숨기긴 했지만 들통날지 모르기에 근처까지만 날아간 나는 오아시스 주변으로 넓게 센스 에네미(시전자에게 적의를 지닌 존재를 감지하는 마법)를 시행했다.

한참을 시전했는데도 아무런 기척을 느낄 수 없었던 나는 뜻밖의 행운—아무리 없다 해도 최소 스킬라만한 마물이 한 마리 정도는 있을 거라 생각했다—에 놀라며 서둘러 나를 기다리는 동료들에게로 워프를 시동했다.

그리고 크게 소리쳤다.

"아무것도 없는 거 있지!!"

"뭐… 뭐냐!!"

"적이닷!!"

"제길, 비겁하게 갑자기 튀어나오다니!!"

그들의 바로 옆에서 말했건만 컨실 셀프를 아직 해제시키지 않아 내 모습을 보지 못한 동료들은 내 외침에 화들짝 놀라며 검을 뽑아 들었다.

그런 그들의 모습에 황급히 마법을 해제시킨 나는 검을 뽑아 들고 이리저리 훑어보며 소리치는 동료들에게 미안한 듯 머리를 긁적이며 웃었다.

"미안… 내가 마법을 푼다는 걸 깜빡했지 뭡니까."

"으악! 너… 너였냐! 놀랐잖아!"

"언제 온 거야? 우린 적인 줄 알았잖아!"

"인기척 좀 내라, 내!! 인기척 좀!!"

기가 막히다는 듯 고개를 가로저으며 내뱉는 동료들의 구박에 나는 실수를 하기는 했으니 차마 겉으로는 내뱉지 못하고 속으로 '그럴 수도 있지' 라며 구시렁거렸다.

'최대한 빨리 이 기쁜 소식을 전하고자 한 내 맘을 몰라 주다니… 쳇쳇쳇.'

속으로 구시렁거리던 나는 내 주위로 바글바글 모여들며 묻기 시작하는 사람들에게 내가 본 것을 이야기해 주었다.

내가 급히 가져온 좋은 소식을 전하자 동료들은 금세 얼굴에 화색을 띠었다.

하지만 '우워~ 오랜만에 물을 실컷 마시겠다', '난 목욕부터 할 거야!' 하며 기뻐하는 동료들의 들뜬 마음을 단칼에 잘라 버리는 인간이 있었으니…….

"으음, 좋은 일이긴 하나… 그거 확실한 거야?"

"설마 저를 못 믿는 겁니까?"

"음… 꼭 가야 하는 건가, 하자드?"

화를 참으며 말한 나를 무시한 채 하자드를 바라보며 묻는 케미트에게 나는 그만 열받을 대로 받고 말았다. 이 몸께서 친히 위험을 무릅쓰고 갔다 왔건만 믿지 못하고 꼭 그곳에 가야 하냐고 묻는 그의 방자한 태도에 화가 났던 것이다.

게다가 그것도 나란 인간―그들은 내가 드래곤인 줄 모른다―은 안중에도 없다는 듯이 말하는 것이 아닌가. 정말 나를 무시해도 유분수지… 하!

시시각각 일그러지는 내 표정에 하자드나 아셈은 당황하여 표정이 굳어져 갔지만 케미트는 아무렇지 않은 듯 계속 중얼중얼 하자드들에게 물었다.

"피하는 게 낫지 않을까? 이렇게 깊이 들어왔는데 마물이 보이지 않는다는 건… 말이 안 되잖아!"

"그, 그렇긴 하지만 루안이 없다고 하지 않았나?"

"실수로 못 볼 수도 있지 않나? 역시 혼자 보낸 게 옳지 않았어. 혼자 그 넓은 곳을 다 둘러보고 올 수는 없었을 텐데 말이야. 게다가 보고 온 시간도 짧았어. 아무래도 혼자 가서 무서우니까 대충대충 보고 온 게 분명해. 안 그러면 이렇게 일찍 올 리가 없잖아."

계속해서 불신 가득한 말만 내뱉는 케미트의 말에 하자드와 아셈은 어색한 표정으로 나의 눈을 피하였다.

"그렇게 불만이면 안 말릴 테니 갔다 오시지요."

"에, 뭐가? 아!!"

그제야 내가 뿜어내는 분노의 오라를 눈치 챘는지 어색하게 웃는 케미트의 모습에 더욱 화가 치민 나는 오아시스가 있는 쪽을 가리키며 퉁명스럽게 말했다.

"안 말릴 테니까 갔다 오라구요!! 아니면 우리 그룹을 나눌까요? 저를 믿지 못하는 댁들은 그냥 가고 저와 브렌들은 오아시스에서 좀 쉬었다 갈 테니까요. 나중에 합류하죠. 당연히 당신은 안 믿겠지만 전 워프를 쓸 수 있거든요. 그러니 길을 잃을지 모른다는 걱정은 말아요. 길을 잃어버리면 바로 워프로 당신들 쪽으로 이동하면 되니까요. 자자, 그럼 우린 이쪽으로 갑니다."

"저, 저 그게……."

"아, 듣기 싫어요. 브렌, 루, 이오야, 나 믿지? 자, 이쪽으로 와!! 오랜만에 수영 좀 하고 가자구!!"

"저기요."

잡아당기는 내 손길에 브렌이 어색한 얼굴로 케미트들을 바라보았지만 나는 무시한 채 브렌을 끄는 손에 더욱 힘을 주었다. 그렇게 양쪽으로 브렌—이오는 브렌의 반대 손을 잡고 있었다—과 루를 잡고 걸어가고 있는데 갑자기 아셈이 뛰어나오더니 나의 앞을 가로막고 섰다.

"자, 잠깐만! 진정하고 내 말을 좀……."

"…아셈은 비켜주세요. 저희는 이대로 가는 게 좋겠어요."

"진정하세요. 케미트는 당신이 생각하는 뜻으로 말한 게 아닐 겁니다. 그리고 이렇게 화를 내서는 아무것도… 으읏! 자, 잠깐만요"

무작정 달래는 듯한 아셈의 말에 기가 막혀 더욱 화가 난 나는 달래는 아셈을 거칠게 밀치고 걸어갔다. 그런 내 행동에 열을 받았는지 언제 달려왔는지도 모르게 케미트가 화가 잔뜩 난 얼굴로 내 앞을 막고 노려보았다. 정말 적반하장도 유분수지.

"그게 무슨 짓인가? 주인⋯⋯."

"무슨 소립니까! 아셈님은 제 주인이 아닙니다. 아니, 저에게는 주인이 없죠. 그리고 당신이 왜 화를 냅니까? 정말 적반하장도 유분수 아닌가요? 화가 나면 제가 더 나고 열받으면 제가 더 열받을 거라 생각하지 않습니까!!"

"그⋯ 그게⋯⋯."

"아, 됐습니다. 하고 싶은 말⋯ 뭡니까 이 손은? 하, 당신도 저에게 화났습니까? 아셈을 밀친 거에 대해서요?"

내 손을 잡고 있는 하자드의 손을 내가 지그시 내려다보며 퉁명스럽게 말하자 그는 긴 한숨을 내쉬더니 천천히 손을 뗐다.

"그건 아니야. 그리고 나도 케미트가 먼저 잘못했다고 생각해. 케미트, 어서 사과해! 너 때문에 이게 뭐냐!!"

"아, 알았어. 미안하게 됐어. 정말 그런 뜻이 아니었거든."

"하, 엎드려 절 받기군요. 됐습니다. 아까도 말했다시피 우리 이제 서로 각자의 길을 가자구요!! 그렇게 믿지 못하는데 어떻게 같이 가겠습니까."

더 이상 어떤 변명도 듣기 싫어진 나는 손을 내저으며 뒤돌아 걸어갔다.

"자, 잠깐만요. 혼자서는 위험하잖아요."

"어이, 그러면 팀이 갈라지잖아!! 뭉쳐야 할 판에 편을 나누다니, 그게 무슨⋯⋯."

뒤도 돌아보지 않고 터벅터벅 걸어가는 내 모습에 당황했는지 아셈이 소리쳤고, 하자드는 서둘러 달려와 또다시 내 팔을 낚아채며 소리쳤다.

그동안 뒤에서 앞에서 서포트했던 내가 사라진다니 아쉬운 모양이었다. 이렇게 황급히 달려와 한 번도 아니고 두 번씩이나 붙잡는 걸 보면 말이다.

그런 생각이 들자 나는 더욱 화가 났다.

"진정하고 내 말 좀 들……."

"아, 변명은 그만 하죠! 당신들이 저를 불신했을 때부터 이미 편은 갈라진 겁니다. 안 그래요?"

차가운 내 말에 더 이상 할 말이 없는지 나를 붙잡은 하자드의 손에서 힘이 빠져나가는 것을 느낄 수 있었다. 그렇게 하자드의 손을 차갑게 뿌리친 나는 브렌들을 바라보며 조용히 물었다.

"저희는 갈 테니 당신들은 오든지 말든지 더 이상 상관 안 할 겁니다. 아차! 물어보는 걸 깜빡했네요. 저랑 같이 갈 건가요? 브렌, 루, 그리고 덤 이오?"

"당연히 따라가죠."

"덤이라니!! 누구보고 덤이라는 거야!! 그리고 당연히 따라갈 거야!!"

"놔두고 가면 화낼 겁니다."

내 말에 조용히 고개를 끄덕이며 따라오는 브렌들의 모습에 나를 믿어주고 인정해 주는 진정한 동료는 그들밖에 없다는 것을 나는 다시금 깨달았다.

더 이상 할 말도, 더 이상 그들을 보고 싶지도 않은 나는 진정한 동료들만 이끌고 서둘러 자리를 옮겼다. 그렇게 걷던 나는 케미트의 물음에(?) 대답해 주지 않은 게 떠올라서 퉁명스럽게 말을 내뱉었다.

"참, 제가 빨리 온 이유가 궁금하다고 하셨죠. 그건 제가 적의를 찾는 마법인 센스 에네미를 사용해서 그런 겁니다. 제가 혼.자. 갔으니 일일이 찾아보기보다 나을 것 같아서요. 궁금했던 게 이제 채워졌나요, 케… 아니, 안마르님?"

처음으로 성을, 그리고 님이란 존칭어를 쓰며 비꼬는 내 말에 하자드가 긴 한숨을 내쉬었다.

"우리가 잘못했기에 팀을 나누자면 할 말은 없지만 이것만은 알아 둬. 이 녀석이 악의를 가지고 네 녀석 앞에서 그런 말을 한 게 아니야! 옛날부터 이 녀석은 생각에 빠지면 주위를 인식하지 못하는 나쁜 버릇이 있어. 게다가 더 심각한 것은 자신의 생각을 정리도 하지 않고 무조건 말로 내뱉어 버린다는 거야. 방금 전처럼 당사자인 네가 앞에 있어도 말이야. 그래서 이 녀석이 오해를 많이 사 싸운 적도 많고 적도 많거든. 심지어는 아버지인 하디자님께도 그랬지. 그 덕에 평판이 바닥을 기지. 악의를 가지고 너를 무시하려고 한 게 아니야. 그것만 알아 줘!"

"……."

언제나 형을 감싸는 아셈이 아니라 라이벌이자 원수(?) 사이였던 하자드였기에 나는 천천히 화를 가라앉히고 고개를 푹 숙이고 있는 케미트를 바라보았다.

그렇게 잠시 바라보던 나는 긴 한숨을 내쉬며 알았다는 듯 어깨를 으쓱여 보였다.

"믿어보죠. 하지만 그런 나쁜 버릇은 고쳐 줬으면, 아니, 고치지 못하더라도 저에게만은 그러지 말아줬으면 좋겠군요. 이번에는 참았지만 다음번에는 주먹이 날아갈지 모르니까요. 그럼 이제 저를 믿고 따라오실 겁니까?"

"알았네. 아셈님, 먼저 가시지요. 저는 이 녀석과 면담(?)을 좀 하고 가겠습니다."

"그럼 먼저 가겠소. 자, 가자!"

아셈의 말에 그를 따르는 동료들과 그 뒤에서 울상을 하고 남겨진 케미트와 그의 목을 질질 끌고 한쪽으로 걸음을 옮기는 하자드의 모습을 확인한 나는 히죽 웃음 지었다.

"화가 많이 난 건가?"

"아뇨, 열받은 것뿐이에요."

조심스럽게 묻는 아셈에게 퉁명스럽게 대꾸한 나는 옆에서 걷던 루를 번쩍 안아 들고 터벅터벅 걸어나갔다. 그렇게 걸어나가는 내 뒤통수에 한숨 섞인 시선이 쏟아지는 것이 느껴졌지만 나는 걸음을 멈추지 않았다.

그렇게 도착한 오아시스에서는 케미트의 불신과는 달리 아무것도 나오지 않았다.

처음에는 주뼛주뼛하던 아셈들도 안전하다는 것을 확인했는지 그나마 남아 있는 말을 풀어 놓아주었다. 기다렸다는 듯 물가로 달려가 물을 마시는 걸 보니 그동안 목이 말라도 많이 말랐던 모양이었다.

인간이 먹는 물도 모자랐기에 말에게 주는 물은 턱도 없이 적었으니 그동안 말들이 버틴 것만 해도 신통할 따름이었다. 그렇게 자유롭게 물과 풀을 먹게 놔두고, 나와 브렌은 루가 떠온 물로 오랜만에 음식을 하기 시작했다.

음식이래봤자 물에 마른 육포와 빵을—우리가 먹으려고 준비했던 쿠키나 케익은 이미 다 먹은 상태였기에 남은 건 고작 빵과 육포뿐이었다—찢어 넣고 후추와 소금을 약간 넣고 끓인 스프가 전부였지만 오랜만에 먹을 수 있는 뜨뜻한 국물이 있는 음식이란 것만으로도 나는 행복했다.

그렇게 스프가 보글보글 끓어갈 무렵 뿌연 모래바람을 일으키며 하자드와 케미트가 다가오고 있었다. 그들의 처참한 몰골―말로 의견 차를 좁히지 못해 주먹을 휘둘렀는지 눈과 입술은 퍼렇고, 뻘건 딱지가 가득했으며, 옷은 모래 바닥을 굴렀는지 모래와 먼지투성이었다―에 입을 떡 벌리고 있던 나는 그들이 일으킨 먼지에 인상을 찌푸리며 황급히 냄비 뚜껑을 덮었다.

"음식에 먼지 들어가니까 저리 가요!!"

"……."

"저… 아까는……."

"아 씨, 음식에 먼지 들어간다니까요!! 씻고 오든지 아니면 저리 가든지 해요!! 음식에 먼지 들어가면 누가 먹을 건데요."

사과하려는 케미트의 태도를 눈치 챘지만 나는 무시한 채 그에게 버럭 소리를 질렀다. 그러자 잠시 뻘쭘한 표정을 짓던 케미트는 씻고 오겠다며 하자드와 함께 오아시스 쪽으로 걸어갔다.

그런 내 모습에 어린애는 어쩔 수 없다는 듯한 표정으로 이오가 고개를 가로저으며 한숨 쉬는 게 보였지만 나는 그것도 깔끔히 무시했다. 그리고 속으로 중얼거렸다.

'도대체 브렌은 애를 어떻게 키웠기에 애가 이 모양이야. 완전 노친네잖아!'

그렇게 무시로 일관한 나에게 계속해서 말을 걸던 아셈과 이리저리 기회를 엿보는 케미트도 드디어 지쳤는지 한숨을 내쉬며 그들도 쉴 준비를 하기 시작했다.

나와 브렌처럼 음식을 준비하는 사람, 천막을 치는 사람, 말을 관리하는 사람들로 나누어져 쉴 준비를 서둘렀다.

여기저기서 차와―차 문화가 발달한 카스틴 제국이라 사람들은 자신이 마실 차를 품에 넣고 다니기에 그건 다행히 잃어버리지 않았다―음식을―빵과 육포는 나누어 주기만 했기에 각자 만들어야 했다―만들기 위해 부싯돌로 불을 피울 무렵―그동안 나나 루가 어펙트 파이어로 불을 붙여줬지만 오늘은 열받아서 무시했다―우리의 음식이 완성되었다.

연신 침을 삼키며 바라보는 그들을 무시한 채 나는 브렌들에게 음식을 나누어 주고 최대한 맛있게 먹기 시작했다. 물론 음식이라 해봤자 빵을 넣은 바람에 걸쭉해진 고기 스프와 아에쉬 빵(밀가루와 물만으로 반죽해 딱딱하고 맛은 별로 없지만 저장하기 용의한 빵이다), 그리고 물이 전부였지만 따뜻한 음식도 있고 해서 오랜만에 정말 음식다운 음식을 먹는 것 같았다.

"자자, 뭘 멍하니 보고 있어! 어서어서 준비해!!"

무시로 일관한 나의 태도에 더 이상 달래기를 포기했는지 하자드가 이마에 핏대를 세우며 부러운 듯 바라보는 부하들을 재촉하였다.

그런 하자드의 태도에 홍 하고 비웃어준 나는 최대한 맛있다는 표정으로 음식을 먹기 시작했다. 그런 나의 모습에 이오가 한숨을 내쉬며 고개를 저었지만 이번에도 무시했다.

하지만 나는 바보는 아니었기에 어느 정도 시간이 되면… 아니, 내일 다시 길을 나설 때쯤에는 그들을 용서하고 다시 그들과 합류할 생각이었다.

솔직히 우리끼리 움직이자니 현실적으로 이래저래 문제가 많았던 것이다.

마물들이야 우리만으로 충분히 제거하며 나갈 수 있지만 이곳 사막의 지리를 전혀 모르는 게 문제였다.

워프를 한다 해도 지표를 알아야 하기에 한 번 간 길은 가능하지만 가지 않은 길은 불가능했다. 그렇기에 그쪽뿐만 아니라 우리 쪽도 아쉬웠기에 어쩔 수 없이 다시 그 팀에 합류해야 했다.

그렇지만 절대 곱게 용서해 주거나 머리를 숙이고 싶지는 않았다. 그리고 약간의 복수 정도는 하고 싶었기에 나에게 도움을 요청하는 듯한 순달들의 시선을 철저히 무시하고 있는 중이었다.

"하아～ 어떻게 화해시킨다냐!"

"글쎄 말이야. 으윽, 하필이면 저 팀의 대빵인 녀석의 성질을 박박 긁어놔서……"

흘끗흘끗 나와 묵묵히 천막을 치는 케미트를 번갈아 보던 싱과 마날이 한숨을 푹 쉬더니 여봐란 듯이 큰 소리로 중얼거렸다.

"성질을 박박 긁어놨든 볶아놨든 어쨌든 빨리 화해시켜야 한다고!! 솔직히 두 사람이 싸우면 곤란한 건 우리 쪽이라고."

"그건 그래. 불도 안 피워주니 예전처럼 부싯돌을 사용해야 하고 또 물도 안 받아주겠지. 게다가 또 마법도 사용 안 해줄 거라고. 아악, 그러고 보니 알람 마법!!"

마날의 비명 같은 외침에 모르고 있던 사실을 깨달은 나는 히죽 웃었다.

'아! 잊을 뻔했는데… 알아서 알려주다니… 고마워어, 마날～♡'

정말 마날이 알려주지 않았더라면 나는 언제나처럼 이 주위에 알람 마법을 칠 뻔했다. 그리고 그들을 골려먹을 수 있는 것을 놓쳤다고 아쉬워할 뻔했다.

하지만 그렇게 안도한 내 마음을 아는지 모르는지 마냘들은 그것을 깨닫고는 새파랗게 질리고 말았다. 그러나 정작 소리 지른 마냘보다 하자드가 더욱 공포에 질린 얼굴이었다.

그동안 불침번을 세우지 않고 잠을 잘 수 있었던 것은 모두 내가 친 알람 마법 덕이었는데, 그걸 없애면 가장 고생할 것은 하자드와 케미트일 게 뻔했던 것이다.

그렇게 속으로 웃으며 가만히 보고 있자니 잠시 넋이 나간 듯한 하자드가 그 못지않게 하얗게 굳어 있는 케미트의 어깨를 두드리며 뭐라 속삭였다. 귀를 기울여 보니……

"네가 불침번 서는 거다? 그렇지 케미트?"

"…꼭 나야 하냐?"

"당연하지. 안 그래?"

그들의 말을 다 듣고—나는 귀가 좋았다—있던 나는 일그러지는 케미트의 얼굴에 웃느라 그만 픽 쓰러지고 말았다.

'킥킥킥. 그러기에 말조심했어야지'

마치 전에 책에서 봤던 뭉크의 그림마냥 망가진 케미트의 얼굴에 속으로 킥킥거리면서 나는 주위에 서둘러 알람 마법을 쳤다. 아무리 열받았다 해도 우리 주위에만 마법을 칠 정도로 나는 좀팽이가 아니었다.

하지만 이 사실을 하자드와 케미트에게 알려줄 만큼 마음이 넉넉하지도 않았다. 케케케케.

그렇게 오랜만에 목욕도 하고 물도 양껏 마신데다 오랜만에 뜨뜻한 음식까지 먹은 나는 노곤해진 몸으로 서둘러 잠자리에 들었다.

그전에 우울한 얼굴로 자리를 잡고 앉는 케미트의 얼굴을 실컷 구경하고 말이다.

픽!

"아야!!"

달콤한 잠에 빠져 있던 나는 이마에서 느껴지는 묵직한 통증에 부스스 몸을 일으켰다.

그렇게 내가 몸을 일으키자 내 옆으로 이오의 자그마한 발이 툭 하고 떨어졌다. 으이그… 정말 도대체 누굴 닮았는지 이 녀석은 험한 말버릇만큼 잠버릇도 고약했다.

'요놈의 자식, 나의 잠을 깨워놓고 자기는 잘만 자네. 이런 못된 녀석을 그냥!!'

내 단잠을 깨워놓고도 푸푸거리며 잘만 자는 이오의 모습에 얄미운 마음이 든 나는 통통한 이오의 볼을 살짝 꼬집었다. 그러자 툭, 내 손을 치고는 잠시 칭얼대더니 곧 아빠의 품에 머리를 부비댔다.

그 모습이 귀엽다고 느낀 나는 피식 웃고는 천천히 자리에서 일어났다. 자다 일어나 그런지 갈증이 났던 것이다.

그렇게 일어나 브렌이 미리 준비해 놓은 듯한 물잔에 담긴 물을 마시던 나는 멀뚱멀뚱 나를 바라보고 있는 하자드와 딱 눈이 마주쳤다.

"어라, 불침번이 하자드였어요?"

내가 먼저 말을 건네자 놀랐다는 듯 잠시 바라보던 하자드가 곧 작게 웃더니 입을 열었다.

"어이, 좀생이 군, 화는 어느 정도 풀렸나?"

"음… 마음 넉넉한 루안은 어느 정도 화가 풀렸지만 좀생이 군은 아직 화가 안 풀렸는데요."

"어이, 또 삐치지 말라고. 농담이야, 농담. 그건 그렇고 화가 어느 정도 풀렸다니 다행이군."

"아~아, 장담하지 말아요. 누군가의 얼굴을 보게 되면 다시 열받을지 모르니까. 그건 그렇고 왜 하자드가 불침번인가요? 오늘 불침번은 케미트 아니었나요?"

"맞아. 하지만 밤새 불침번 서고 이동할 수는 없잖아. 그래서 그나마 체력이 가장 좋은 내가 도중에 바꿔준 거지."

자신의 가슴을 손가락으로 찌르며 웃는 하자드의 모습에 웃으며 나는 빈 물잔을 내려놓고 얄밉게 미소 지었다.

"그럼 수고해요. 난 이만 자볼 테니까요."

"참 사악해, 넌."

기분 나쁘다는 감정이 물씬물씬 피어오르는 하자드의 말에 킥킥 웃으며 나는 다시 푹신한 매트에 몸을 눕혔다.

'아, 재밌다. 정말 보람찬 하루였어.'

"야 이 자식들아, 일어나!! 일어나지 못해!! 일어나란 말이야!!"

악에 받친 듯 쩌렁쩌렁한 목소리와 퍽퍽거리는 소리에 부스스 눈을 뜬 나는 푸석푸석한 몰골을 한 케미트가 핏발이 선 눈을 부릅뜨고 자고 있는 동료들을 발로 질근질근 밟고 있는 것을 볼 수 있었다.

그런 케미트의 부드러운(?) 발길질이 쏟아질 때마다 여기저기에서 '으억!', '억!', '악!', '살려줘!' 라는 처절한 비명이 터져 나왔지만 그런 것은 아랑곳하지 않는지 마치 탭댄스를 추는 듯 신들린 발길질을 멈추지 않았다.

더 이상 그의 발길질을 버틸 수 없었는지 비명을 지르며 일어난 그들을 맞이하는 것은 기다렸다는 듯이 쏟아지는 노예 상인―하자드―의 닦달이었다.

"너희는 밥 하고. 너흰 물 길어와. 또 너희는 천막 거두고. 뭘 보고 있어! 어서 움직이라니까!"

"네네, 알겠습니다. 으윽… 도대체 아침부터 왜 이러는 거야, 진짜!!

"그 말이 내 말이야. 도대체 이른 아침부터 웬 난리냐구!!"

"거기 뭐 하고 서 있냐! 빨리빨리 움직이지 못해!"

투덜대고 있던 베키센들은 자신들에게 쏟아지는 하자드의 비난에 아무것도 아니라고 중얼거리며 황급히 자리를 떴다. 그런 모습을 멍하니 보고 있던 나는 내 앞에 불쑥 내밀어진 물잔에 고개를 들었다.

"시원한 물이에요. 마시고 정신 좀 차리세요."

"아? 아! 브렌, 땡큐! 고마워요."

멍하니 받아 든 물을 마신 나는 목을 타고 내려가는 차가움에 어느 정도 정신을 차릴 수 있었다.

정신을 차리고 고개를 돌려보니 나를 제외하고 내 파―일명 루안 파로 조장으로는 나, 부조장으로는 브렌, 참모로는 루, 떨거지로 이오가 있다―의 멤버들은 음식 준비에 한창이었다.

"아, 고마워요. 잘 먹을게요. 그리고 미안해요."

"미안한 줄 알면 다음부터는 빨리 일어나라고!"

루가 나에게 건네주는 음식을 받아 들며 사과하자 옆에 있던 이오가 기다렸다는 듯이 틱틱댔다. 꼬맹이의 태도에 약간 화가 났지만 그보다 미안한 감정이 컸기에 나는 묵묵히 음식을 먹었다.

그렇게 두 노예 상인—하자드와 케미트—의 닦달로 일찍 떠날 준비를
한 우리는 물을 가득 담은 가죽주머니—두껍게 무두질을 한 후 밀납을 칠
한 가죽주머니로 물이나 우유 같은 걸 담는 데 사용한다—를 말 옆구리에 달
고 천천히 길을 떠나기 시작했다.

"하암, 졸려."

"그렇게 자고도 졸려? 역시 드… 읍……."

"이오야, 그건 비밀이지 않니? 그런데 정말 졸려 보이네요. 어제 무
리하셔서 그런가요?"

한 손으로 이오의 입을 막은 채 걱정스럽다는 듯이 나를 바라보는
브렌의 시선에 나는 부스스한 미소를 지어 보였다.

"하~암, 아무래도 그런 것 같… 하암~ 네요. 아, 졸리다, 졸……."

"아차차차, 똑바로 걸으세요. 그러다 넘……. 이런! 괜찮아요?"

"……."

휘청하더니 모래에 얼굴을 처박게 된 나는 황당함과 민망함에 브렌
과 루가 부축해 줄 때까지 그 자리에서 꼼짝도 하지 않았다. 곧 뒤에
이어질 두 남자의 째지는 듯한 웃음과 비난 섞인 말이 두려웠기 때문
이다. 그러나…….

"어이, 하자드!!"

"케미트, 정신 차려!!"

요란한 외침에 조심스럽게 고개를 드니 나와 비슷한 포즈로 땅에 얼
굴을 박고 있는 두 남자의 모습이 보였다. 나와 마찬가지로 민망했는
지 고개를 못 드는 두 남자의 모습에 나는 그만 웃음을 터뜨리고 말았
다.

"어이구, 웃을 자격이나 있나. 누가 먼저 넘어졌는데."

"윽!! 넌 꼭 그렇게 말해야겠냐, 요 꼬맹아."

"흥."

콧방귀를 뀌고는 고개를 돌리는 이오의 모습에 눈살을 찌푸리던 나는 엉망이 된 상황에 다시 이마를 구겼다.

'이거 계속 가야 하나? 위험한데… 나도 그렇고 저들도 저러니……. 이럴 줄 알았으면 어제 장난치지 않는 건데. 그나저나 고집은 되게 세네. 저렇게 피곤하면 좀 쉬다 가도 될 텐데 말이야.'

괜찮다며 조금만 가면 오늘의 목적지에 도착한다며 다시 걸음을 재촉하는 하자드의 모습에 한숨을 쉰 나는 세차게 고개를 흔들었다.

'그래, 조금만 더 가면 되니까 괜찮겠지. 그래, 괜찮을 거야.'

어제는 처절한 전투와 두 남자의 밤샘이 있었기에 오늘은 일정을—그동안 아침 식사 때마다 어느 정도 이동할지에 대해 토론을 해 일정을 잡아왔다—느슨하게 잡았다.

그렇게 너무 쉽게 생각해서 그런지 우리는 또다시 두 눈 똑바로 뜨고도 우리의 눈앞에 벌어진 일을 미처 피하지 못했다.

"뭐, 뭐얏!!"

"아, 안개? 여긴 사막이라고!!"

"멍청아!! 이게 정상적인 안개로 보이냐! 적이 마법으로 만든 거지!!"

"그, 그럼 서… 설마, 도… 도망쳐!!"

하지만 미처 피할 틈도 없이 순식간에 퍼진 검은 안개로 한 치 앞도 알아볼 수 없을 정도였다. 그리고 그런 안개에 겁을 먹었는지 여기저기서 비명이 터져 나오고 있었다.

"정신 차려요. 적입니다. 누군지는 모르지만 어디서 튀어나올지 모르니 정신 차려요."

침착한 브렌의 외침에 정신을 차렸는지 여기저기에서 떠들어대던 웅성거림은 사라지고 차분한 기운이 퍼져 나왔다. 침착하게 정돈된 기를 보아 브렌의 경고에 정신을 차렸는지, 언제 어디서 달려들지 모를 적들에 대비해 전투 준비를 하고 있는 모양이었다.

그런 그들을 보고 안도한 나는 서둘러 루들을 내 뒤로 불러들였다. 시야가 확보되지 않으면 마법등을 사용하지 못하는지라 그들을 보호하기 위해서는 또다시 내가 그들의 방패가 되어야 했던 것이다.

"미안합니다. 그리고 고마워요."

"별말씀을요. 정 미안하면 후방을 부탁합니다."

브렌들에게 후방을 맡긴 나는 동료들과 마찬가지로 언제 덮쳐 올지 모를 적에 대비해 신경을 곤두세웠다. 그러다가 여기저기에서 느껴지는 거북스러울 정도로 답답한 흑마법의 기척에 나도 모르게 인상을 찌푸렸다.

'뭐야, 저건? 왠지 기분이 좋지 않은데. 이… 이건!!'

마족에게서도 느껴보지 못할 정도로 역하고 진득진득한 어둠의 기운에 인상을 찌푸리고 있던 나는 순간 내 몸에 튄 비릿한 액체에 고함을 질렀다.

"피?! 블러드 월(흑마법사가 자신의 피를 땅에 뿌려 그것에 닿는 사람들에게 피의 가시를 내솟게 하여 찌르는 마법)이다! 모두 발 밑을 조심해!!"

경고의 말을 내뱉으며 옆에 있던 루와 이오를 잡고 공중에 떠올랐던 나는 여기저기에서 터져 나오는 말과 사람의 처절한 비명 소리에 눈살을 찌푸렸다.

"아아아악! 내… 내 다리가!"

"아악!"

"아빠아아아아아!"

"브렌, 괜찮아요?"

옆에 있는 두 아이(?)는 챙겼지만 미처 브렌은 챙기지(?) 못했던 나는 당황함이 가득한 목소리로 연신 브렌을 불렀다. 그러자 희미하게 브렌의 목소리가 들려왔는데, 여기저기서 터져 나오는 사람의 비명과 말의 울음에 섞여 찾기가 힘들었다.

"이대로는 안 되겠어!! 우선 안개부터… 거스트 오브 윈드(작은 암기나 독구름을 날릴 때 사용하는 마법)!!"

파아아악 하는 소리와 함께 시야를 막던 검은 안개가 사라지자 나는 유혈이 낭자한 아래 모습에 낮은 신음을 내뱉었다.

불행 중 다행인 것은 블러드월을 살상 목적을 가지고—아니면 급히 발동시켰는지—발동시킨 게 아니었는지 그다지 크지 않아 다리까지밖에 상처가 나지 않았다는 점이다.

만약 피의 가시가 조금만 더 크게 솟구쳤다면… 으~ 생각하기도 싫지만 전.멸.이었을 게 분명했다.

다치긴 했지만 죽은 사람은 없다는 사실에 안도의 한숨을 내쉬고 있는데 갑자기 듣기 거북스러운 웃음소리가 사방에서 울려 퍼졌다.

"킥킥킥킥. 마법사도 있었나?"

"뭐, 뭐야, 넌!!"

사방에서 들려오는 웃음소리에 놀라 주위를 둘러보았다. 그렇게 당황하는 내 모습이 재미있는지 더 크게 웃어대던 그 정체 모를 존재는 오만한 목소리로 천천히 모습을 드러내며 자기를 소개하였다.

"이 몸에 대해 설명하자면 세상 최고로 위대한 흑마법사 오덴님이시다!! 너희는 이 몸을 본 것만 해도 영광인 줄 알아라!!"

"흑마법사 오덴!!"

자화자찬이 가득한 흑마법사의 자기소개에 케미트와 순달이 일제히 비명을 질렀다. 그들의 그런 행동에 그 흑마법사를 전혀 알지 못했던 나는 당황하고 말았다.

마법이란 마 자도 모르는 것 같았던 그들이 알 정도로 강한 흑마법 사라니… 그런 흑마법사가 적이라니……. 이건 정말 큰 문제였다.

내가 배운 흑마법이라고는 고작 공격 마법 몇 개와 방어 마법 몇 개 가 전부인데… 그것으로 유명한(?) 마법사와 싸우라니… 으윽!! 난 어 째 이렇게 유희 운이 없는지 울고 싶었다.

그런 암담한 현실에 머리를 움켜쥐고 있던 나는 이어지는 케미트의 생뚱한 말에 그만 비틀거리고 말았다.

"그게 누군데? 넌 아냐?"

"몰라. 넌 아냐?"

"아니. 여기서 오덴이라는 흑마법 아는 사람 손 들어봐!"

웅성거리며 떠들어대는 케미트와 그의 동료들의 모습에 자칭 위대 한 흑마법사 오덴을 비롯해 나까지 그만 기가 막히고 말았다. 도대체 아까 저들이 놀란 이유는 뭐였단 말인가?

그렇게 잠시 입을 떡 벌리고 있던 흑마법사가 마치 풍이라도 온 듯 몸을 부르르 떨더니 귀청이 떨어질 정도로 큰 목소리로 고함을 질러댔 다.

"너… 너희가 감히 이 몸을 가지고 놀리다닛!!"

"놀리다니 무슨 소리를, 그저 모르니까 물어본 거지. 안 그러냐?"

"응. 난 정말 저 녀석이 누군지 모르겠다고."

계속 이어지는 케미트들의 놀림에 흑마법사에게서 나오는 어둠의 기운이 점점 커져가는 것을 나는 느낄 수 있었다. 하지만 그런 것을 아는지 모르는지 놀리기에 여념없는 그들의 행동에 나는 머리가 아파짐과 동시에 저 녀석들에게도 머리가 있는지 궁금해졌다.

이런 상황에서 적을 자극하다니… 아무래도 이 녀석들은 머리가 없는 것 같았다.

"하. 하. 하. 어리석은 것들 같으니라고. 스스로 무덤을 파는 줄을 모르는구나!"

이를 빠득빠득 갈며 소리 지르는 오텐의 말에도 너무 무식해서 아예 두려움을 모르는 케미트는 그 가벼운 입을 멈추지 않았다. 하지만 나는 상황에 맞지 않는 코미디에 웃고 싶은 마음이 없었다.

그에게서 풍겨 나오는 마나의 수준으로 보아 그가 자화자찬 한 것처럼 위대하기까지는 못해도 꽤 고위급 흑마법사 같았던 것이다.

앞으로 닥칠 상황에 한숨 짓던 나는 갑자기 나를 부르는 짜증이 가득한 목소리에 고개를 들었다.

"감히 이 몸을 놀리다니… 거기 너!!"

멍하니 있다 오텐의 손가락질을 받은 나는 천천히 몸을 바닥에 내리며 대답했다.

"저 말입니까?"

그다지 존대하고 싶은 상대는 아니었지만 이미 붙어버린 버릇이었기에 존대로 튀어 나간 내 말에 기분이 좀 풀렸는지 그는 처음 그 오만한 자세로 돌아가 다시 입을 열었다.

"그래 너! 전에 내 아이들—키메라 군단—과 싸우는 걸 보니 흑마법도 하더군. 그래, 흑마법을 배운 걸 보면 머리가 좀 트인 녀석이란 말이야! 그런 녀석을 저 머저리 같은 것들이랑 함께 죽이고 싶은 마음은 없다. 너도 저런 머저리 같은 녀석들이랑 죽고 싶진 않겠지?"

"당연히 죽고 싶지 않죠. 당연한 것 아닙니까?"

"그렇지. 그럼 이 몸과 함께하지 않겠나? 나라면 너의 힘을 몇 배로 더 키워줄 수 있다! 어떤가 이 몸의 제안이?"

아주 거만하게 제안하는 흑마법사의 태도에 황당해진 나는 그만 피식 웃음을 터뜨리고 말았다. 그런 내 반응을 오해했는지 주위에서는 난리가 벌어졌다.

다른 동료들은 물론이며 하자드들을 비롯한 케미트, 심지어 아셈까지 나서서 말리니 나는 기가 막히다 못해 황당하기까지 했다.

'이 자식들아, 내가 그렇게 못 미덥냐!! 이것들이 정말……'

이제는 매달리까지 하는 하자드들의 태도에 기가 막히고 자존심이 상할 대로 상한 나는 퉁명스럽게 그 오덴이란 마법사에게 말했다.

"음, 나쁘지는 않겠죠. 하지만 조건이 있어요!!"

"허억!! 배신을 때리다니 이런 나쁜 놈!!"

"설마 니가 그럴 줄이야!!"

"시끄럿!! 정신 사납잖아!!"

여기저기서 터져 나오는 불평 불만을 단번에 잘라 버린 나는 오덴이란 마법사에게 빙긋 웃어 보였다.

"첫째는 나를 너희 그룹의 대장으로 임명해 주고, 둘째는 너의 소개 법을 바꿔라! 뭐가 위대한 흑마법사냐!! 웃기네. 아무도 모르는데… 그리고 내 마나를 드래곤만큼 키워주고. 또……"

나의 조건이 이어질 때마다 점점 살벌해지는 기운이 퍼졌지만 그에

반비례해 주위에서는 동조하는 듯한 환성이 터져 나왔다. 바보들.

"그럼 그렇지 네가 우리를 배신할 리 없지!!"

"캭캭캭. 당연한 거 아니냐!! 우린 동룐데, 안 그래?

어느새 다가와 내 어깨를 팡팡 내려치며 웃어젖히는 케미트의 무식한 손길에 나는 오만상을 찌푸리고 그를 노려보았다.

"가, 감히 나를 놀리다니!! 다 죽여 버리겠다!!"

으득, 이를 갈던 마법사의 주위로 검은 안개가 피어오르더니 순식간에 또다시 우리의 시야를 막았다.

"똑같은 수에 똑같이 당하지는 않죠. 거스트 오브 윈드!!"

시동어가 떨어지기 무섭게 다시 밀려 나가는 검은 안개와 점점 밝아지는 시야에 자신만만하게 미소 짓던 나는 넓어진 시야로 보이는 존재의 모습에 비명을 질렀다.

"마쿰!"

"드라칸!"

"도리오!"

그렇게 잃어버린 동료들의 이름을 불러대던 나와 하자드들은 그런 우리를 보며 비웃음을 터뜨리는 흑마법사를 일제히 노려보았다.

"이… 이게 무슨 짓이냐!!"

금방이라도 달려들 듯 분노를 터뜨리며 묻는 하자드의 말에 검은 로브로 온몸을 둘러싼 흑마법사는 재밌다는 듯 웃어댔다.

"이 몸이 만드신 새로운 키메라 버서커들이다!! 후회해도 소용없다!! 모두 죽어랏!!"

생각할 두뇌도 상실한 듯 좀비마냥 우워어 하며 달려드는 마쿰들의 모습에 나는 어리둥절했다.

'이게 버서커라니? 내가 전에 이 모양이었던 거야? 아닌 것 같은데…….'

아무리 깨진 기억이라 해도 우워어어어 하고 소리치며 싸운 기억이 없던 나로서는 그들의 몰골이 버서커라기보다 마치 좀비 같아 보였다.

그렇게 내가 이상한 괴리감에 빠져 머리를 싸매고 고민하고 있을 때 오덴은 만족스런 표정으로 자신이 만든 버서커를 훑어보며 평가를 내리고 있었다.

"생각보다 잘 만들어졌군. 체력과 스피드가 인간이었을 때보다 훨씬 낫고 통증도 느끼지 못하니… 케케케켁, 웬만한 하급 마물보다는 몇 배 낫구만."

"으윽, 저게…….."

열은 받지만 그의 말이 사실이었는지 뛰어난 전사들인 하자드들이 덤벼도 이기기는커녕 막기도 힘든 실정이었다.

생각하는 능력이 없기에 그들의 싸움 법은 무작정 검을 휘두르는 것이었지만 도대체 무슨 짓을 했는지 그들이 내려치는 힘에 막고 있던 전사들이 튕겨 나갔다.

그걸 보고 있던 나는 한숨을 내쉬며 검을 천천히 내렸다.

"정말 귀찮군."

"뭐, 뭐야, 저 녀석!! 지금 뭐 하고 있는 거야!!"

"뭐? 뭘? 저런 저 바보!! 야, 뭐 해!!"

내가 검을 검집에 넣는 걸 봤는지 나를 향해 버럭 소리 지르는 하자드와 케미트의 모습에 나는 걱정 말라는 듯이 손을 흔들어 보였다. 하지만 그런 나의 친절에도 하자드들의 새파랗게 질린 얼굴은 펴지지 않았다.

"이 멍청아!! 뭐 하는 거야. 피해!! 피하지… 뭐야?"

"뭐 하기는요. 힘에는 힘으로 싸우는 겁니다."

입을 떡 벌린 채 내 발길질 한 방에 하늘로 날아가는 도루칸을 바라보는 하자드들에게 장난스럽게 대꾸해 주던 나는 힘없이 내뱉는 케미트의 말에 발끈했다.

"너 인간 맞냐?"

"너도 그렇게 생각했냐? 나도 가끔 그렇게 생각했는데."

황당하게도 케미트의 말에 하자드가 동의하자 더욱 발끈한 나는 재차 덤비는 마하라자에게 울분이 담긴 주먹을 날렸다. 그러자 마치 4번 타자의 공을 맞은 것처럼 마하라자는 포물선을 그리며 날아갔다.

"음… 내가 좀 심했나?"

"좀?"

내 옆에서 싸우던 아셈이 황당하다는 표정으로 나를 바라보며 말하기에 나는 머리를 긁적이며 어색하게 웃어 보였다.

"뭐, 뭐냐, 넌!! 마법사가… 아, 아니, 인간 맞냐!!"

벌벌 떨리는 손가락으로 나를 가리키며 소리 지르는 오덴의 모습이 눈에 들어오자 아까부터 계속 마음에 걸렸던 문제가 생각나 그에게 손을 들고 질문을 던졌다.

"질문있습니다! 저거 진짜 버서커입니까? 아무래도 버서커가 아닌 것 같은데……."

"버서커가 아냐?!"

"응. 진짜가 아닌 것 같아. 짝퉁 같다는 느낌이라고 해야 하나?"

놀라서 묻는 하자드에게 나는 천천히 고개를 끄덕였다. 그리고 그런 내 말에 오덴이 아주 재밌다는 듯 웃음을 터뜨렸다.

"하하하하… 버서커가 아니다! 감히 네까짓 게 무얼 안다고 떠드는 거냐!! 도대체 뭘 안다고……."

"내가 아는 거 당연한 거 아냐? 따지고 보면 내가 버서커인데."

순간 주위에는 사막이라는 것도 잊고 차가운 바람이 쉬웅 지나가는 것 같았다. 실제로 그렇지는 않았지만 그만큼 내 말이 그들에게 충격을 주었다는 것이다.

하자드들―브렌들은 이미 알고 있으니 놀랄 일이 없었다―은 물론이며 특히 오덴이 충격을 받았는지 그가 조종하는 버서커도 움직이지 않았다. 이런, 내 말이 너무 충격적이었나? 그렇다면…….

"아하하하하. 내가 버서커라는 것은 농담이야. 아하하하하!"

상황을 수습하기 위해 서둘러 변명을 했지만 또다시 찬바람만 스쳐 지나갔다. 이런…….

"자자, 농담 그만 하고 설명할게. 너희는 버서커를 광전사라 알고 싫어하지만 버서커는 일종의 정령사라고. 그것도 고위급 정령사. 그런데 정령 친화력 기질은 하나도 가지고 있지 않은 저 녀석들이 어느 날 갑자기 버서커가 돼서 나타나다니 말이 안 되잖아. 정령 친화력은 선천적인 것에 가까운데다 그것도 하루아침에 배워지는 게 아니라고!! 아무리 고위급 마법사라 해도 마법하고 정령술은 달라서 정령 친화력이 없는 사람을 강제로 버서커로 만드는 건 불가능해! 게다가 지금도 정령의 기척이라고는 전혀 느껴지지 않잖아. 안 그래, 브렌?"

"네, 맞습니다. 정령의 기운보다는 마나의 기운이 강하군요."

"웃기는군. 저 녀석들은 버서커다! 물론 네가 말한 대로 분노의 정령이 깃들은 게 아니라 내 마법의 기운이 깃든 버서커지!! 하지만 광전사인 건 맞으니 버서커가 아닌가?! 이제 궁금한 게 풀렸다면 잘 가게나! 그리고 고맙네. 자네같이 무식한 힘을 가진 몸을 버서커로 만든다면 최강의 버서커가 탄생되지 않겠나?"

그렇게 웃으며 오덴이 손짓하자 잠시 멈춰 있던 버서커들이 일제히 다시 공격하였다. 궁금증이 해소된 이상 나도 멍하니 있지 않고 본격적으로 공격에 들어갔다.

그러나 생각보다 싸우기 곤란한 상대들이었다. 물론 전에 나왔던 키메라들에 비해 전투 활용 능력이 월등히 떨어졌지만 그보다 더 귀찮은 것이 있었다.

키메라들이야 죽여도 됐으니 검을 마음껏 휘둘러도 됐지만, 이들은 동료들이기에, 그리고 아직 살아 있는 상태기에 검을 휘둘러 죽일 수가 없었다. 기껏해야 검을 빼앗고 제압하는 정도였지만 그것도 힘들었다. 상대 쪽이 파워도 스피드도 우리보다 월등했던 것이다.

게다가 진짜 버서커마냥 맞아도 찔려도 아무렇지 않은 듯 일어나 검을 휘두르니 동료를 죽일 수 없는 우리가 불리한 건 당연했다.

"곤란한데… 이거 생각보다 강적이야."

"맞아요. 이러다가 우리 모두 죽겠어요."

하자드의 말에 나도 그 의견에 찬성하듯 고개를 끄덕였다. 그의 말처럼 우리와 숫자는 비등했지만 우리는 싸우지 못하는 사람들도 꽤 있어 곤란한 상황이었다.

우선적으로 독약을 쓰지 못하는 브렌과 어린 이오, 마법을 사용하기 때문에 자칫 잘못하면 상대가 크게 다칠 수 있는 루는 싸우지도 못하고 뒤로 물러나 있었다.

그런 그들을 보호하느라 가장 전투력이 뛰어난 내가 발목이 붙잡히고 만 것이다.

"크아아악!!"

"괜찮나!!"

"괘, 괜찮습니다."

하자드의 말에 아스마의 검에 어깨를 찔렸던 순달이 고개를 끄덕이며 벌떡 일어나 반대쪽 손으로 검을 휘두르기 시작했다.

이제 서서히 우려했던 일이 벌어지기 시작한 것이다. 아무리 다쳐도 아프지 않고 벌떡벌떡 일어서는 일명 버서커들에 비해 힘이나 체력 쪽에서 월등이 떨어지는 하자드들이었기에 이대로 가다가는 우리 쪽이 질 게 뻔했다.

게다가 검을 넣고 검집째로 싸우는 하자드들에 비해 상대는 검을 뽑고 싸우기 때문에 그들의 몸에는 크고 자잘한 검상이 가득했던 것이다. 그리고 나 역시도 브렌들을 신경 쓰느라 날아온 검에 의해 옆구리에 긴 검상을 입고 말았다. 잠시 방심했던 결과치고는 꽤 큰 상처였다.

"까아아악! 괘, 괜찮아?"

"괜찮아, 이오. 봐, 괜찮지?"

서둘러 피가 흐르는 상처에 힐링을 시행한 나는 곧 아문 상처를 보여주며 새파랗게 질려 있는 이오에게 방긋 웃어 보였다.

"하지만 계속 이런 식으로 나가다간 모두 위험하겠어요."

"알아요, 브렌. 어떻게 만든 건지 브렌의 수면제도 안 통하고 이래저래 귀찮네요. 처음부터 재운 건가? 그럴 거면 아예 죽여 버리……."

하자드들에게 미안했기에 뒷말은 흐렸지만 솔직히 내 마음은 그랬다.

"우왓. 루안, 조심!!"

"아자, 피했다! 어딜 감히!!"

또다시 달려드는 상대를 검집을 몽둥이 삼아 때려 날린 나는 한숨을 푹 쉬면서 또다시 검집을 휘둘렀다. 깡 하고 소리나게 맞은 걸 보면 이번에는… 앗싸! 역시 홈런이군.

그러나 말 그대로 홈런처럼 내 검집에 맞아 횡 하니 날아간 인자이는 아무렇지 않은지 곧 부스스 일어나 달려왔다. 게다가 양옆으로 다른 녀석들까지 달고 들어오니 아무리 스테미너 넘치는 나라지만 오뚜기인 그들에게 밀려 서서히 지치고 있는 중이었다.

그렇게 우리 쪽에서 패배의 기색이 짙어질 무렵 갑자기 하늘이 일그러지더니 얼음 송곳이 무수히 쏟아지기 시작했다.

"뭐, 뭐야!!"

"우아아아아아아악!!"

미처 피할 틈도 주지 않고 쏟아지는 얼음 송곳에 반사적으로 몸을 웅크리고 있던 우리는 여기저기서 터지는 괴성에 고개를 들었다.

얼음 송곳에 잘려 나가고 목이 떨어진 전 동료이자 버서커들이 여기저기서 보였지만 다른 동료들은 손가락 하나 다치지 않은 상태였다.

아무래도 정체 모를 존재가 노린 것은 우리가 아니라 오덴의 버서커들인 모양이었다.

정말 누군지 모르지만 죽을 뻔했던 우리를 도와준 건 고마웠다. 하지만 이건 정말 아니었다.

이런 결과를 만들 거였다면 그동안 그렇게 당하고 있지만은 않았을 것이다. 우리가 괜히 바보처럼 그렇게 수고한 이유는 이런 결과를 원해서가 아니었다.

　고맙지만 아주 고맙지만… 우리는 그 누구도 이런 결과를 원치 않았다.

　눈앞에 벌어진 충격적인 상황에 넋이 나간 우리가 아무것도 하지 못하고 멍하니 있을 때 움직이는 존재가 있었으니 버서커를 만든 오덴이었다.

　"누구냐? 감히 나의 일을 방해하는 자가!!"

　다크 배리어로 얼음 송곳을 막아 살았는지 분노 탱천한 목소리로 오덴이 소리 질렀다. 하지만 그의 화난 목소리에 대답처럼 들려온 목소리는 마치 보물찾기에서 보물을 찾은 어린아이마냥 기뻐하는 목소리였다.

　"빙고! 드디어 찾았군!"

　언제 왔는지 검은 망토를 휘날리며 공중에 떠 있는 카이넨은 그렇게 미소 지으며 우리를, 정확히 말하면 흑마법사인 오덴을 가리키는 것이었다.

　"너… 넌 누… 누구냐!!"

　오덴은 아름답지만 믿기지 않을 정도로 강한 어둠의 기운을 풍기는 남자의 모습에 말을 더듬으며 물었다. 하지만 그 남자는 대답을 해주기는커녕 짙은 웃음을 흘리며 천천히 내려왔다.

　"내가 누군지 모른다라… 흑마법사인 너라면 내가 누군지 알 텐데……. 뭐, 인정하고 싶지 않은 건가?"

　입가에 더욱 짙은 미소를 흘리는 남자가 누구라는 것을 오덴은 머리로는 알고 있었지만 인정하고 싶지 않았다. 인정하는 즉시 자신의 패배가 확실해질 테니까.

그렇게 점점 밀려오는 공포에 질려가고 있을 때 갑자기 날아든 주먹에 맞은 카이넨이 눈살을 찌푸렸다.

낮은 신음이 터져 나왔지만 그건 맞은 카이넨 쪽에서 나온 게 아니라 때린 인물에게서 흘러나온 것이었다.

"이게 무슨 짓이냐, 인간!!"

전혀 타격을 입은 것 같지는 않지만 인간에게 맞았다는 생각에 열받았는지 대놓고 살벌한 기운을 풍기는 카이넨의 모습에 나는 일이 정말 곤란하게 됐다는 것을 알 수 있었다. 자칫 잘못해 열받은 카이넨이 하자드들을 몰살시켜 버릴 수 있었던 것이다.

그가 마음먹으면 나로서도 막을 수가 없었다. 자존심은 상하지만 그가 나보다 월등히 강했기 때문이다.

이렇게 당황하는 나의 마음을 아는지 모르는지 때린 당사자는 겁을 먹기는커녕 오히려 카이넨보다 더욱 화를 내면서 소리를 질렀다.

"왜 죽었나? 왜 죽였냔 말이다!!"

두려운 것도 모르는지 버럭버럭 소리 지르는 케미트의 말에 카이넨이 비릿한 미소를 지으며 그의 손을 뿌리쳤다. 그의 가벼운 손길에도 벌렁 넘어져 뒤로 주욱 밀려난 케미트는, 그로 인해 카이넨의 힘을 알았을 텐데도 아랑곳하지 않고 벌떡 일어나 소리를 질렀다.

'아이고 바보, 죽으려면 곱게 죽지. 왜 카이넨에게 덤비냐구!'

"너 정도 되면 이들을 구해줄 수 있지 않았나!! 그런데 왜 죽……."

"그게 구해준 거다!! 이들을 저 흑마법사에게서 벗어나게 하는 방법은 오직 죽음뿐이다. 그게 그 금지된 마법을 사용한 사람이 바치는 대가니까."

"뭐… 거짓말… 거짓말이지?"

"내가 너희를 데리고 거짓말을 할 존재로 보이냐? 믿든 안 믿든 그건 사실이다."

차가운 카이넨의 말에 케미트는 소리 지르던 그 모습 그대로 무너졌다. 그런 케미트를 잠시 바라본 나는 카이넨에게 질문을 던졌다.

"당신이 거짓말을 할 리 없겠죠. 하지만 정말 그런 마법도 있었던 겁니까?"

"믿어주니 고맙군. 미안한 말이지만 사실이야. 저 녀석이 사용한 것은 금지된 흑마법인 아마게돈(미치광이가 아니라면 이 주문은 함부로 사용하지 않는 마법으로, 적아의 구별 없이 일대의 모든 것을 초토화시킨다. 흑마법의 일종이다)이야. 거기에 걸린 당사자는 그때부터 죽은 거나 다름없어. 인간이라 동료라 생각하지 말고 죽여라!! 그렇지 않으면 그들을 구원하지도, 너희 목숨을 지키지도 못할 테니까! 그리고 너, 용서는 한 번뿐이다!"

넋이 나가 있는 케미트에게 차갑게 소리친 카이넨은 몸을 돌려 살아 움직이는 존재들을 학살하기 시작했다.

여기저기 잘려 나가고 찢겨져도 움직이는 걸 보니 카이넨의 말대로 그들을 더 이상 사람으로 볼 수는 없을 것 같았다.

그 사실을 인정한 나와 브렌들은 충격으로 정신을 차리지 못하고 있는 하자드들을 대신해서 남아 있는 전 동료, 아니, 적들을 처리하기 시작했다.

나의 마법과 브렌의 독에 녹아 괴성을 지르는 그들의 모습에 막상 공격한 우리도 마음이 좋은 것은 아니었다.

그렇게 죽어가는 전 동료들을 멍하니 보고 있던 하자드는 갑자기 검을 잡더니 그도 싸우기 시작했다. 전처럼 다치지 않게 제압하는 게 아니라 목이나 팔 등을 잘라 버리는 방법으로…….

하자드를 시작으로 케미트와 아셈들까지 나서서 움직이고 카이녠의 전폭적인 협력(?)이 섞이자 처음과는 달리 너무 순식간에 모든 게 정리되어버렸다.

그리고 이제는 이 최악의 상황을 만들어낸 흑마법사 오덴 혼자만 남아 있게 되었다.

하지만 그는 두렵지 않다는 듯 웃고 있었다. 아니, 두려운 것을 감추기 위해서 웃는 것인지도 몰랐다.

"아. 하. 하. 하. 생각보다 제법이야. 하지만 그 정도로는 이 몸을 상대할 수 없지! 나와라!!"

오덴의 말에 공간이 일그러지며 전에 보았던 키메라들이 나타나기 시작했다.

그 모습에 지칠 대로 지친 우리는 검을 다시 잡고 일어섰지만 앞에 나서며 내뱉은 카이녠의 말에 검을 내려놓아야 했다.

"이건 내 일이다. 너희는 나서지 마! 하, 플레이너스에게 말은 들었지만 이거 정말 기분 나쁜데… 마물로 만든 키메라라니…….."

웃으며 말하는 것과 달리 그 말속에 숨어 있는 분노를 느낀 우리는 이제부터 카이녠과 싸우게 될 키메라들이 왠지 불쌍해졌다. 씨익 웃는 걸 보면 아무래도 곱게 죽일 것 같지는 않았다.

"자기가 알아서 한다니 냅둡시다. 참, 브렌 다른 동료들 치료 부탁해도 될까요?"

"물론이죠."

고개를 끄덕이며 하자드들에게 다가가는 브렌에게 그들의 치료를 맡긴 나는 여기저기에 엉망으로 망가져 널브러져서는 꿈틀거리고 있는 옛 동료들을 바라보았다. 그렇게 잠시 바라본 나는 깊은 한숨을 내쉬고는 버스트 플레어(파이어 볼의 열 배 이상의 화력을 가진 주문으로 파이어 볼의 강화판으로 보면 된다)로 모든 조각들을 태워 버리기 시작했다.

빠르게 시체를 태워 버린 나는 타고 남은 자리에 떠도는 매캐한 연기와 재를 거스트 오브 윈드로 날려 버린 후 천천히 하자드들 쪽으로 걸음을 옮겼다.

전투 때는 몰랐는데 가까이서 보니 생각보다 그들의 상처가 심한 걸 알 수 있었다. 이러고도 움직인 걸 보니 아무래도 동료들을 구해야겠다는 생각에서 움직였던 모양이다.

"이런, 꼴이 말이 아니네요."

"놀리는 건가? 아니, 놀리는 건 저 녀석이겠지."

왠지 불퉁한 하자드의 말에 고개를 돌린 나는 진짜 SF물은 무엇인가를 보여주는 카이넨의 모습에 고개를 절레절레 흔들었다.

번개가 치고 불이 일어나며 땅에서 솟구쳐 올라오는 손 등등… 정말 화려하기 짝이 없는 전투 신이었다. 그렇게 두려울 정도로 힘의 차이를 여실히 보여주며 키메라를 몰아붙이고 있는 카이넨의 모습에 나는 그 키메라 한 명에 쩔쩔맨 나 자신이 왠지 비참해졌다.

그러나 상한 자존심으로 인해 비참해지는 나보다 키메라가 산산조각이 나 떨어질 때마다 새파랗게 질려가는 자칭 위~대한 흑마법사 오덴이 더 비참해 보였다.

"저런저런, 저러다가 심장 마비로 가는 거 아닌가 모르겠네요."

"저런 자식은 죽어도 싸!!"

"네, 죽어도 싼 사람이죠. 하지만 그건 그렇고 우리 치료부터 할까요, 케미트 씨?"

매번 도망가는 환자인 케미트의 앞을 딱 막고 선 브렌은 약병을 그의 앞에서 흔들었다.

그리고는 검이 눈가에 스쳐 지나갔는지 피를 줄줄 흘리고 있는 케미트에게 브렌은 자신이 가져온 약을 쬐끔(?) 아프게 눈가에 펴 바르기 시작했다. 다행히 눈은 다치지 않은 듯했지만 약이 꽤나 쓰라렸는지 오만 엄살을 다 부렸다.

"고작 이거 가지고 죽는 소리나 하고!! 쯧쯧쯧… 애 보기 민망하지 않아요?"

"네가 한번 와서 발라… 아얏!! 아프잖아요."

"가만히 안 있으면 더 아플 겁니다. 그러니 가만히 있어요. 그렇게 움직이다 자칫 잘못해 눈에 약이 들어가면 어떻게 하려고 그럽니까! 그리고 루안은 아픈 사람을 왜 놀리는 겁니까! 어린애도 아니고!!"

장난을 치던 나와 그런 나의 이죽거림에 발끈해 소리 지르던 케미트는 브렌에게 된통 혼이 나고 말았다. 그렇게 우리는 뒤에서 벌어지는 치열한(?) 전투와 동떨어진 모습을 하고 있었다.

" '이익!! 감히 나를 놀리는 건가!!' 라고 발악하듯 자칭 위대한 흑마법사 오덴이 열받은 채 말했습니다. 그러자 이번에는 '당연한 거 아닌가?' 라고 카이넨이 방글방글 웃으며 말했습니다. 물론 그의 트레이드마크인 무표정으로 입가만 살짝 올리는 미소로 말입니다."

"호오, 정말 사람 성격 박박 긁는 데는 재주가 많은 마족이군."

케미트의 말에 동조하듯 하자드들 모두 고개를 끄덕였다.

"그래서 어떻게 됐는데……."

재촉하는 순달의 말에 나는 또다시 입을 열었다.

"'으아아아악. 나를 놀리다니 죽고 싶은 건가!!' 라고 열받을 대로 받은 오덴이란 놈이 소리 지르는데요."

"저런저런 안됐네. 아무래도 심장 마비보다 혈압이 터져 죽을 것 같은데……."

하자드의 냉정한 평가에 이번에도 모든 사람들이 고개를 끄덕였다.

지금 우리는 저마다 편한 자세로 저 멀리에서 벌어지는 전투 쇼를 보고 있는 중이었다.

하지만 너무 거리가 멀었기에 대충 여기저기 터지는 마법을 볼 수는 있었지만 주연들(?)의 대사를 들을 수는 없었기에 그 대사를 들을 수 있는 내가 지금 1인 더빙을 하고 있는 중이었다.

혼자 해야 했기에 정신없고 귀찮긴 했지만 키메라는 말을 못하고 그저 우워어어어 할 뿐이라 따로 말해 줄 필요도 없었고 오직 더빙해야 하는 것은 카이넨과 오덴의 말이었기에 그다지 대사(?)도 많지 않았다.

게다가 더빙을 하기 위해 더욱 집중해서 그런지 화려한 SF 영화를 보는 것 같은 흥분이 피어올랐다.

"딱 여기에 콜라하고 팝콘만 있으면 짱인데… 아, 콜라 먹고 싶다!"

영화관에는 가본 적이 없지만─아파서 병원에만 있어서─으레 영화관에 들어가면 먹게 되는 콜라와 팝콘을 떠올린 나는 나도 모르게 침을 꼴깍 삼켰다. 정말 먹고 싶지만 이곳에 팝콘은 물론이며 콜라가 있을 턱이 없었다.

"콜라가 뭐야?"

"있어요. 맛있는 음료라고… 하지만 여기에서는 구경도 못하죠. 아~ 정말 슬프네요."

하자드의 질문에 침을 삼키며 대답해 준 나는 내 앞에 불쑥 내밀어진 육포 조각을 무심결에 받아 들었다. 알고 보니 내 신세 한탄에 팝콘 대신으로 브렌이 챙겨준 것이다.

"어이, 나도 줘!!"

"나도, 나도!!"

육포를 뜯으며 느긋하게 누워 구경하는 우리의 자태(?)에 브렌이 낮게 한숨을 내쉬었다.

"왜 그래요?"

"상황이… 이 상황이 너무 웃겨서요. 지금 이럴 때인가요?"

"뭐, 괜찮잖아요. 카이넨이 질 리도 없고 게다가 그가 나서지 말라고 했잖아요. 그리고 이따금씩 이렇게 스트레스를 해소하는 것도 나쁘지 않잖아요."

"그렇긴 하지만… 너무 상황이 상황에 맞지 않아 괴리감이 느껴지네요. 안 그래요, 루? 루는 또 뭐 하는 겁니까?"

재밌다고 생각하는 나나 이오와 달리 그나마 같은 성격이라 생각한 루에게 신세 한탄을 하려는지 몸을 돌리던 브렌이 갑자기 비틀거렸다.

뭔가 충격을 받은 듯한 브렌의 모습에 고개를 쭉 빼고 바라본 나는 카이넨들의 전투 장면에 눈을 떼지 않은 채 자신의 마법서에 무언가 열심히 적고 있는 루를 볼 수 있었다.

"아하하하하하. 역시 우리 루는 학구파군요."

"하아. 우리 팀에는 정상인 사람이 아무도 없어요, 정말."

그런 브렌의 한탄에 나는 그렇게 말하는 브렌 역시도 정상적인 엘프라고 볼 수 없다 말하고 싶었지만 우울해하는 그 모습에 차마 그렇게 말하지 못했다.

"어이어이, 뭐라고 말하는지 알려줘야지!!"

"그래. 말을 못 알아들으니 재미가 별로 없다!!"

잠시 쉬었더니 열화같이 밀려오는 하자드들의 요청에 나는 방긋 웃으며 다시 더빙 작업에 들어갔다.

"'크아아악!! 내, 내 키메라들을… 용서 못한다!! 브라스트 애시(상대를 관통하여 검은 재로 만들어버림)!!' 라고 소리칩니다."

"어엇, 막았네."

마날의 말처럼 파란 전극계의 불빛을 번쩍이며 날아든 날카로운 빛이 카이넨의 방어막에 튕겨 나가 버렸다.

'저런, 쯧쯧쯧… 브라스트 애시라면 제 딴에는 애를 쓴 건데… 마나도 많이 소비했을 텐데 정말 불쌍하게 됐네.'

"저 브라스트 애시가 뭐예요?"

가만히 내 옷자락을 잡아당기며 묻는 루의 말에 나는 내가 알고 있는 흑마법의 지식을 머리 속에서 뒤져 가며 루의 질문에 대답해 주었다.

"브라스트 애시요? 그건 아까 본 파란 불빛이 날아가 상대를 관통시켜 죽이는 마법인데 당하면 고열로 순식간에 재가 되어버린다고 하더군요. 참고로 저는 못합니다. 꽤 높은 클레스의 흑마법이거든요."

"예에."

내 대답에 루는 고개를 끄덕이며 다시 스슥 적기 시작했고, 나는 또다시 더빙 작업에 착수해야 했다. 하지만 이것도 곧 있으면 끝날 것 같았다.

이미 살아남은 키메라는 한 손에 꼽을 정도였고 흑마법사마저도 지칠 대로 지쳐 이제는 악으로 버티고 있는 상태였던 것이다.

"곧 끝날 것 같은데……."

"그렇네요. '아! 내 필히 복수를 하겠다!!' 라 하고 사라졌어요."

"하! 악당들이 흔히 하는 말 아냐?"

"맞아. 유치하다 유치해!! 다른 멘트는 없나!!"

정말 그 오덴이란 흑마법사는 케미트들의 야유처럼 거의 죽어가는 몇몇 키메라만 놔둔 채 악당들이 매번 도망갈 때 날리는 대사를 남기고는 자신만 쏙 빠져 버린 것이다. 비겁하게시리…….

"더럽게 비겁한 놈이네요. 그런데 왜 카이넨은 그가 도망가도록 내버려 둔 걸까요?"

"글쎄, 그가 오면 알게 되겠지. 곧 오겠네. 이젠 놀리는 것도 지겨운가 보지."

하드의 말처럼 더 이상 놀리기도 재미없어졌는지 남아 있는 키메라를 단 한 번에 폭사시켜 죽여 버린 카이넨은 천천히 우리 쪽으로 날아오고 있었다.

"그러나저러나 수고하셨네요. 그런데 왜 흑마법사는 보내준 건가요?"

"아, 그 녀석 말야? 죽여봤자 소용없어서 보낸 거야. 그 녀석은 리치거든."

옷에 묻어 있는 피를 털면서 아무렇지 않게 말하는 카이넨의 말에 나는 그제야 아까 내가 느꼈던 지독하게 마음에 안 들던 기운이 무엇이었는지 깨달을 수 있었다.

"리치라… 그래서 그에게서 풍기는 느낌이 좋지 않았군요. 그건 그렇고 정신체는 그의 몸에는 없었나 봐요."

"응, 얍삽하게 자기만 아는 곳에 숨겨놨겠지. 거의 그렇잖아. 어떤 머저리 리치가 자신의 정신체를 자신의 몸에 가지고 다니겠어. 그러나

저러나 깨끗이도 정리했군."

주위를 훑어보는 시선에 무얼 말하는지 아는 나는 천천히 고개를 끄덕이며 그에게 감사의 말을 전했다. 솔직히 그가 나타나지 않았더라면 죽어 널브러져 있는 게 우리가 됐을 게 분명했기 때문이다.

"됐어, 감사의 인사는 됐고… 정 미안하다면 부탁 하나만 들어주라."

방긋 웃으며 나를 바라보는 카이넨의 모습에 나는 웃는 얼굴 그대로 굳어버리고 말았다.

"무… 무엇인가요?"

"그전에 전해줄 소식이 있어. 우선 좋은 소식과 이상한 소식이 각각 하나씩 있는데 어느 것부터 들을래? 좋은 소식부터? 좋아, 좋은 소식은 다행히 마계화가 멈췄다는 거야. 물론 잠시 멈춘 것일 수 있지만 그래도 멈춘 게 어디야, 안 그래?"

카이넨의 물음에 나를 비롯해 몰래 듣고 있던 아셈들 모두 고개를 끄덕였다.

"그럼, 이상한 소식은 뭔가요?"

"이상한 소식이라… 음, 여기에 말이야. 살. 아. 있. 는. 인간은 너희 말고 없다는 거야. 그게 이상한 소식이야. 한마디로 적들이 살. 아. 있. 는. 인간이 아니라는 거지."

카이넨의 말에 내가 고개를 끄덕이며 뒷말을 이었다.

"그럼 리치인가요? 리치여서 그동안 찾지 못했던 건가요?"

"그래, 아무래도 리치들인 것 같아. 그리고 리치라고 한다면 우리가 못 찾은 것도 이해가 가지. 리치는 생명력이 존재하지 않아 우리도 신경 써서 찾지 않으면 찾기 힘들거든. 그러나 이제 리치라는 걸 알았으니 곧 찾을 수 있을 거야. 물론 모든 일이 다 원래대로 되려면 시간이 꽤 많이 걸리겠지만 말이야."

역시 이상한 소식은 나쁜 소식이 아니었다. 나쁜 소식이긴커녕 꽤 좋은 소식이었다.

시간이 꽤 걸리겠지만 잘하면 원래대로 된다는 소식이 아닌가!!

그 소식에 처음 소식을 들을 때보다 하자드들은 더욱 기뻐했다. 하지만 나는 좀 우울해지고 말았다. 내기였는데 그렇게 된다면 내가 지게 된다는 것이잖은가!

물론 지는 것은 싫지만 그보다 하자드들에게서 희생자가 더 나오는 걸 원치 않았기에 약간의 자존심 상처는 감수할 수 있었다. 그동안 미운 정이나마 정이 들었으니까 말이다.

"그럼 곧 정리가 되겠네요. 뭐, 물론 내가 지게 되겠지만요."

마지막을 흐렸지만 알아들었는지 카이넨은 피식 웃으며 내 머리를 또다시 토닥였다. 그의 그런 행동은 애 취급이 확실한데도 왠지 싫지 않아 그냥 그대로 내버려 두기로 했다.

"참! 부탁할 건 무언가요?"

"아, 그거… 어떻게 생각하면 어려울 수도 있는 부탁이야. 날 이해 해 달라고 하진 않겠어. 하지만 무턱대고 색안경을 끼고 보지는 말아 줄래? 그게 내 부탁이야. 들어줄 수 있겠나?"

"……."

아무 말도 하지 못했지만 내가 원래 단순해서 그런지 전에 비해 그에게서 격렬한 분노를 느끼지 못했다. 우습게도 말이다.

알렉사키스가 그렇게 떠나고 나서는 만나기만 하면 죽여 버리겠다고 별러왔는데 몇 번 카이넨에게 도움을 받았고, 또 자주 만나다 보니 그에 대한 분노가 많이 희석된 모양이었다.

게다가 카이넨이 알렉사키스를 죽인 것은 알렉사키스가 바랐던 것이었고, 그는 그저 도와준 것뿐이라는 것도 알고 있었다.

하지만 그때는 그런 식으로 끝내지 않아도 됐는데 그런 식으로 끝내 버린 게 모두 카이넨 탓이라며 그를 미워했던 것이다. 울분을 모두 그에게 퍼붓듯이……,

그랬기에 지금은 전보다 미움이 많이 희석되었고 그 희석된 만큼 미안한 마음이 있었던 것이다.

"저… 한 가지 물어보죠. 대답해 줄 수 있나요?"

"물론, 하지만 내가 먼저 부탁했고 난 그 부탁에 대한 대답을 듣지 못했다고."

흔쾌히 대답했지만 자신의 질문에는 대답해 주지 않은 나를 타박하는 듯한 카이넨의 말에 나는 그에게 솔직히 말하기로 했다.

"노력해 볼게요. 그리고 마족이라고 딱히 다 미워하는 건 아니에요. 하지만 이것만은 아직 이해도, 용서도 안 되네요. 카이넨, 전에 나에게 마지막으로 한 말 기억해요?"

내 물음에 생각에 잠긴 듯 잠시 고개를 갸웃거리던 카이넨은 떠올렸는지 손바닥을 딱 치고는 나에게 부드러운 미소를 지어 보였다. 눈까지 웃는 듯한 부드러운 미소에 나는 눈을 동그랗게 뜨고 그를 바라보았다.

"하! 그렇게 웃을 줄도 알면서 왜 매일 비웃듯이 웃는 거예요? 그렇게 웃으니 예쁘고 좋구만… 음… 나중에 나도 얼굴을 그렇게 한번 해 볼까요? 꽤 미인이 될 듯싶은데……."

장난스러운 내 말투에 카이넨은 더욱 짙은 미소를 짓더니 이제는 소리 내어 웃음을 터뜨렸다. 오늘따라 왠지 처음의 차갑고 무표정했던 이미지를 모두 깨는 듯한 그의 모습을 보며 나는 마음을 굳게 다졌다.

나중에 폴리모프할 때 스티아의 외모에 저 외모를 짬뽕시키기로 말이다. 후후후. 그럼 이보다 더 미인이 되겠지.

"고맙군. 내 얼굴을 칭찬해 줘서. 하지만 난 내가 어떤 표정을 짓고 있는지 모르니까 지금의 내 표정을 알 수 없지. 음… 그건 그렇고 본론으로 들어가서 그때 한 말은 사실이었다. 정말 가져가고 싶지 않았어. 지금도 마찬가지고… 우리 마족은 소원을 이뤄주면 대가를 받는 게 철칙이지."

"그건 당연한 거죠. 소득없는 노동은 없으니까요. 하지만 왜 눈이었나요?"

"글쎄, 순간 떠오른 게 그거였거든. 솔직히 꼭 그게 가지고 싶었던 것도 아니어서 그가 싫다고 하면 바꿀 수도 있었는데, 그가 쾌히 허락했기에 그걸 받으려고 했던 거야. 하지만 막상 가져가려 할 때 그 눈은 내가 원하던 게 아니었기에 가져가지 않은 거야."

카이넨의 말에 나는 기억을 더듬어 그가 그때 우리에게 했던 말을 떠올렸다.

"그래 황당한 요구였지. 뭐, 나야 아름다운 이 눈을 받아서 만족이지만. 처음 만났을 때 비통함에 젖어 있던 이 눈이 무척이나 아름다웠거든, 이라 말하고는 나에게 건네주면서 시간은 자신에게 아무런 의미 없다며 기다린다, 라고 말했지요. 그러면 계속해서 알렉사키스를 기다릴 건가요? 원하는 눈을 받기 위해서……."

"오, 잘 기억하네. 나도 잊어버린 건데. 그리고 그 질문에 대답! 잘 모르겠지만 기다릴 것 같아. 눈을 받고 싶어서라기보다 그가 어떻게 사는지 보고 싶거든. 여러모로 정이 들었던 최초의 인간이야, 그 녀석은. 솔직히 말하자면 난 인간과의 계약이 그때가 처음이었어. 난생처음 실수로나마 계약한 녀석이 알렉사키스였고, 그 덕에 나는 그의 감정을 배우게 되었지. 그래서 그런지 그 녀석에게 왠지 미련이 남더라고… 눈을 갖고 싶은 마음보다 왠지 그 녀석이 행복해하는 모습을 보고 싶어서……. 이런, 나답지 않게 감상적이네."

"네, 당신답지 않게 감상적이네요. 하지만 제 마음에는 드네요."

"고맙군. 하지만 이것은 알아둬. 난 그때와 똑같은 눈을 한 알렉사키스를 본다면 계약이 끝나지 않았기에 그의 눈을 가져가야 해. 내가 원하지 않는다 해도."

"그렇군요."

마지막 카이넨의 말에도 전과 달리 화가 나지 않았다. 계약을 지키지 못한 마족이 어떻게 되는가에 대해 할아버지에게 들었기 때문이다. 언약의 사슬이 그의 심장에 파고들어 가 고통을 당하며 죽게 된다는…….

알렉사키스도 알렉사키스지만 나는 이 녀석이 할아버지에게 들었던 대로 고통스러워하며 죽는 것을 보고 싶지 않았다. 그러려면 알렉사키스가 행복해져야겠지만.

'행복해져라. 무진장 행복해져 보는 사람 배 아프게 만들어야 돼, 알렉사키스!'

"아, 이제 난 가봐야겠군. 난 이만 갈게. 조심하고……."

"네, 그럼 안녕히… 무슨 할 말이라도?"

떠나려는 카이넨에게 인사를 하기 위해 웃음 짓던 나는 그의 손짓에 고개를 갸웃거리며 그에게 다가갔다. 그러자 카이넨이 내 귀에 대고 작게 속삭였다.

"이 사막에서 이상하리만큼 그들이 너희 움직임을 잘 알고 있어. 내 말이 무슨 뜻인지 알겠지? 배신자가 있을지 모르니까 조심해, 알았어?"

낮은 카이넨의 말에 움찔하며 하자드들을 쳐다본 나는 고개를 돌려 카이넨을 바라보며 천천히 고개를 끄덕였다.

"우아아아아. 드… 드디어!!"

"목적지다아아아아아!!"

기쁨의 괴성(?)을 지르는 하자드들 같이 난동은 피우지 않았어도 나 역시 옹기종기 모인 광산의 모습에 가슴이 벅차올랐다.

풀이나 나무가 아닌 오직 돌로만 만들어진 그 광산의 모습도 신기했 지만 그보다 드디어 그토록 바라던 최종 목적지인 암만(하르콘의 생산 지)에 도착했다는 게 더욱 감격스러웠던 것이다.

"저게… 저게 그… 그 암만이 맞나요?"

"맞소, 정말 드디어 보게 되는군."

아셈 역시 기쁨을 숨기기 힘든지 웃으며 내 질문에 대답해 주었다.

하긴 고생도 그런 고생이 없었으니 전과 달리 저곳의 모습에 감회가 새로울 게 분명했다.

"그런데 안에 들어가 봐도 되는 건가요? 안에 또 다른 마물들이 있 는 건 아닐까요?"

"그… 그럴 수도 있겠네요."

조심스런 루의 물음에 들뜬 기분이 사라진 나는 심각한 표정으로 광 산의 입구 쪽을 바라보았다. 하지만 꺼먼 속만 보이는 광산 안은 도무 지 속에 무엇이 있는지 알 수가 없었다.

한참을 광산 입구를 바라보며 고민하던 나는 끝내 내려진 결론에 한숨을 내쉬며 아셈을 바라보았다.

"아무래도 선발대가 나서서 살펴봐야 할 것 같은데요."

"그렇긴 하지만……."

좋은 방법이었지만 동조하는 사람은 없었다.

내 말처럼 무턱대고 다 들어가서 전멸당하는 것보다 능력이 좋은 녀석들만 선발대로 뽑아 살펴본 후 들어가는 게 낫긴 했다. 하지만 만에 하나 광산 안에 마물이 있다면 아무리 능력이 좋다 한들 수가 적은 선발대가 전멸당할 수 있다.

그렇기 때문에 그들이 쉬이 찬성하지 않는 것이었다. 그런 마음을 알지만 결단력이 없는 그들의 태도에 짜증이 치민 나는 조금 가라앉은 목소리로 입을 열었다.

"걱정 마십시오. 선발대 중 한 명으로 제가 갈 거니까요."

"루안 씨가 가면 저도 갑니다. 루, 우리 이오 좀 부탁드립니다."

자신의 허리에 매달려 있는 이오를 루에게 맡기며 나서는 브렌의 모습에 놀란 나는 그를 막았다.

"브렌까지 올 필요는……."

"걱정 말아요. 이래뵈도 제 몫은 합니다. 게다가 루안 씨를 혼자 보낼 수는 없습니다. 절.대.로. 요!!"

굳은 의지를 보이는 브렌의 모습에 나는 끝내 질 수밖에 없었다. 부드러워 보여도 브렌은 한번 마음을 먹으면 절대 의지를 굽히지 않는 타입이었던 것이다.

"그럼, 나도 간다! 우리 일인데 자네들만 위험한 일을 겪게 할 수는 없지."

우리가 간다니 당연하다는 듯 하자드가 나섰고 그런 하자드를 가만히 보고 있던 아셈이 조심스레 자신 역시 간다고 말하였다. 예상 밖의 그의 태도에 하자드를 비롯한 모두가 반대를 했지만 끝끝내 아셈의 고집을 꺾지 못했다.

"잊었습니까? 아무리 무능하다고 하나 제가 이 팀의 리더입니다. 팀의 리더가 어떻게 다른 사람에게 중책을 떠넘기겠습니까. 그러니 저도 갑니다. 더 이상 말리지 마십시오. 그럼 형님, 뒤를 부탁합니다."

더 이상 반대의 말을 듣지 않겠다는 듯이 말을 잘라 버린 아셈은 고개를 숙여 케미트에게 남아 있는 동료들의 통솔을 부탁했다. 그렇게까지 나오자 케미트도 더 이상 반대할 수 없었는지 고개를 끄덕였다.

"자, 그럼 갈까요?"

아셈의 말에 고개를 끄덕이며 나를 포함해 네 명의 선발대는 천천히 가장 가까운 곳에 있는 광산의 입구로 걸어 들어갔다. 걱정스레 바라보는 케미트들의 시선을 받으면서…….

"우왓. 진짜 어둡네요. 정말 아무것도 안 보일… 아얏!!"

"괜찮으세요?"

하마터면 그대로 구를 뻔한 나는 놀란 가슴을 쓸어 내리며 브렌이 있음 직한 곳을 바라보며 괜찮다고 속삭였다. 하지만 이대로는 안 될 것 같았기에 나는 라이트 마법을 발동시켰다.

팍 하며 주위가 순간 훤해져 주위를 살피던 나는 순간 번쩍이며 생겨난 불꽃에 놀랐는지 넘어져 있는 아셈의 모습에 그만 웃음을 터뜨리고 말았다.

"이런, 웃지 말게. 자네라면 놀라지 않겠나. 그런데 이것도 마법인가?"

"큭큭, 맞아요. 라이트라는 마법이지요."

"그만 웃어. 그것도 마나를 소모하지? 그렇다면 마나를 소모하지 말고 등잔을 사용하는 게 나을 것 같군. 여기쯤에 등이… 아! 여기 있군."

하자드가 벽에 걸린 등잔을 내리며 말하기에 고개를 끄덕인 나는 파이어 마법으로 그 등잔에 불을 피워주고는 라이트를 껐다. 그렇게 한 개의 등잔을 더 찾아 두 개의 등잔불로 주위를 살피며 조심스레 걷던 우리는 딱 등잔의 수에 맞게 두 개의 입구가 나타나자 그대로 자리에 멈춰 섰다.

"여기서부터 어떻게 가야 하나요?"

"글쎄, 나는 상단 운송 쪽이라……."

"게다가 암만(하르콘 생산) 일은 극비에 속하는 일이죠. 아, 저에게 물어도 저도 모릅니다. 아직 저에게 이 일은 넘어오지 않았거든요."

후계자라 믿었던 아셈이 고개를 흔들자 별수없기에 나는 한숨을 내쉬었다.

"그럼 나누어져 찾아봐야겠군요."

"그렇게 나누어지면 위험에 처할 수도 있어."

"하자드님의 말씀이 맞습니다. 굴이 두 개밖에 안 되니 같이 가도……."

아니나 다를까, 하자드와 브렌이 반대하고 나서는 것이었다. 그런 그들을 달래기 위해 입을 열었던 나는 그만 아셈에게 선수를 빼앗기고 말았다.

"하자드, 날 걱정해 주는 건 알지만… 자네, 이 광산의 깊이가 얼마나 되는지 아나? 물론 자네의 의견이 틀렸다는 건 아니지만 그렇게 하다가는 시간이 많이 걸려 밖에 있는 동료들이 무슨 일이 있나 하고 안으로 들어오게 될 거야. 그렇게 되면 모두 곤란해지지 않나?"

논리 정연한 아셈의 말에 반대하던 브렌과 하자드는 입을 다물어야 했다. 케미트가 아셈을 보내놓고 그리 오래 우리를 기다려 줄 것 같지 않았던 것이다.

그런 저런 이유로 어쩔 수 없이 아셈의 의견에 찬성한 브렌과 하자드는 곧 또다시 나눠지는 팀에 화를 내는 것이었다. 그러나 이번에는 내가 먼저 나서서 그들의 반대 의견의 싹을 잘랐다.

"알다시피 난 방향치라구요. 게다가 브렌이 이곳 길을 아나요? 모르죠! 그러니까 내가 아셈이랑 간다는 거예요. 게다가 난 아셈을 지켜줄 수 있을 정도로 힘도 세잖아요. 위험하면 마법을 쓰면 되니까 걱정 말아요."

영 못 미더운 듯 바라보는 브렌과 하자드에게 알통을 내보이며 나는 자신만만하게 웃었다. 그렇게 발걸음이 안 떨어진다는 브렌과 하자드를 근처의 굴에 집어넣은 나와 아셈은 반대쪽 굴로 걸음을 옮겼다.

그렇게 아셈과 나는 생각보다 긴 굴을 한참을 계속 걸어갔다.

다행히 이 광산에는 마물이 없는지 나타나지 않아 이 좁은 공간에서 싸울 위험은 없었다. 하지만 행운이 있으면 불운이 있는 법.

"어라, 막혔네요?"

어디를 만져 봐도 자연스런 돌벽인 게 아무래도 우리가 고른 굴 쪽은 꽝인 모양이었다. 으윽. 그럴 거면 왜 이렇게 깊고 어두운 건지. 괜스레 헛고생만 한 것 같아 왠지 열받는 나였다.

"그, 그렇네요. 그런데 왠지 이상하지 않아요?"

"예?"

뭔가 느꼈는지 처음에는 당당했던 아셈은 아까부터 겁에 질려 이제는 눈에 띄게 부들부들 떨고 있었다.

그런 그에게 계속해서 내가 있으니 걱정 말라고 환한 미소를 지어 보였지만, 어두운 곳에서 등불을 들고 웃는 모습은 공포스러우면 공포스러웠지 그에게 위로가 되지 않는 듯했다.

하긴 어두운 곳에서 전등을 밑에 대고 웃으면 마음이 편해지기보다는 더 공포스러워지는 게 당연한지도. 하지만 다시 그 긴 길을 돌아가야 하는 나는 이번에는 앞서 걷는 아셈에게 달래듯 말을 걸었다.

"괜찮을 거예요. 게다가 한 번 온 길인데 무슨 일이 있을라고요?"

"하, 하지만 아까와는 왠지 분, 분위기가 다른 것… 같아요."

심각할 정도로 덜덜 떨며 말하는 아셈의 말에 나는 혹시나 하는 마음에 나의 기를 굴 안에 넓게 퍼뜨렸다. 하지만 뭔가 부딪치거나 찜찜한 느낌이 드는 것은 없었다. 도대체 뭘 느꼈기에 이렇게 겁을 먹은 건지 나는 도무지 영문을 알 수가 없었다.

"에이, 걱정하지 말아요. 내가 있으니 괜찮을 거예요. 아셈도 봤잖아요, 내 무식한 힘을. 자자, 그러지 말고 어서 나가자구요. 그러나저러나 브렌 쪽에서도 아무런 문제가 없어야 할 텐데… 정말 걱정이네."

겁에 질린 아셈에게 내가 팔을 걷어붙이며 미소 지어 보이자 그제야 그도 어색한 미소를 지으며 고개를 끄덕였다. 전에 한 번 보여준 내 무식한 힘이 생각난 모양이었다.

"자자, 그럼 내가 앞장설게요. 뒤에는 분명 아무것도 없었으니까 안심해도 될 거예요."

그렇게 말하며 등잔을 들고 앞장을 서는 나지만 속이 그리 편한 건 아니었다.

'쳇, 남자가 겁이 많긴. 이래봬도 난 여잔데─물론 지금은 남자이지

만─앞장서는 것도 모자라 남자를 위로해야 하다니. 쳇. 나도 알고 보면 연약한 여자라구.'

매번 방패막이가 되는 내 신세에 구시렁거리며 걷고 있는데, 아셈이 그동안에 있던 침묵을 깨고 조심스럽게 말을 꺼내었다.

"이런 일이 있었는데도 제가 살아 있는 게 신기하지 않아요?"

"예? 뭐가요?"

진짜 뜬금없는 말에 이상하게 생각하며 걸어가던 나는 갑자기 들리지 않는 아셈의 발소리에 당황해 황급히 몸을 휙 돌렸다. 하지만 예상했던 적의 모습은 보이지 않았고, 저 멀리 한 열 발자국 떨어진 곳에 아셈이 멍하니 서 있는 것을 볼 수 있었다.

"거기서 뭐 하고 있어요?"

갑작스런 그의 행동에 의문이 들었지만 그렇다고 놔둘 수 없기에 성급히 다가간 나는 환하게 미소 짓는 아셈의 얼굴에 고개를 갸웃거렸다.

'도대체 무슨 생각을 하는 거야, 이 녀석은?'

하지만 이상하게 생각하는 내 마음을 아는지 모르는지 더욱 짙어진 미소로 다가가는 나를 반기는 것이었다. 그렇게 미소 짓던 아셈의 곁에 내가 다가가자 그제야 아셈은 기다렸다는 듯이 입을 열었다.

"그. 때. 루안은 양아버지를 봤다고 했죠. 전 그. 때. 아. 무. 것. 도. 보지 못했어요. 그런 이상한 표정 짓지 말아요. 당연하잖아요. 제가 시킨 건데 볼 리가 없죠. 안 그래요?"

'뭐, 뭣?'

충격적인 말에 비명을 지르기도 전에 착 하는 소리와 함께 갑자기 목에서 뜨거운 무언가가 퍼져 나가는 것을 느낄 수 있었다. 그와 동시에 심하게 기울어지는 내 몸에 놀라 정신 차리려 했지만 주위가 더욱 흐려지더니 무언가 묵직한 게 땅에 떨어지는 소리가 들렸다.

　그렇게 흐릿해지는 시선 끝에 마지막으로 본 것은 반사적으로 휘두른 나의 손톱에 볼이 찢겨서 피가 흐르는 아셈의 웃는 얼굴이었다.

　'이, 이게 무슨… 짓?'

　의문에 가득 찬 눈으로 바라보았지만 점점 흐릿해지는 시선 너머로 보이는 남자는 입가에 부드러운 미소만 짓고 있을 뿐이었다.

　"어이, 있으면 대답해 봐!!"

　"루안!! 도대체 어디 있는 거예요!!"

　둘로 나눠진 길에서 루안과 달리 반대로 걸어갔던 브렌과 하자드는 자신이 선택한 굴에 마물은 없지만 이상한 룬 문자가 가득한 것을 보고 놀라 동료들에게 알리기 위해 서둘러 되돌아왔다. 그러나 먼저 나와 기다리고 있을 거라 생각했던 루안들의 모습이 보이지 않았고 한참을 기다려도 돌아오는 인기척이라고는 느껴지지 않았던 것이다.

　그래서 무슨 일이 생겼나 하는 불안감에 그들을 찾아나선 브렌과 하자드는 루안과 아셈을 번갈아 부르며 점점 깊은 곳으로 들어가기 시작했다. 하지만 브렌과 하자드의 애타는 마음을 아는지 모르는지 대답 대신 들려오는 것은 그들의 외침이 돌벽에 부딪쳐 되돌아오는 메아리뿐이었다.

　"윽."

　"이런, 괜찮아요?"

　앞장서서 걸어가던 하자드가 뭔가에 걸렸는지 휘청이자 브렌은 황급히 달려가 그를 부축했다.

브렌의 부축을 받으며 몸을 일으키던 하자드가 뭔가를 발견했는지 낮게 신음성을 터뜨렸다. 그 모습에 고개를 갸웃거리던 브렌은 하자드가 들고 있던 등불 너머로 보이는 붉은 액체에 자신도 모르게 몸이 굳고 말았다.

흐른 지 오래됐는지 검붉은색이 분명 살.아. 있.던. 생물의 피였다. 그리고 그 뒤로 보이는 손은 분명히 인간의 손이었다.

"이, 이게 무슨… 아, 아셈!! 아셈!!"

쓰러져 있는 아셈을 미친 듯이 흔들며 소리치는 하자드의 모습에 브렌은 왠지 모를 불길한 예감이 들었다. 여기에는 그.가. 없었던 것이다. 게다가 그.가. 목숨처럼 아끼는 그.것.도 보이지 않았다.

"루안은요?"

"뭐?! 그러고 보니 그 녀석은 어디 간 거야?"

자신의 옷을 찢어 아셈의 상처를 지혈하고 있던 하자드도 그제야 루안의 부재를 깨달았는지 벌떡 일어나 들고 있던 등불을 휘둘렀다. 그렇게 휘두르며 비쳐 보는 빛에도 루안의 모습은 보이지 않았다.

"어… 없어!! 없다구!! 이, 이게 무슨 일!!"

"으… 으……."

브렌의 비명에 정신이 들었는지 아셈에게서 희미한 신음 소리가 흘러나왔다. 그 신음 소리에 그제야 부상자가 있다는 것을 깨달은 브렌과 하자드는 서둘러 그를 치료하기 시작했다.

다행히도 엄청나게 흘린 피와 달리 상처는 양호한 편이었다. 복부와 얼굴에 상처가 있긴 했지만 급소는 피한데다 생각보다 자상이 깊지 않았던 것이다.

그렇기에 대충 포션으로 치료하자 얼굴에 있던 작은 자상들과 상처는 급속도로 나을 수 있었다.

"음… 하자드 씨는 아셈 씨를 데리고 먼저 나가세요."

"당신은?"

아셈을 들쳐 업고 몸을 일으키던 하자드는 저 멀리 떨어져 있던 등불을 집어 들고 이리저리 살펴보는 브렌을 바라보며 물었다.

"저는 루안을 찾아야 합니다! 그리고 아셈 씨의 상처는 치료하긴 했지만 체력이 많이 떨어져 한동안 쉬셔야 해요. 그러니 먼저 데리고 가세요."

"혼자는 위험해!! 나갔다가 다른 동료들과 같이……."

"시간이 없어요. 어서 가세요, 어서요!!"

그렇게 외치고는 달려나가는 브렌의 모습에 잠시 고민하던 하자드는 이를 악물고는 아셈을 업은 채 빠른 속도로 반대쪽으로 달려나갔다.

자신이 다시 돌아올 때까지만이라도 버텨달라고 속으로 외치며……..

그렇게 하자드가 미친 듯이 입구 쪽으로 달려갈 때 다른 쪽으로 미친 듯이 달리던 브렌은 점점 희미해지는 공기의 흐름에 눈살을 찌푸렸다.

흐르지 않는 공기의 흐름을 보니 아무래도 자신의 앞에 있는 것은 돌벽인 듯했다. 그리고 그에 대답하듯 브렌은 곧 자연적으로 막힌 돌벽에 맞닥뜨릴 수 있었다.

어쩔 수 없이 되돌아가는 브렌은 자신이 여기까지 오는 내내 발견하지 못한 루안의 흔적을 찾기 위해 눈에 불을 켜며 주위를 돌아보았다.

하지만 찾은 거라고는 아셈을 발견한 그 사고 현장에서 조금 떨어진 곳에 있던 대량의 피뿐이었다. 대동맥을 잘렸는지 사방으로 튄 피의 자국은 안 그래도 가라앉은 브렌의 마음을 더욱 가라앉게 만들었다.

말라붙은 피가 잔뜩 묻어 있는 벽을 만지던 브렌은 밀려오는 불안감을 떨치기 위해 미친 듯이 루치아의 이름을 부르며 벽을 두들기기 시작했다. 제발 루치아가 대답해 주길 바라며…….

하지만 돌아오는 것은 브렌의 처절한 부름에 답하는 듯 돌아오는 메아리와 검게 피가 말라붙은 벽에 덧칠해지는 붉은색의 뜨거운 피뿐이었다.

그렇게 브렌이 무너져 가고 있을 무렵 아셈을 업은 하자드는 드디어 목적지인 입구에 도달할 수 있었다.

"케미트으으으으!!"

"뭐야? 어, 아셈!! 왜 그래 다친 거야?"

나오자마자 자신을 부르는 하자드의 목소리에 자리에서 일어난 케미트는 하자드의 등에 엎어 있는 아셈을 발견하고는 비명을 지르며 황급히 달려갔다.

"받아!! 급해. 난 들어가 봐야 해!!"

"왁!! 뭐야, 갑자기!! 그리고 어딜 간다는 거야!!"

"바빠!!"

자신을 붙잡는 케미트의 손길을 뿌리치며 달려나가려던 하자드는 자신의 앞을 막고 선 두 아이의 모습에 걸음을 멈췄다.

"어디 있습니까? 아빠와 루안 어디에 있냐구요!!"

"어떻게 된 거냐고 묻지 않습니까? 대답해 주세요!!"

이글거리는 눈빛으로 노려보며 차갑게 내뱉는 두 아이의 모습에 하자드는 마른침을 삼켰다.

브렌에 대해서는 설명할 말이 있었지만 그들이 찾는 루안에 대해서는 말하기가 곤란했다. 그도 루안이 어떻게 됐는지 알 수 없는 상황이 었기 때문이다.

"안에 있어."

"왜 안에 있는 건가요? 둘 다 살아 있는 거예요?"

아이답지 않게 자신을 바라보는 두 아이의 모습에 하자드는 마른침 을 삼키며 힘겹게 말을 내뱉었다.

"브렌은 살아 있어. 하지만… 루안은……."

"루안은 뭡니까!! 도대체 어떻게 됐다는 겁니까!!"

"모르겠어. 하지만 같이 간 아셈이 이렇게 된 걸 보면… 자, 잠깐 만!!"

"가자!!"

"뭐? 뭣?! 자, 잠깐!!"

붙잡기도 전에 자신을 쏜살같이 스쳐 지나가는 두 아이의 모습에 하 자드는 욕설을 내뱉으며 두 아이를 따라 광산 안으로 달려 들어갔다.

"수정 구슬아~ 수정 구슬아~ 예쁜 내 수정 구슬아~ 오늘도 정말 좋은 날이지?"

부드럽게 쏟아지는 햇빛을 받으며 웃음 짓는 그린 드래곤 옆에 서 있던 세 마리의 드래곤은 자신의 몸에 돋아난 닭살을 털며 부르르 몸 을 떨었다.

"또냐?"

"그렇지, 뭐. 으~ 같은 드래곤으로서 저 녀석이 우리 동료라니 민 망하다 못해 쪽팔리는구나!!"

"나도 마찬가지야!!"

햇빛이 쏟아지는 레어 입구에 쪼그리고 앉아 방글방글 웃으며 심지어는 콧노래까지 불러가며… 자신의 손톱만한 수정 구슬을 닦고 있는 제드리나의 모습에, 세 마리의 드래곤은 마치 못 볼 것이라도 봤다는 듯이 그 큰 머리를 절레절레 흔들었다.

제드리나에게는 저게 하루 일과의 시작이라 하지만 다른 드래곤이 보기에는 궁상스러움 그 자체였던 것이다. 그 뭐라 말릴 수 없는 그의 궁상스런 행동을 드래곤들은 이제 예언가들이 하는 사이코적인 행동이라 생각하며 무시하기로 했다.

그런 다른 드래곤들의 평가를 아예 무시하는지 오늘도 제드리나는 환한 얼굴로 언제나처럼 부드러운 비단 천으로 수정 구슬을 박박 닦기에 여념없었다.

"음… 음. 자~ 오늘도 깨끗해졌구나. 그럼 예쁜 내 수정 구슬아~ 오늘은 무얼 제일 먼저 보여줄래?"

제드리나의 말이 끝나기 무섭게 파악 하는 환한 빛과 함께 조그마한 수정 구슬에서 무언가 떠오르기 시작했다. 그리고 그와 동시에 그 수정 구슬에 비친 영상을 보기 위해 제드리나의 행동에 온몸이 가려운지 비늘을 긁고 있던 드래곤들도 저마다 목을 쭈욱 빼기 시작했다.

약간 사이코 짓을 하는 드래곤이긴 하나 제드리나의 수정 구슬 점(?)은 잘 맞았기에 드래곤들은 제드리나의 그 고역스런 행동을 참고 보고 있었던 것이다. 그것도 아침에 잠시 비친 구슬 점(?)은 신기할 정도로 딱 맞았다.

"어라? 너는 봤냐?"

"아니, 너무 작아서 보질 못했어. 너는?"

"나 역시… 그런데 오늘은 평소보다 더 짧지 않았냐? 완전 순식간이

던데……. 그건 그렇고 저 녀석, 왜 저래?"

파아아악 떠오른 빛이 순간 사라지자 모여 있던 드래곤들은 저마다 숙덕거리기 시작했다.

돌데인의 말처럼 수정 구슬을 들고 덜덜 떨고 있는 제드리나의 표정이 심상치 않았던 것이다.

그렇게 바라보던 것도 잠시 궁금함을 참다못한 한 레드 드래곤이 물어보려 했지만 그보다 한발 먼저 제드리나가 움직였다.

제드리나가 갑자기 달리는 바람에 밀쳐 넘어지게 된 레드 드래곤 모델트는 어느새 횡 하니 사라져 버린 제드리나의 거대한 꼬리 끝 부분을 바라보며 작게 중얼거렸다.

"도대체 뭐야? 왜 저러는 거냐구?!"

넘어진 모델트에게 신경도 쓰지 않은 채 충격적인 소식을 알리기 위해 쏜살같이 달려간 제드리나는 갑자기 날아든 물건들로 인해 비명을 지르며 뒤로 물러섰다.

아침부터(?) 사이좋게 죽어라(?) 술병을 기울이고 있던 카이스트라와 데이라나가 갑작스럽게 쳐 들어온 무례한 드래곤인(?) 자신에게 다 마신 술병을 집어 던졌던 것이다.

"뭐~냐!! 아침부터……."

"그래 뭐~양!!"

주량이 세기로 유명한 두 드래곤의 혀가 꼬부라진 것에 잠시 의아해하던 제드리나는 여기저기 널브러져 있는 엄청난 술병들을 보고는 그들의 상태를 이해할 수 있었다.

그러나 정말 놀라웠다. 정말 다른 드래곤들이라면 치사량인 술의 양에도 불구하고 이 두 드래곤은 고작 혀가 살짝 꼬인 정도로만 취한 것뿐이다.

그렇게 놀람 반 황당함 반에 잠시 멍해 있던 제드리나는 다시 재촉하는 두 드래곤의 말에 서둘러 입을 열었다.

"카이스트라님, 데이라나님 안… 좋은 소식이 있습니다."

"뭐냐!!"

"말해 보도록!!"

심각한 제드리나의 표정에 그제야 몸을 추스린 두 드래곤은 애써 권위있는 표정을 지으며 다시 그에게 대답을 재촉했다.

"그… 그게… 그러니까……."

"그게 뭐! 도대체 뭐가 그게냐!! 너 확실히 말 못해!! 죽고 싶냐?"

한참 머뭇거리며 계속 '그게'만 반복하는 제드리나의 모습에 성질 급한 카이스트라가 벌떡 일어나 주먹을 쥐고 흔들자, 겁에 질린 제드리나는 황급히 입을 열고 자신이 알아낸 소식을 쏟아냈다.

"그게 루치아가 사라졌어요!!"

밑도 끝도 없이 결론만 말한 자신의 말에 제드리나 스스로도 아차했지만 이미 엎질러진 물이었다. 뭐라 달래기도 전에 두 드래곤은 새파랗게 질려 입만 뻥긋거리고 있었던 것이다.

그렇게 잠시 시간이 흐르자 정신이 돌아왔는지 제일 먼저 카이스트라가 소리를 질렀다.

"뭐라?!"

"사라지다니 어디로!!"

자신의 말에 데이라나까지 벌떡 일어나 소리 지르자 쫄은 제드리나는 자신도 모르게 뒤로 주춤주춤 물러났다.

하지만 그것도 잠시 어느새 쏜살같이 달려온 카이스트라의 손에 날개를 잡혀 들린 제드리나는 살벌한 카이스트라의 눈빛을 고스란히 받아야만 했다.

"이. 머. 저. 리. 자. 식. 아!! 무. 슨. 소. 리. 냐. 고. 묻. 지. 않. 았. 냐!! 상. 대. 가. 물. 었. 으. 면. 재. 깍. 재. 깍. 대. 답. 을. 해. 야. 지!! 도. 망. 을. 가!! 죽. 고. 싶. 냐!!"

"어이, 대답을 듣고 싶으면 그 손을 놓아야 할 것 같은데……."

어느새 손이 날개에서 목으로 옮겨갔는지 제드리나의 목을 들고 탈탈 털고 있던 카이스트라는 차가운 데이라나의 말에 반쯤 기절한 제드리나를 놓아주었다.

"미안하군. 내가 그만 흥분했나 보군. 그건 그렇고 도대체 사라졌다니 어떻게 된 건가! 설마 죽… 죽은 건 아니겠지?"

아픈 목을 잡고 켁켁 거리던 제드리나는 걱정이 가득한 카이스트라의 말에 천천히 고개를 올리며 대답했다.

"그, 글쎄요. 아직 그것까지는 점을 쳐보지 않아서요."

"그럼 지금 점을 쳐라! 그리고 또… 잠깐 멈춰, 카이스트라!!"

쏜살같이 문 쪽으로 달려가는 카이스트라를 붙잡기 위해 데이라나는 자신도 모르게 용언을 쓰고 말았다. 그리고 그 바람에 옴짝달싹 못하고 그 자리에 몸이 못 박힌 듯 굳어버린 카이스트라는 분기탱천한 목소리로 소리를 질렀다.

"뭐 하는 짓이야!! 이거 당장 풀어!! 난 가봐야 한다고!! 우리 아가가 위험에 처했다는데, 내가 가만 있을 수 있겠냐!!"

"나도 네 마음은 알아! 하지만 아무것도 모르는 상황에서 어떻게 가려고? 우선 어디에 있고 어디에서 사라졌는지 하는 것 정도는 점을 쳐 알아봐야 하는 거 아냐!! 안 그래?"

차갑지만 논리 정연한 데이라나의 말에 카이스트라는 푹 기가 죽은 채 천천히 고개를 끄덕였다. 자존심은 좀 상하지만 그녀의 말이 옳았고 자존심을 따지기에는 손녀가 살아있는 게 더 중요한 카이스트라였다.

"알았어. 무작정 쫓아가지 않을 테니까 이거 놔!"

"믿어보지. 그리고 너무 걱정하지 마!! 아직 마계에서 아무것도 오지 않았잖아. 이런 위급한 상황이라면 마계에서도… 무슨 일이냐?"

풀이 잔뜩 죽은 카이스트라를 달래고 있던 데이라나는 굳은 얼굴로 문가에서 어슬렁거리는 골드 드래곤을 향해 소리쳤다. 그러자 굳은 얼굴의 골드 드래곤이 말하기 난처한 듯 힘겹게 입을 열었다.

"마계에서 라데스님이 오셨습니다."

"뭐어!!"

"……!!"

"어느 쪽인지 아십니까?"

"외, 왼쪽. 왼쪽이야."

겨우겨우 두 꼬맹이를 잡은―잡았다기보다 루와 이오가 기다리고 있었다―하자드는 왼쪽 광산을 가리키며 힘겹게 말했다. 그리고 또다시 잡을 틈도 주지 않고 쏜살같이 사라진 두 꼬맹이의 모습에 욕설을 내뱉으며 뒤쫓아 달리기 시작했다.

그렇게 욕설을 내뱉으며 뒤쫓아오는 하자드를 버려둔 채 달리던 루는 점점 더 끈쩍끈쩍해지는 불길한 기운에 인상을 찌푸렸다. 혹시나 하는 생각에 고개를 돌려 하자드를 바라보니 그는 아무것도 느끼지 못하는지 헐떡이며 달려올 뿐이었다.

마법사인 자신보다 살기에 익숙한 전사가 느끼지 못하는 불쾌한 기운이라면 딱 하나… 그것뿐이었다.

'마법 기운이야. 그것도 흑마법계. 하지만 이걸 누가 사용한 거지? 루치아? 아니면……'

왠지 끈끈할 정도로 적의 가득한 불길한 기운에 인상을 찌푸리던 루는 옆에 같이 달리고 있는 이오에게 낮은 목소리로 경고했다. 저 기운을 쓴 게 적이라면 아직도 적이 남아 있을 위험이 있었기 때문이다.

"잠시만요. 뭔가 소리가 들려요."

"무슨 소리?"

루가 문자 확인차 벽에 귀를 대고 있던 이오가 굳은 얼굴로 루를 바라보며 말했다.

"누군가 둔탁한 걸로 벽을 치고 있는 것 같… 설마!!"

잠시 서로의 얼굴을 바라보던 루와 이오는 작은 비명을 지르며 황급히 그쪽을 향해 달려갔다. 그리고 그들은 미친 듯이 주먹으로 벽을 내려치는 브렌을 볼 수 있었다.

"브레에에에엔!!"

"들어가 봐야 하지 않을까?"

조심스레 묻는 무스타모의 말에 하자드는 깊은 한숨을 내쉬었다.

그 역시 들어간 지 한참이 지났음에도 불구하고 나올 기미를 보이지 않는 케미트와 브렌의 일행이 무척이나 걱정되었던 것이다.

"한 오 분 정도만 기다렸… 저기 나오는군!! 어이, 케미트!! 그래 루안은 찾……."

터덜터덜 나오는 하자드의 모습에 황급히 소리 지르며 달려가던 케미트는 뒤이어 나오는 브렌의 모습에 나오던 말이 그대로 입속으로 빨려 들어가고 말았다. 마치 시체마냥 꺼멓게 죽은 얼굴을 한 채 자신을 스쳐 지나가는 브렌에게 차마 물어볼 수가 없었던 것이다.

브렌과 마찬가지로 굳은 얼굴로 자신을 스쳐 지나가는 두 꼬맹이를 잠시 바라보던 케미트는 고개를 푹 숙인 채 걷고 있는 하자드에게 다가가 그의 어깨를 두드렸다.

"왜?"

"잠시 나 좀 보자."

고개로 좀 떨어진 곳을 가리키자 알았다는 듯이 고개를 끄덕인 하자드는 케미트의 뒤를 따라 걸어갔다. 그렇게 어느 정도 동료들의 시선에서 떨어지자 걸음을 멈춘 케미트는 그동안 묻고 싶었던 질문을 조심스레 던졌다.

"어… 떻게 된 거야?"

"몰라, 나도 도무지 모르겠어. 아는 것은 오직 그 장소에서 루안이 감쪽같이 사라졌다는 거야. 감쪽같이!!"

"사라졌다니… 감쪽같이 사라졌다니… 그게 도대체 무슨 소리야?"

"나도 모르겠어, 모르겠다구! 아니, 솔직히 깊게 생각하고 싶지 않아. 생각하면 생각할수록 불길한 상상만 더해져서 생각하고 싶지 않다구!!"

낮게 소리 지르며 고개를 흔드는 하자드의 모습에 케미트는 피가 배어 나오도록 입술을 깨물었다. 말로 표현하진 않았지만 케미트의 머리 속에서도 하자드가 생각했을 법한 불길한 상상이 떠올랐던 것이다.

'여… 역시 죽… 은 건가?'

"젠장, 어떻게 하면 좋단 말인가! 왜 갑… 우왓!! 뭐, 뭐야!! 적인가!!"

괜스레 욕설을 내뱉던 하자드는 갑자기 쾅 하는 요란한 소리와 함께 보랏빛 연기가 피어오르자 반사적으로 검을 뽑아 들고 소리쳤다. 하지만 적의 공격은 아니었는지 곧 켁켁 하는 소리와 함께 머리가 보라색으로 물든 루가 연기를 헤치며 걸어나왔다.

"이게 도대체 무슨 짓이야? 다치지는 않았어?"

"괜찮아요. 그보다 기뻐해 주세요. 루안이 어디 있는지는 정확히는 모르겠지만 아무튼 살아 있어요!! 살아 있다구요!!"

허리에 손을 얹고 몸을 젖히며 신나게 웃어대는 루의 모습에 잠시 멍해 있던 하자드는 곧 정신을 차리고는 황급히 설명을 요구했다.

"그게 무슨 소리요?"

"어서 말해 봐!!"

"살아 있다니!! 정말 살아 있다는 건가?"

"자, 잠깐만요. 진정하세요. 그러니까 그때 광산에서 가지고 나온 피로 로케이드 오브젝트(마법사가 알고 있는 어떤 대상의 위치를 추적하는 마법. 언디텍트에 걸리면 찾을 수 없다)를 실행했거든요. 그 마법을 실행시킨 결과, 이 피의 주인은 살아 있다는 것을 알아냈어요. 다만 제가 실력이 없어서 정확한 위치는 추적할 수 없었지만 우리 근처에 있다는 것은 확실해요!! 여기 근처에 루안이 있을 거예요. 아마 적이 공격하자 반사적으로 워프를 해서 피했을 거예요!!"

'그러나 그 피가 루안의 피라 장담할 수 없잖아! 그 자리에서 아셈도 다쳤단 말야!' 라는 말이 목구멍까지 치밀어 올랐지만 하자드는 환하게 웃는 루와 다행이라며 중얼거리는 브렌의 모습에 차마 자신의 생각을 털어놓을 수가 없었다. 그만큼 루와 브렌, 심지어는 무뚝뚝한 무스타모까지 얼굴에 표시가 날 정도로 기뻐하며 안도해하고 있었던 것이다.

그 모습에 마음 한편이 무거웠지만 하자드는 그들과 마찬가지로 다행이라고 말하며 환한 미소를 지어 보였다. 속마음은 숨긴 채로…….

"자자, 그럼 루안이 올지 모르니까 여기서 기다리자고."

"그러죠. 언제 올지 모르니까 오늘은 여기서 자는 게 낫겠습니다."

하자드의 말에 브렌들은 모두 고개를 끄덕이며 서둘러 야영 준비를 하기 시작했다.

아직 몸 상태가 좋지 않은 아셈이나 그를 치료해야 하는 브렌들을 제외하고 어린 이오까지 도와 그들은 서둘러 야영 준비를 하기 시작했다.

하지만 해가 져서 달이 뜨고 그 달이 하늘 높은 곳에 올라갔음에도 루안이 나타날 기미도 보이지 않았다. 그렇게 시간이 지나자 처음에는 초롱초롱한 눈으로 광산 입구를 바라보던 동료들은 저마다 내려오는 눈꺼풀을 이기지 못하고 앉은자리에서 꾸벅꾸벅 졸았다.

아무래도 무리한 행군으로 지친데다 마음까지 졸여서 그런지 평소보다 더욱 잠이 쏟아지는 모양이었다. 그렇게 잠과 싸움을 벌이고 있는 순달들을 잠시 바라본 브렌은 옆에 있는 하자드에게 조용히 말을 건넸다.

"루안은 저희가 기다릴 테니 다른 분들은 주무시라고 하세요. 내일 또 언제 어디서 싸우게 될지 모르는데 무작정 체력을 낭비할 수는 없잖아요."

"괜찮겠소?"

"괜찮아요. 그러니 뒷일은 저에게 맡기고 쉬라고 하세요."

브렌의 말에 여기저기 꾸벅꾸벅 조는 동료들을 바라본 하자드는 고개를 끄덕이며 케미트와 아셈 쪽으로 다가갔다. 잠시 토론을 한 하자드는 여기저기에서 잠과 싸우고 있는 동료들을 향해 소리쳤다.

"어이, 졸지 말라고! 음… 루안에게는 미안하지만 우선 쉬도록 해. 조용히 해!! 니들 마음은 알지만 루안이 오게 되면 바로 또 이동해야 하니까 체력을 아껴야 한다고. 알았어? 그럼 당장 자!!"

졸린 눈으로 항의하는 동료들의 말을 딱 잘라 버린 하자드는 대충 불침번을 정해준 후 동료들을 잠자리로 밀어 넣었다. 그리고는 케미트와 함께 동료들이 누운 자리에서 조금 떨어진 곳에 앉아 망을 볼 준비를 했다.

그 모습에 속은 아니어도 어쨌든 외모가 어린아이라 그런지 이번에도 불침번에서 빠지게 된 루는 미안한 마음에 하자드에게 다가가 조심스레 말을 건넸다.

"저… 루안의 알람까지는 못하더라도 제가 주위에 알람 마법을 쳐 드릴까요?"

"그래 주면 고맙지."

"이야, 그렇게 해주면 정말 고맙지. 그 마법은 야영할 때 정말 도움이 되거든."

하자드와 케미트의 말에 고개를 끄덕인 루는 천천히 주문을 외기 시작했다.

다행히 주문을 알고 있었지만 메모라이즈를 안 해놓는 바람에 장시간을 주문을 외운 루는 약간 의아해하는 하자드에게—루안이 너무 쉽게 쳤기에 그들은 이 마법이 쉬운 줄 알았다—수고하라는 인사말을 남기고 천천히 자신의 자리로 돌아왔다.

그렇게 루마저 잠들자 그동안 멍하니 하늘만 바라보고 있던 하자드가 천천히 입을 열었다.

"너, 그곳에서 무얼 봤나?"

"응? 아, 그곳에서 본 것 말이야? 음… 피가 흥건한 돌과 벽을 봤지. 그러나 칼이 부딪친 자국이나 공격 마법을 사용한 흔적은 전혀 없었어. 하지만 같이 간 루의 말에 의하면 마법의 기운은 있었다고 하더군."

"그래?"

"그래!"

"그렇다면……."

"꺼져!"

자신의 어깨를 두드리는 손길에 잠을 깬 카이녠은 짜증이 잔뜩 배어 있는 목소리로 말을 내뱉었다.

하지만 도망가기는커녕 계속 일정하게 자신을 두드리는 손길에 어쩔 수 없이 한쪽 눈을 뜨자 익숙한 존재가 못마땅한 표정으로 서 있는 게 보였다.

"너, 뭐야!!"

"'너, 뭐야' 라니 어쩜 너는 말을 그렇게 하니? 그것도 이런 아리따운 숙녀에게 말야."

천천히 몸을 일으킨 카이녠은 두 손으로 얼굴을 감싸며 '어머, 어머'를 연발하는 라데스의 모습에 이맛살을 찌푸렸다. 자신의 성질을 박박 긁을 목적으로 자신을 깨웠던 거라면 친구고 뭐고 가만 놔두지 않을 거라고 속으로 다짐한 카이녠은 짜증이 가득 배인 목소리로 소리쳤다.

"도대체 뭣 때문에 온 거냐?"

"알았어, 알았어! 쳇, 누가 화를 내야 하는데……. 나 오늘 비만 도마뱀들에게 지금까지 변화된 상황을 설명해 주러 갔다가 하마터면 그비만 도마뱀의 거대한 발에 이 아름다운 몸이 짜부될 뻔했다고."

"왜 난동 피웠냐?"

"난동? 그 정도면 귀엽게! 완전 광란을 벌였다, 광란을!! 도대체 일이 어떻게 되려는지… 왜 이렇게 꼬이는 거야!! 암튼 그건 그렇게 해두고 오늘 드래곤에게 알려준 사실을 너에게도 알려줄게. 우선 첫 번째는 또다시 마계화가 진행되고 있다는 거야. 그것도 빠르게… 또 다른 것은 전에 끌려갔던 하급 마족 하나가 죽어서 마계로 돌아왔더라고… 몸에는 복잡한 마법진이 가득 그려져 있고 생기가 모조리 사라진 상태로."

어느새 처음의 장난기가 사라진 차가운 라데스를 바라보며 카이넨은 비릿한 미소를 지으며 다시 질문을 던졌다.

"마법진이라? 당연히 흑마법일 테고… 마계화를 넓히는데 사용된 마법진이냐?"

"아냐, 마계화에 직접적으로 관련된 게 아니라 그 마족의 힘을 모조리 빨아들이는 마법진이야. 아무래도 그 마족의 힘을 모조리 빨아들여 마계화를 넓히는 데 쓴 모양이야. 도대체 무슨 목적에서인지 모르지만 이제 더 이상 봐줄 수 있는 수준이 아니야!"

이를 갈며 내뱉는 라데스의 말에 카이넨도 고개를 천천히 끄덕였다.

솔직히 마물 정도라면 귀엽게 봐줄 수도 있었다. 하지만 아무리 하급이라 해도 자신의 종족인 마족에게까지 손을 댔다면, 그건 장난의 수준이 아니라 자신들에게 공개적으로 도전장을 던진 거나 다름없는 것이었다.

그렇다면…….

"도전을 받았으면 그에 응해줘야지."

"당연하지… 배로 갚아주는 거야."

미소 지으며 말한 카이넨의 말에 그렇게 응대한 라데스는 차가운 웃음을 흘렸다.

"우왁, 놀랐잖아. 갑자기 어깨에 손 얹지 말라고!"

"나야말로 놀랐다. 별것도 아닌 일로 왜 난리야? 자는 녀석들 다 깨겠다."

케미트가 노려보든 말든 퉁명스럽게 대꾸한 무스타모는 케미트와 하자드 사이를 비집고 들어가 앉았다. 그의 영문 모를 행동에 의아해하던 케미트와 하자드는 자신의 어깨를 두드리는 또 다른 손길에 황급히 고개를 돌렸다. 그리고 보이는 순달의 모습에 소리쳤다.

"너까지 왜?"

"왜냐니? 우리가 불침번 설 시간이잖아. 도대체 무슨 생각을 했기에 시간 가는 줄도 몰랐던 거야?"

황당한 얼굴로 하늘을 가리키며 말하는 순달의 말에 하자드와 케미트는 밤하늘을 바라보았다. 어느새 달이 제법 땅에 가까워진 게 아무래도 자신들이 생각에 잠겨 있느라 시간 가는 줄도 몰랐던 모양이다.

"너희가 무슨 고민을 했는지 모르겠지만 그렇게 불침번을 섰다간 다 전멸이다, 전멸! 알아?"

"미안."

"실수했군."

무스타모의 차가운 질책에 하자드와 케미트는 순순히 잘못을 시인

했다. 그들 역시 무스타모가 지적하기 전에 실수를 깨닫고 있었던 것이다.

불침번을 서는 입장인 주제에 누가 접근하는지도 모를 정도로 딴 곳에 정신을 팔고 있었다니… 자신이 생각해도 이렇게 혼나는 게 당연했다.

"가서 자라."

"미안해. 그리고 부탁할게."

"수고하게."

무뚝뚝한 무스타모의 인사에 천천히 몸을 일으킨 케미트와 하자드는 마지막으로 어두운 광산을 한 번 바라보고는 무스타모들이 빠져나온 자리에 몸을 뉘었다.

피곤했던지 눕자마자 잠이 들었던 하자드는 어디선가 자신을 부르는 소리에 깨 주위를 둘러보았다.

사방이 칠흑 같은 어둠에 가려져 잘 보이진 않았지만 저 멀리서 희뿌연 인영이 아른아른 거리는 것을 볼 수 있었다. 그 모습에 적인가 해서 검을 뽑아 들고 접근했던 하자드는 자신이 가까이 다가가면 다가갈수록 멀어지는 인영의 모습과 그와 반대로 점점 똑똑히 들리는 목소리를 들을 수 있었다.

의아한 마음이 든 것도 잠시, 제법 또렷해진 목소리에 하자드는 자신도 모르게 검을 떨어뜨리며 나직한 신음을 흘렸다.

"도… 와주세요. 제발 도… 와주세… 요. 제발 그녀를……."

"어… 어머니!!"

믿을 수 없지만 저 멀리에서 눈물을 흘리며 자신에게 부탁하고 있는 것은 분명 이미 오래전에 돌아가신 자신의 어머니였던 것이다. 그렇게 넋이 나간 것도 잠시 점점 멀어지는 모습에 하자드는 자신도 모르게 어머니를 붙잡기 위해 소리를 질렀다.

"자, 잠깐만요!! 기다려요, 잠깐만 아악!!"

점점 멀어지는 어머니를 붙잡기 위해 손을 뻗치던 하자드는 자신도 모르게 벌떡 일어나고 말았다.

"어… 어머… 뭐… 뭐야?!"

발 밑으로 떨어지는 이불과 자신의 눈앞에 보이는 시커먼 광산 입구에 하자드는 그제야 자신이 꿈을 꾼 것이라는 걸 깨달을 수 있었다. 하지만 그것을 알았음에도 불구하고 전혀 진정이 되지 않았다. 꿈치고는 너무 리얼했기 때문이다.

"뭐야, 도대체……."

이마에 흐른 식은땀을 닦으며 주위를 살펴본 하자드는 황당한 표정으로 바라보는 무스타모와 순달 뒤로 자신과 마찬가지로 새파랗게 굳은 얼굴로 멍하니 앉아 있는 동료들을 볼 수 있었다.

"케미트, 너도 꿈을 꾼 거냐?"

자신의 질문에 자신과 마찬가지로 새파랗게 굳은 얼굴로 고개를 끄덕이는 케미트의 모습에 하자드는 치밀어 오르는 화를 참기 위해 입술을 깨물었다.

'한 번도 아니고 두 번씩이나 사람을 농락하다니…….'

두 번씩이나 사랑하는 사람의 모습으로 나타나 자신을 농락한 마족의 행동에 하자드는 치밀어 오르는 분노를 참을 수 없었다. 그런 하자드에게 잠시 망설이던 케미트가 조심스레 입을 열었다.

"도와달라더라."

"뭐?! 너도!"

"하자드 너도? 나에게도 도와달라고 말했어! 설마 너희 모두?"

"맞아, 나에게도 도와달라고 그랬는데……."

"나도 마찬가지야!"

"나도!"

동료들이 모두 고개를 끄덕이며 그렇게 대답하자 하자드는 더욱 머리가 아파왔다.

"이게 도대체 무슨 일이지? 아니, 무슨 뜻이지? 그 자식이 왜 우리에게 도와달라는 거야, 왜?!"

"그건 저도 알 수가 없네요. 도대체 무슨 뜻으로 그런 말을 한 건지는… 저도 영……."

어느새 다가왔는지 조심스레 대답하는 브렌의 말에 하자드들은 조용히 입을 다물었다.

그렇게 어느 정도 시간이 흐르자 흥분은 가라앉힐 수 있었지만 그 누구도 다시 자려고 하지 않았다. 그만큼 다시 그 꿈을 꿀까 두려웠던 것이다.

또다시 컬바인의 장난에 휩쓸려 가기 두려웠고, 또한 그 꿈이 보여주는 사람들을 다시 보기 싫었다. 현실에서 가장 보고 싶은 사람이었지만 꿈속에서 보는 그들이 자신이 보고 싶어하던 사람이 아니라는 사실에 마음이 아팠던 것이다.

다시 잠들려 하지 않았지만 누구 하나 떠드는 일 없이 침울해진 분위기에 기분이 덩달아 축 처진 이오는 자신의 옆에 앉아 있는 루를 조르기 시작했다.

"루, 우리 간단하게 마실 것 준비할까?"

"예? 에, 그것도 나쁘지 않겠네요. 아무래도 이대로 밤을 샐 것 같으니까요."

이오의 의견에 고개를 끄덕이며 찬성한 루는 천천히 일어나 물을 받아놓은 그릇에 손을 뻗었다. 물이 담긴 그릇을 들던 루는 갑자기 느껴진 오싹한 한기에 비명을 지르며 그릇을 땅에 떨어뜨리고 말았다.

저마다 깊은 생각에 잠겨 있던 하자드들은 제법 요란한 비명 소리에 놀라 고개를 번쩍 들었다. 그리고는 마실 물을 모조리 엎은 상태로 덜덜 떠는 루를 타박하기 시작했다.

"아침에 마실 물인데 다 엎다니 너무… 너, 왜 그래?"

"루, 왜 이렇게 떨고 그래요. 어디 아파요?"

"도… 도망가요!!"

아까운 물을 모조리 엎어버린 루의 행동에 놀라 소리치던 하자드들은 새파랗게 질려 외치는 루의 비명에 성급히 뒤로 물러나기 시작했다. 그렇게 뒤로 물러나던 그들은 등 뒤에서 들리는 섬뜩한 소리에 자신들도 모르게 고개를 돌리고 말았다.

그리고 일제히 비명을 질렀다.

"뭐… 뭐야아아아아!!"

"아아아아악!!"

"으아아아악!!"

고개를 돌려보니 어느새 광산들이 사라지고 그 자리에는 검은색의 탑 같은 게 여러 개 생겨 있었다. 그리고 탑 끝에서는 끈쩍해 보이는 검은 액체가 쿨럭거리며 용암마냥 뿜어져 나오고 있었다.

뿜어져 나온 액체가 점점 모랫빛 사막을 검게 물들여 갈 때쯤 제일 먼저 정신을 차린 브렌이 도망가라 소리 지르며 새파랗게 질려 있는 이오와 루를 옆구리에 끼고 도망치기 시작했다.

"위험해요. 어서 뒤로 피해요!!"

재차 외치는 브렌의 비명에 하자드들도 정신을 차리고 황급히 뒤로 도망치기 시작했다.

하지만 생각보다 빠르게 끈적해 보이는 검은 액체는 사방으로 번져 갔다. 그렇게 검은 액체로 물들여진 바닥은 푸쉬쉭 하는 연기를 내뿜으며 여기저기가 꺼지고 솟아오르는 등 울퉁불퉁한 모습으로 변해갔다.

"으아아아악, 도… 도와줘!!"

요란한 비명 소리에 하자드와 케미트는 부축하고 있던 아셈을 돌멘에게 넘기고는 미친 듯이 비명을 질러대는 마날에게 달려갔다. 그들역시 위험하다는 것은 알지만 살아 있는 동료를 그냥 놔둘 수는 없었다.

"뭐, 뭐하는 거예요? 위험해요! 돌아와요!!"

다시 돌아가는 케미트와 하자드의 모습에 브렌은 미친 듯이 고함을지르며 돌아오라고 소리쳤다. 동료를 구하겠다는 그들의 마음을 모르는 것은 아니었지만 무작정 갔다가는 구하기는커녕 그들마저 죽을 게뻔했던 것이다.

"나… 나도 갈 거야!!"

"멍청한 짓 그만 하고 가만있어요!!"

정신을 차렸는지 뛰쳐나가려는 아셈을 뒤로 던져 버린 브렌은 하자드들을 덮치는 검은 액체에 눈을 감고 실프들을 불러내기 시작했다.

"잡아당겨!!"

"알았어!! 케미트, 넌 왼팔을 잡아!!"

"나도 왼팔을 잡을게!!"

어느새 마날의 곁에 다가간 하자드와 케미트는 어깨까지 검은 액체에 잠겨 있는 마날을 잡아당기기 시작했다. 그렇게 당기는 동안 그들은 자신의 발 밑까지 번져 온 액체를 볼 수 있었지만 그 누구도 도망가지 않고 계속 당기기 시작했다.

하지만 뭔가가 밑에서 당기고 있는지 아니면 발 밑이 물컹거리며 흔들려서 그런지 성인 남자 두 명이 당기고 있는데도 도무지 위로 올라오지 않았다.

"아악! 뭔가 밑에서 당기고 있어. 크아아악!!"

열심히 당기고 있던 하자드들은 그렇게 소리를 지른 마날이 갑자기 입에서 피를 토하더니 고개를 떨구자 새파랗게 질리고 말았다. 그것도 잠시 자신들이 잡아당겨 끌어 올려진 마날의 하반신이 무언가에 쥐어뜯긴 것처럼 보이지 않자 그들은 굳어버리고 말았다.

"뭐, 뭐야? 이게 도대체 뭐… 우왁!! 젠장 안 빠져!! 뭐야, 뭘 보고 있어?! 멍청하게 보고 있지 말고 도망가, 어서!!"

"우릴 놔두고 어서 가라구!! 어서 가라니까!!"

어느새 몸의 반이 검은 늪에 빠진 케미트와 하자드가 도망가라 소리쳤지만 그 누구도 움직이는 사람은 없었다. 그들 모두 위험에 처한 동료를 두고 그냥 갈 수 없었던 것이다.

"멍청하게 어서 도망가라니 뭐… 뭐야!! 저… 건!!"

"마… 마물?!"

"으아아아악!!"

검은 늪에서 빠져나오는 마물의 모습에 공포감에 질릴 대로 질린 케미트는 고함을 질렀다.

커다란 목을 휘두르며 점점 검은 늪에서 빠져나오는 거대한 몬스터의 모습에 질리기도 질렸지만 긴 손톱 끝에 달린 마날의 찢겨진 하반신이 그들을 더욱 공포스럽게 만들었다.

아무래도 마날을 밑에서 죽인 것은 저 마물이었던 모양이었다.

그렇게 계속해서 빠져나오던 마물은 드디어 자신의 거대한 몸을 다 드러냈다.

한눈에 다 들어오지 않을 정도로 거대한 그 마물은 아무리 작게 잡아도 최소 6미터는 될 정도로 엄청난 크기를 자랑하고 있었다. 꼭 날개가 없는 기다란 드래곤같이 생긴 그 마물은 드래곤처럼 그 거대한 몸보다 더 기다란 꼬리를 가지고 있었다.

어느새 그 거대한 몸을 다 꺼낸 마물은 커다란 입을 벌려 괴성을 질러댔고, 그 괴성에 화답하듯 그 뒤에 여러 마리의 추악한 마물들이 쏟아져 나왔다.

그 드래곤 같은 마물보다 작기는 했지만 하나같이 강해 보이는 마물인 데다가, 심지어는 자신들을 그렇게 힘들게 했던 앤트 라이온과 스킬라까지 연이어 등장했다.

"으아아아악!! 뭐, 뭐야 이건!!"

"제, 젠장!!"

"하늘이… 하늘이 우리를 버리시는군!!"

그 모습에 동료들과 마찬가지로 거의 포기하고 있던 케미트는 자신의 몸을 당기는 손길에 정신을 차렸다. 서둘러 주위를 둘러보니 자신처럼 하자드의 몸에도 두세 명의 실프가 붙어 있는 것을 볼 수 있었다.

브렌이 보내준 듯하지만 그걸로는 터무니없이 부족했다. 제법 힘이 세긴 했지만 그들의 힘에 자신들이 빠져나오는 것보다 마물들의 손에 죽을 게 더 빠를 것 같았다.

"이렇게 죽게 될 거라고는 생각 못했는데……."

"무슨 소리냐?"

상황에 맞지 않게 무척이나 아쉽다는 듯 말하는 케미트의 목소리에 고개를 돌렸던 하자드는 어느새 목까지 잠긴 케미트의 모습에 눈살을 찌푸렸다. 하지만 케미트는 그런 하자드에게 씨익 하며 장난기 어린 미소를 보냈다.

"나 유언 하나 하자!! 내 묘비에 '케미트 안마르 끝내주게 행복하게 살았다' 라 적어달라고 부탁해다오."

그때 그 사건을 떠올린 하자드는 씨익 웃는 케미트를 바라보며 낮게 한숨을 내쉬었다.

"바보냐. 나도 같이 갈 건데 나한테 무슨 유언을 하냐, 이 똘빡아!"

케미트까지는 아니어도 이미 어깨까지 가라앉은 하자드는 퉁명스럽게 말하며 자신들 쪽으로 다가오는 마물들을 노려보았다. 그 살기 띤 모습을 보자 호승심이 피어오르는 게 팔만 밑에 가라앉지 않았어도 자신의 검으로 상처 하나는 내고 죽을 수 있을 텐데라는 생각이 들었다.

"으… 내 팔만 잠기지 않았어도 칼빵 하나는 내놓을 수 있었는데……."

"아서라, 니 실력으로 퍽이나 가능하겠다!"

"뭐야?!"

비웃는 케미트의 말에 하자드는 마치 팔만 잠겨 있지 않았더라면 주먹이라도 휘두를 듯한 표정으로 노려보았다. 그리고 아무리 생각해도 너무나 상황에 맞지 않는 자신의 태도에 피식 웃음을 터뜨렸다.

'그래, 될 대로 되라지 뭐!! 게다가 꼭 죽을 때 울면서 죽어야 한다는 법도 없으니까.'

"…지금 저들이 상황 파악을 하고 있는 겁니까?"

"그, 글쎄요."

점점 다가오는 마물들에 발을 동동 구르고 있던 브렌은 케미트와 하자드가 주고받는 말에 황당함을 금치 못했다.

하지만 그렇게 기가 막힌 표정을 짓고 있으면서도 브렌은 딸 이오와 함께 루의 계획대로 하디자들을 잡고 있는 실프들을 정령계로 돌려보내는 대신 운디네를 소환하기 시작했다.

"운디네, 물!"

"저 마물들에게 뿌려!"

브렌과 이오의 외침과 함께 운디네가 일제히 몬스터가 있는 곳에 물을 뿌려대자 루도 큰 소리로 마법을 시전했다.

"블리저드(북부 빙원의 눈바람을 소환해서 그 힘으로 얼음의 폭풍을 일으킨다)!! 프로스트 핸드(마법사가 손에서 뿜어져 나오는 냉기로 일정 지역의 온도를 급강하시키는 마법)!! 프리즈 레인(공중에 얼음덩어리를 만들어 고드름을 떨어뜨려 공격하는 마법으로 이 마법을 멈추기 위해서는 공중에 생긴 얼음덩어리를 파괴해야 한다)!!"

루가 할 수 있는 최대한의 냉기 마법이 연이어 시전되자 잠시나마 어두운 밤하늘이 환한 빛으로 가득 찼다. 그렇게 번쩍이던 빛이 곧 사라지고 나타난 모습에 루는 자신도 모르게 비명을 지르고 말았다.

몇몇 작은 마물들은 얼거나 상처를 입었지만 거대한 마물의 몸에는 상처 하나 나지 않았던 것이다. 상처가 나기는커녕 기분만 상했는지 하자드들을 향해 걷던 마물은 천천히 루들을 노려보더니 자신의 어마어마하게 기다란 꼬리를 루들을 향해 휘두르는 것이었다.

"으아아아악!!"

"피햇!!"

"꺄아아아악!!"

비명을 지르며 눈을 감던 브렌은 눈을 감기 전에 번쩍이는 광선에 자신도 모르게 또다시 비명을 지르고 말았다.

"으아아악!!"

"무… 무엇을 보고 계십니까?"

자신이 일을 성사시키지 못한 후 처음으로 기분이 좋아 보이는 여마법사의 모습에 오덴은 조심스레 물었다. 하지만 그게 실수였는지 순식간에 오싹한 살기가 동굴 안에 가득 차기 시작했다.

동굴을 가득 메운 차가운 살기에 찔린 오덴은 고개를 숙여 여전히 구슬만 바라보고 있는 여마법사에게 사과하기 시작했다.

"죄… 죄송합니다. 정말 죄송합니다."

"죄송할 일은 처음부터 하지 말도록 하세요!!"

여전히 구슬에서 시선을 떼지 않은 채 말하는 여마법사에게 더욱더 기가 죽은 오덴은 고개를 푹 숙였다.

'이거, 이렇게 되다가는 나도 위험해지는 거 아냐?'

그때 하찮은 인간들에게 패한 이후로 자신에게 쏟아지는 여마법사의 냉대에 오덴은 점점 자신의 앞날이 걱정되기 시작했다.

전에 이 여자의 손에 재물이 되었던 흑마법사들과 달리 자신은 리치라 산 재물이 될 수는 없지만 자신의 영혼의 구슬을 이 여자가 재물로 쓰지 않는다는 보장도 없어, 마냥 안심하고 있을 수만은 없었던 것이다.

그런 이유로 계속해서 이 여자의 마음에 들려고 노력하였는데 그 인간들 때문에 일이 꼬일 대로 꼬이고 말았다. 그 하찮은 인간들 때문에······.

'아··· 아냐, 이 몸이 인간들뿐이었다면 질 리 없었지. 그때 재수없게 마족이 온 바람에 진 것이었다구······. 제길, 정말 재수도 지지리 없지. 그 마족 자식이 왜 그때 오고 난리였는지. 쳇, 마족 주제에 정의의 기사 흉내라니.'

"···덴, 오덴! 오덴, 뭐 하는 겁니까?"

"아? 예에?! 예. 부르셨습니까?"

속으로 그 마족에게 욕을 퍼붓고 있던 오덴은 여마법사가 자신을 부르는 소리를 미처 듣지 못했고, 그 바람에 또다시 한바탕 질책을 듣게 된 오덴은 더욱 기가 죽고 말았다.

"하, 그만 합시다. 이런 일로 서로 기분 나빠지는 건 싫으니까요. 아무튼 전에 맡겼던 일은 대충 제가 처리했으니 뒷처리를 부탁해요."

여마법사는 그렇게 말하고는 오덴의 대답도 듣지 않고 뒤돌아 빠르게 걸어나갔다. 그 뒷모습을 바라보고 있던 오덴은 여마법사가 사라지자 서둘러 그 여마법사가 보고 있던 마법 구슬이 있는 곳으로 달려갔다.

그렇게 다가간 오덴은 그 마법 구슬 안에 비쳐지는 영상에 자신도 모르게 소리를 지르고 말았다. 거래의 조건이었던 암만이 어느새 마계와 본격적으로 이어주는 게이트가 되어버린 것이다.

'도대체 저 여자가 무슨 짓을 저지른 거야? 이럴 수가, 이럴 수가!! 이건 말도 안돼. 저건 계약 위반이라고!!'

자신의 것이 완전히 망가져 버린 현실에 넋이 나가 있던 오덴은 고개를 흔들었다. 지금 이렇게 비관만하고 있을 때가 아니란 것을 떠올렸기 때문이다.

어느새 제정신을 차린 오덴은 지금까지 자신이 계획했던 것을 대폭 수정하기로 했다.

저 여자에게 거짓이나마 충성해 흑마법을 더 배울 생각이었던 예전의 계획 대신 저 여자를 제거할 계획을 세우기 시작했다.

자신보다 확실히 강한 존재인지라 여차하면 자신이 잡힐 수 있기에 오덴은 우선 그 여자에게 자신의 속마음을 내비치지 않기로 했다. 그녀가 방심하고… 또 자신이 그녀의 힘과 비슷해질 정도로 강해질 때까지만……

"이런이런, 아무래도 저것도 곧 버려야 할 것 같군."

마법 구슬이 자신의 일부인지도 모르고 그걸 붙잡고 살기를 뿜어내는 오덴을 느끼며 시바는 작게 한숨을 내쉬었다.

다른 종을 구하려면 좀 귀찮긴 했지만 그동안 저걸 너무 오래 써먹어 지겹기도 했기에 이제 슬슬 바꿔주는 것도 나쁘지 않을 것 같았다.

게다가 그동안 일을 잘해 오래 두었다기보다는 그의 영혼의 구슬을 이용하는 방법을 몰라 살려둔 것이었으니 이제 사용법을 알게 된 이상 그를 제거하는데 아무런 가책이나 아쉬움 따위는 없었던 것이다.

"나중에 딴 마족과 계약할 때 저 녀석의 영혼의 구슬을 써야겠군. 뭐, 그걸로는 좋은 것을 불러내지 못하겠지만……"

그렇게 작게 속삭인 시바는 천천히 어둠 속으로 걸음을 천천히 옮겼다.

"그렇게 눈 감고 있으면 적이 죽기라도 하나?"

자신도 모르게 눈을 감았던 브렌은 차가운 비난에 황급히 눈을 떴다. 그리고는 눈앞에 있는 남자의 모습에 자신도 모르게 비명을 지르고 말았다.

"아? 바… 발록님??"

"님 자는 빼. 그건 그렇고 이거 일이 아주 귀찮게 됐군."

마치 마물 박람회 같은 상황에 잠시 눈살을 찌푸리던 발록은 자신의 창을 곧게 세우고는 빠른 속도로 말을 몰았다. 순식간에 목만 나와 있는 케미트 쪽으로 다가간 그는 창을 내려 그의 옷에 걸고 마치 무 뽑듯이 그를 뽑아 집어 던졌다.

으악, 하는 단발마를 끝으로 쿵 소리가 날 정도로 바닥에 처박힌 케미트는 정신을 차리기도 전에 날아든 또 하나의 물체로 케엑 하는 처절한 비명을 지르며 기절하고 말았다.

"윽, 아야야!"

"도와주려면 곱게 도와주면 안 되나? 사람을 그렇게 내팽개치다니… 역시 마족은……."

"저… 그보다 웬만하면 내려오시지요."

"응? 컥, 케… 케미트!!"

브렌의 말에 밑을 바라본 하자드는 입에 거품을 물고 쓰러져 있는 케미트를 발견하고는 황급히 그의 몸에서 내려왔다. 그래도 정신을 차리지 못하는 케미트의 모습에 당황해 그를 흔들던 하자드는 케에에엑 하는 처절한 마물의 비명 소리에 눈살을 찌푸렸다.

이미 익숙한 비명이었기에 고개도 돌리지 않은 하자드는 자신의 앞에 서서 멍하니 바라보고 있는 남자 꼬맹이, 루에게 조심스레 물었다.

"또 학살 중이냐?"

"네, 역시 볼 때마다 느끼지만 마족은 정말 강하군요."

"척박한 마계에서 살려면 강해질 수밖에 없는 거죠. 그건 그렇고 정말 빨리 진압되는군요. 역시 힘의 차이인가. 이크, 불길이 장난이 아닌데요. 어서 피해야겠어요."

창에서 뿜어져 나오는 불길에 화끈한 열이 피어오르자 브렌은 황급히 자리에서 벗어났다.

그렇게 발록이 마물들을 처리하는 것도 잠시 그나마 그의 손에 닿지 않아 살아남은 몇몇의 마물이 덤빌 생각도 하지 않고 다시 검은 구멍으로 도망쳐 버리자, 쫓아가 사냥할 마음이 없는지 발록은 피에 젖은 옷자락을 휘날리며 걸어오고 있었다.

무언가 할 말이 있는 듯 자신들 앞에 멈춰 서서 풀썩 말에서 내리는 발록의 모습에 그동안 잠자코 있던 브렌이 한발 나서서 감사 인사를 건넸다.

"매번 도와주서서 고맙……."

"전에도 말했지, 인사는 됐어. 딱 한 마디 하지. 여기서 당장 꺼져, 살고 싶다면 말야."

자신의 인사를 단칼에 잘라 버리고 축객령을 내리는 발록의 말에 브렌은 당황한 눈으로 그를 바라보며 말했다.

"죄송하지만 설명이 필요한 듯싶은데요. 아무래도 이유가 있겠지요? 하지만 저희도 떠날 여건이 되지 않는……."

"귀찮게 하는군. 여기 이 게이트가 마계에서도 중급 마물이 서식하는 도리이나 늪지대에 닿아 있어. 그리고 내가 떠나면 마물들이 기어올라올 텐데 있고 싶나? 뭐, 죽고 싶으면 있어도 좋아. 그건 네 자유니까."

"하… 하지만… 루안을… 저희는 루안을 기다려야 한다구요."

떨리는 목소리지만 자신의 심정을 또박또박 말하는 브렌의 모습에 발록은 미간을 찌푸리며 목소리를 높였다.

"루안? 루안이 누군지 모르지만 그 녀석보다 너희 걱정이나 해! 이곳 말고도 게이트가 여섯 개나 열렸고 지금도 열리고 있는 중이니까!"

"게… 게이트요? 그… 그게 뭔가요?"

"정말 짜증나게 하는군. 말 그대로 문이야. 마계와 지상계를 이어주는. 아무튼 그 게이트가 열렸고 그로 인해 이 사막에 마물들이 쏟아지고 있는 상황이야. 대충이나마 우리가 처리하고 있지만 이것 말고도 신경 써야 할 것이 한두 개가 아니라 장담 못해! 젠장, 또 기어나오기 시작하는군."

다시 꿈틀거리는 검은 구멍을 바라본 발록은 미간을 구기며 천천히 말 위로 몸을 올렸다. 그리고는 주머니에서 무언가를 꺼내 생각에 잠겨 있는 브렌에게 집어 던졌다.

"그거 지도다. X 표시된 곳이 게이트가 열린 곳이니 피해서 도망쳐. 젠장, 내가 왜 인간 따위에게 이렇게 친절해야 하는 거야! 아무튼 어서 꺼져, 마물들이 튀어나오기 전에!!"

그렇게 말하고 돌아서는 발록과 그가 던진 가죽 지도를 들고 있는 브렌의 모습을 번갈아 바라보던 하자드는 어떻게 해야 좋을지 몰랐다.

가자고 하자니 살아 있을—하자드는 그렇게 생각하지 않지만 브렌들의 생각이 워낙 확고해서 그렇게 생각하려 애쓰고 있다—루안이 걸리고, 그렇다고 기다리자니 저런 마물들이 또 튀어나오면 죽게 될 게 뻔하고…….

어떻게 하자고 말할 수 없는 자신의 처지에 어찌할 바 모르고 있던 하자드는 마침내 열린 브렌의 입에 모든 신경을 곤두세웠다.

"발록님, 그럼 부탁 하나만 해도 될까요?"

"말도 지지리 안 듣는군. 그래, 뭐야?"

짜증을 내며 돌아서는 발록의 모습에도 아랑곳하지 않고 브렌은 웃으며 말했다.

"만약 이곳에서 루안님을 뵙게 된다면 저희 먼저 떠난다고… 그리고 빨리 쫓아와 달라고… 기다린다고 전해주시겠습니까?"

"하? 뭐, 좋아. 해줄 테니 당장 꺼져. 걸리적거리니까."

그렇게 말하고는 고개를 휙 돌려 다시 하나 둘씩 모습을 보이는 마물들에게 다가가는 발록의 뒤통수에 브렌은 감사의 인사를 던졌다.

"그럼 갈 건가?"

"네, 가야지요. 여기에 있다가는 모두 죽게 될 수 있으니까요. 그럼 떠날까요? 준비는……."

"준비라고 할 게 없지."

"맞아!"

허탈한 듯 말하는 싱의 말에 하자드는 깊은 한숨을 내쉬었다.

그의 말처럼 살림살이는 이미 게이트에 모두 빠져 버린 후인지라 지금 자신들에게 남아 있는 것이라고는 자신들의 몸뚱이가 전부였던 것이다.

"암담하군……."

"뭐, 어떻게든 되겠지. 산 입에 거미줄 치겠냐."

힘없이 말하는 하자드에게 역시 힘없이 대꾸한 케미트는 어느새 저만치 걸어간 브렌들을 따라 뛰기 시작했다. 요란한 비명 소리가 더욱 높아지는 뒤를 돌아보지도 않은 채…….

그렇게 뒤도 돌아보지 않고 계속 쉬지 않고 뛰고 걷기를 반복하던 일행 사이에서 서서히 불평이 터져 나오기 시작했다.

"우와. 이만큼 왔으니 좀 쉬었다가 가자!!"

"그래, 죽을 지경이야."

비틀거리며 불만을 털어놓는 순달과 싱을 힐끔 본 하자드는 굳은 얼굴로 브렌 쪽을 바라보았다. 하자드의 시선에 다시 한 번 지도를 확인한 브렌은 천천히 고개를 끄덕이며 말했다.

"여기까지 왔으니 잠시 쉬어도 괜찮을 듯싶네요. 많이 지친데다 여기는 마물의 느낌도 느껴지지 않으니까요."

"그래, 브렌 씨의 말대로 이 정도 왔으면 안전하다고. 게다가 벌써 점심때야. 밥은 없어서 못 먹더라도 쉬어야 할 거 아냐!!"

"그래, 밥도 못 먹고 잠도 안 자고 여기까지 왔으니 제발 쉬게 좀 해 줘."

"알았다, 알았어!! 이제부터 한 10분 정도만 더 가고 쉬자고."

순달들의 투정에 쉬는 걸 허락한 하자드였지만 동료들에게 그다지 좋은 평가를 얻지 못했다. 말끝에 달린 10분만 더라는 말 때문에.

"쳇, 저 녀석은 그냥 쉬라는 말은 절대 안 해."

"노예 상인이라서 그래. 게다가 워낙 남을 괴롭히는 걸 좋아하는 녀석이잖아."

하자드의 폭군적인 행동에 불만인지 구시렁거리며 걷는 순달과 싱의 모습에 브렌은 힘없이 웃었다. 힘겹게 겨우겨우 따라가는 브렌으로서는 그렇게 불평을 털어놓을 힘이라도 있는 그들이 부러웠다.

브렌 역시 하자드들을 따라 걷긴 했지만 일반 사람보다 체력이 떨어지는 브렌이 전사인 그들의 뒤를 따라가기는 절대 무리였던 것이다.

'아이들은 좋겠군. 부러워.'

힘없이 웃던 브렌은 하자드와 케미트의 등에 업힌 루와 이오를 부러운 눈으로 바라보았다. 물론 업고 걷는 사람은 힘들겠지만 업힌 두 사람이 무척이나 부러운 브렌이었다.

'이런, 내가 무슨 생각을… 도와주는 하자드와 케미트에게 고맙게 생각하지는 못할망정 아이들을 부러워하다니……. 자자, 정신 차리자고, 곧 있으면 나도 쉴 수 있으니까.'

바르지 못한 자신의 생각을 떨쳐 버리려는 듯 고개를 세차게 흔든 브렌은 자신에게 다짐하듯 속으로 소리를 지르며 힘겹게 한 발짝 한 발짝 걸음을 옮겼다.

마침내 하자드의 쉬라는 말이 떨어지자 브렌을 비롯해 일행 모두 모랫바닥에 널브러지고 말았다. 그만큼 힘이 들었던 것이다.

지칠 대로 지쳐 널브러져 있는 그들의 모습에 브렌은 그들을 향해 입을 열었다.

"먹을 것은 없지만 물이라도 마시겠어요?"

"그러면 고맙죠. 아! 그런데 잔이 없는데……."

브렌의 말에 기다렸다는 듯이 벌떡 일어났던 순달은 자신들이 아무것도 없다는 사실에 말을 흐렸다. 그런 모습에 브렌이 작게 웃으며 운디네들을 불러들였다.

"잔은 없지만 대신할 게 있잖아요. 물을 마실 분은 손바닥을 피세요."

"아!"

그 생각을 못했다는 듯이 머리를 친 순달들은 서둘러 손바닥을 모았다. 그러자 조그마한 운디네들이 움직이며 그들의 손에 물을 채워

주었다. 하지만 겨우 목이나 축일 정도였기에 미안한 듯 브렌이 사과했다.

"이오는 이미 물이 바닥났고 저도 아까 사용하는 바람에 제가 모을 수 있는 건 고작 그 정도입니다. 죄송하지만 그걸로 참아주세요."

"죄송하긴요. 저희야 고맙죠. 이 정도 물이면 우리는 버틸 수 있을 겁니다."

"브렌 씨가 없었더라면 우린 물도 못 마실 뻔했다구요."

"맞아요."

씩씩하게 웃는 순달들의 말에 브렌은 힘없이 웃었다. 말은 그렇게 했지만 브렌이 생각해도 자신들이 버틸 수 있는 것은 고작 2~3일이 전부일 것 같았다.

'이렇게 타는 듯한 열기를 가려줄 천막도, 음식도 없는 상황에서 이런 행군은 무리야. 그렇다고 멈췄다가는 죽을 위험도 있는데… 이때 루안이 있었더라면……. 도대체 어디 있는 겁니까? 정말 살아 있기는 한가요?'

고개를 푹 숙이며 작게 한숨 짓던 브렌은 자신의 등을 토닥이는 조그마한 손길에 고개를 들었다. 걱정 가득한 딸의 얼굴에 브렌은 웃으려 노력했지만 힘들어서 그런지 생각대로 되지 않았다.

"억지로 웃으려고 하지 마, 아빠. 괜찮을 거야. 우리 모두 괜찮을 거니까!! 그러니 너무 걱정하지 마!!"

"알았다. 그리고 고마워, 이오야."

자신을 달래는 딸을 가만히 안아 든 브렌은 제발 이오의 말대로 괜찮아지길 진심으로 빌었다. 그러고 있는데 자신의 뒤쪽에서 인기척이 느껴지더니 조용한 하자드의 목소리가 들렸다.

"저 잠시만 나를 좀 볼 수 있을까?"

"예? 그러죠."

한쪽을 가리키며 묻는 하자드의 말에 이오를 품에서 놓아준 브렌은 천천히 그를 따라 걸어갔다. 뭔가 비밀스런 말을 하려는지 동료와 좀 떨어지자 하자드는 브렌에게 우려 가득한 목소리로 입을 열었다.

"뭔가 이상한 것 같지 않나?"

"이상하다니요?"

하자드의 말을 이해 못한 브렌이 고개를 갸우뚱거리며 묻자 하자드는 뭔가 답답한 듯하면서도 이상하단 표정을 한 채 브렌에게 다시 질문을 던졌다.

"아니, 뭐라고 확실히 표현하지 못하겠지만 뭔가가 계속 이쪽으로 우리를 미는 것 같아. 솔직히 이 길 말고도 여러 길이 있는데……."

"누군가가 우리를 미는 게 아니라 이 길은 아셈님이 선택한 길이잖습니까. 가장 안전할 것 같다고 해서요. 게다가 우리도 모두 그의 말에 찬성을 했구요. 그러니 너무 심려치 말아요."

아무래도 많은 동료를 잃어서 그런지 오늘따라 유달리 신경질적인 듯한 하자드의 태도에 그를 달래기 위해 웃으며 말했던 브렌은 하자드가 거세게 자신의 어깨를 움켜쥐자 약간 놀라고 말았다.

"아얏!!"

"아, 미안, 힘줄 생각은 아니었는데……. 그건 나도 알아! 하지만 계속 마음 한구석이 찜찜하단 말이야. 뭔가 그쪽에 위험이 있는 듯 가지 말라 하고 있어."

심각한 표정으로 말하는 하자드를 보고 그제야 브렌도 사태의 심각성을 깨달았다.

전사… 그것도 뛰어난 전사인 그가 그렇게 예감했다면 우습게 볼 일이 아니었던 것이다. 그러나 이미 때는 늦었다.

"하지만 때는 너무 늦었잖아요. 되돌아가는 건 더 위험하다구요."

"그건 그렇지만……."

말을 흐리는 하자드의 말에 브렌도 굳은 얼굴을 하고 있었다. 그렇게 둘 모두 굳은 얼굴로 고개를 숙이고 있는데 갑자기 누가 어깨를 툭 쳤다.

"으앗!!"

"케… 케미트?"

"미안. 놀라게 할 생각은 아니었어. 그런데 내가 한마디 해도 될까? 하자드 네 예감을 무시하는 건 아니지만 어차피 우리가 선택한 길이야. 게다가 되돌릴 수 없다면 더욱 주의하면 되는 일이잖아. 그리고 한마디 더 한다면… 너 이 이야기를 꼭 둘만의 비밀로 해야 했냐! 너의 그 행동과 표정 때문에 다들 걱정하고 있잖아!"

책망 가득한 케미트의 말에 하자드와 브렌은 서둘러 고개를 돌려 동료들을 바라보았다. 그러자 케미트의 말처럼 동료들 모두 걱정 가득한 얼굴로 자신들을 바라보고 있었다.

"이런, 아무래도 저희가 실수를 한 것 같군요. 이참에 차라리 솔직히 동료들에게 다 말씀하시는 게 어떨까요? 의심을 사는 것보다 나을 테고, 게다가 이 정도 일이라면 마음 넓은 아셈님이 용서하실 것 같으니까요."

"아무래도 그래야겠군."

브렌의 말에 고개를 끄덕인 하자드는 천천히 걸음을 옮겨 자신을 바라보는 동료들에게 다가갔다.

잠시 망설인 끝에 설명을 늘어놓는 하자드의 말에 굳은 얼굴로 듣고 있던 동료들은 일제히 자신들을 믿으라며 하자드를 위로했다. 특히 하자드가 걱정했던 아셈에 관한 이야기는 브렌의 예상대로 그 말에도 아셈은 화를 내기는커녕 부드럽게 미소만 지을 뿐이었다.

"괜찮아요. 그것 때문에 그런 거였나요? 난 또… 그런데 하자드가 그렇게 느낌을 받았다면 우리 모두 주의해야 할 겁니다."

아셈의 말에 순달들은 모두 고개를 끄덕였다. 그들 역시 전사인지라 전사의 감을 믿었던 것이다. 그렇게 결정한 일행은 잠시 쉬었다가 다시 힘겨운 행군을 시작했다. 마냥 쉴 만큼 시간이 넉넉하지 않았기 때문이다.

높이 뜬 해가 저물고 대신 달이 떴을 때에도 정처없이 계속 걷던 일행은 저 멀리 보이는 광경에 모두 자신들의 눈을 의심하고 말았다. 처음에는 날이 어두워 잘 보이지 않아 헛것을 본다 생각했는데, 아무리 눈을 비벼도 눈만 아플 뿐 처음과 똑같은 영상이 사라지지 않는 것이었다.

"저… 저기 내가 잘못 보고 있는 건가? 저것 말이야? 지붕 아냐? 일반 집의 천장에 달린 거 말야."

"내가 보기에도 마찬가지인 것 같은데……?"

"나도 마찬가지야. 설마 우리가 단체로 신기루를 보고 있는 건 아니겠지?"

"야, 저녁에 뭔 신기루냐?!"

"하지만……."

정말 믿을 수 없게도 우리 눈앞에 펼쳐진 영상은 조그마한 집의 높은 지붕이었다.

이 믿을 수 없는 사실에 멍하니 서로를 바라보고 있던 케미트들은 일제히 환성을 지르며 뛰기 시작했다. 혹시나 집이라면 뭔가 먹을 게 있지 않을까 하는 바람에서…….

다가가면 다가갈수록 점점 또렷해지는 집에 더욱 환호하며 달려가던 케미트들은 차가운 하자드의 목소리에 일제히 멈춰 섰다.

"멈춰!! 함정일지도 몰라. 죄송하지만 브렌, 주위를 좀 확인해 주겠소?"

"네. 그렇게 하지요. 우선 적이나 마물의 기척은 없지만 그래도 조심하는 게 낫겠죠. 자, 실프!"

하자드의 우려에 그토록 주의한다고 약속해 놓고서 금방 잊어버린 자신을 책망하며 브렌은 불러낸 세 실프를 집터로 보냈다. 잠시 후 실프가 다가오자 자신에게 동료들의 시선이 쏠리는 것이 느껴졌지만 브렌은 담담한 표정으로 실프의 말에 귀를 기울였다.

브렌은 실프의 말에 기뻐해야 할지 슬퍼해야 할지 알 수 없었지만 천천히 자신이 들은 이야기를 동료들에게 이야기해 주었다.

"아무도 없다는군요. 마물도 몬스터도 심지어는 사람도……. 아주 오래전에 사람이 살았던 흔적은 있지만요."

그 말에 처음보다 환호성은 줄어들고 말았다. 아무래도 모두 무엇이든 먹을 게 있기를 바랐던 모양이다. 그렇게 분위기가 축 처진 가운데 아셈이 가만히 입을 열었다.

"음… 그렇다면 식량은 없겠군요. 하지만 쉴 공간은 마련됐으니 오늘은 거기서 쉬도록 하죠. 날도 어두워졌으니까요."

"하지만……."

"하자드님이 우려하시는 건 알겠지만 아셈님의 의견대로 하죠. 아무리 시간이 아깝다 해도 체력을 확보하지 못하면 내일은 움직이지도 못하니까요."

"그럼 어쩔 수 없군요."

아셈의 의견에 브렌까지 동조하자 약간 떨떠름해하던 하자드도 어쩔 수 없이 허락할 수밖에 없었다. 그렇게 하자드의 허락이 떨어지자 더욱 흥이 붙은 동료들은 서로 경쟁하듯 집으로 달려가기 시작했다.

"우와, 내가 일등이다!! 하하하하."

"쳇, 별걸 다 자랑하고 있어. 그런데 이거 아무래도 정말 아주 오래전에 사람이 살았던 것 같은데……."

"싱의 말이 맞는 것 같아. 게다가 그 뒤로 아무도 손을 댄 것 같지 않아. 여기저기 부서진 것하며 말라 버린 나무들을 보니 말이야."

"하지만 작긴 해도 꽤나 실속있던 집이었군. 집 안에 우물이 있는 걸 보니까. 이런… 누가 여길 돌로 메워놨잖아!! 도대체 어떤 놈이야? 이런 짓을 저지르다니!!"

"뭣?! 그런 사악한 짓을… 도대체 어떤 놈이야!!"

물을 금보다 더 중하게 여기는 사막민들이었기에 하자드의 말에 동료들은 나직하게 욕설을 퍼붓기 시작했다.

그렇게 해서 여기저기 살펴보니 사람이 산 지 오래됐는지 말라비틀어진 나무뿐만 아니라 담은 물론이며 집 구석구석에 자잘하게 손상된 곳이 꽤 보였다. 하지만 뭔가 물리적인 타격으로 손상됐다기보다는 시간이 지나면서… 또한 관리가 되지 않아 점차 부서져 간 것 같았다.

"하지만 하루 쉴 수 있는 지붕이 있으니 그것만으로도 고맙게 생각하자구요."

아셈의 말에 하자드들은 고개를 끄덕이며 서둘러 집 안으로 들어갔다. 크게 삐그덕 거리는 문을 밀고 들어서자 낡았지만 아담한 가구가 있는 거실이 보였다.

집처럼 무척이나 낡았지만 예쁜 그릇들과 아기자기한 가구들… 낡고 구식이지만 레이스가 가득 달린 쿠션들과 꽃 무늬 커튼까지 있는 걸 보니, 아무래도 상인들이 이 사막을 지날 때 잠시 들르는 곳으로 쓴 집 같지 않았다.

마치 가족이 산 집 같았다. 그것도 예쁜 걸 좋아하는 여자가 있는……

'보아하니 이오니아랑 꽤 취향이 비슷한 여자였나 보군. 이오니아도 이런 꽃 무늬로 집 안을 도배하다시피 했으니까.'

자신의 서재까지 꽃 무늬 커튼을 달았던 이오니아를 생각하며 쓴웃음 짓던 브렌은 순간 스쳐 지나가는 생각에 오한이 들고 말았다.

다시 한 번 자신의 생각을 확인해야겠다고 커튼을 살짝 만져 본 브렌은 획 돌아서서 낡지만 예쁜 가구들을 훑어보았다. 그것들을 모두 훑어본 브렌은 새카맣게 질린 얼굴로 부들부들 떨기 시작했다.

'먼… 먼지가 없어. 그렇게 오래 방치되었는데 먼지가… 그렇다면……'

몇십 년이나 드래곤이 살지 않았어도 깨끗했던 루치아의 레어를 떠올린 브렌은 공포에 질려 고함을 질렀다.

"나… 나가요. 어서!!"

"뭐?"

쓸 만한 물건들을 챙기고 있던 하자드는 브렌의 떨리는 목소리에 고개를 획 돌렸다. 그러다가 새카맣게 질린 브렌의 얼굴에 그들 역시 몸을 굳혔다.

"설마 마물이?"

"아뇨. 그건 아니지만 어서 나가요. 이럴 때가 아니에요. 어서 나가요. 여… 여기는 일반 사람이 살던 집이 아니라구요!!"

그렇게 소리친 브렌은 이오와 루를 옆구리에 끼고 어리둥절해하는 동료들을 밀치고 뛰쳐나갔다. 그런 그의 모습에 잠시 당황했던 하자드들도 일제히 뛰쳐나가기 시작했다.

"무, 무슨 일이야?"

뛰쳐나가던 하자드는 멈춰 서 있는 브렌의 모습에 소리를 질렀다. 하지만 소리 질러 물어볼 필요도 없었다. 그들 역시 브렌이 굳은 이유를 확실히 알 수 있었던 것이다. 자신들의 눈을 통해서…….

"감히 여기에 들어오다니!!"

검은 오라를 풍기며 이를 갈며 소리치는 검은 로브의 여자에게 하자드들은 서둘러 검을 뽑아 들며 소리쳤다.

"누구냐?"

"남에 집에 함부로 들어온 주제에 적반하장도 유분수구나! 더 말할 것도 없다. 죽어라, 다크 에… 커억!"

더 이상 말하기도 싫다는 듯이 마법을 실행하던 검은 로브를 입은 흑마법사가 갑자기 피를 흘리며 앞으로 쓰러지자 놀란 하자드들은 서둘러 뒤로 물러섰다.

하지만 브렌만은 그 자리에서 굳은 얼굴로 그 흑마법사를 바라볼 뿐이었다. 정확히 말하면 그 흑마법사보다 그 흑마법사에게 타격을 입힌 존재를 바라본 것이었지만…….

"또다시 여기서 만나다니 우리 인연 한번 되게 질긴걸. 이게 운명인가?"

"인연? 악연이겠지. 하, 도망간 게 고작 여기라니… 한심하기 짝이
없군."

언제 나타났는지 웃음 짓는 카이넨과 그런 카이넨을 산뜻하게(?) 무
시하고는 자신들을 한심스러운 시선으로 바라보는 발록의 모습에 브렌
은 마른침을 삼키며 물었다.

"여… 여긴 웬일이십니까?"

"웬일이긴 이 녀석이 본 사냥감인데……. 도대체 너희가 어떤 짓을
했는지 모르겠지만 덕분에 잡게 됐어. 고마워."

"그래, 미끼로는 쓸모가 있군."

두 마족의 말을 이해할 수 없는 하자드들을 대변해 이번에도 브렌이
질문을 던졌다.

"본 사냥감이라니요?"

"음… 너희는 모를라나? 이 녀석이 이 사건의 주범이야!"

카이넨의 말에 브렌을 비롯해 하자드들까지 휙 소리가 날 정도로 고
개를 돌려 바닥에 널브러져 있는 흑마법사를 노려보았다.

'이 흑마법사가!!'

'주범이라고?'

'여자가?!'

일제히 땅에 널브러진 흑마법사를 바라본 하자드들은 단 한 번의 공
격에 처참하게 무너진 이 흑마법사가, 아니, 이 여자가 이 엄청난 일을
일으킨 주범이라고는 도무지 믿기지가 않았다.

공황 상태에 빠진 하자드들을 아는지 모르는지, 아니면 안중에도 없
는지 카이넨은 천천히 그 흑마법사 쪽으로 천천히 걸어갔다.

"그 정도로 죽지 않는다는 걸 알아. 흠… 그런데 예상외로 리치가 아니었군. 뭐, 그게 중요한 게 아니니 넘어가고, 왜 잘 있는 우릴 걸고 넘어진 거야? 왜, 뭣 땜에?"

"내가 말할 것 같… 아아아아악!!"

아무것도 건들지도 않았는데 흑마법사의 몸에서 뼈가 우드득거리며 부서지는 소리가 들려왔다. 연신 들려오는 그 소리에 눈살을 찌푸리던 브렌은 도저히 참을 수 없었는지 가만히 입을 열었다.

"꼭 이런 식으로 물어야겠습니까?"

"그럼 차를 건네면서 물어야 한다는 건가? 그것도 심문을 하는데? 웃기는군. 우린 고상한 엘프가 아냐! 마족, 니들이 평하는 대로 피에 미친 마족이라구!"

이죽거리는 발록의 말에 브렌은 뭐라 대답할 수 없어 입을 다물었다.

방법은 좀 잔인하긴 하나 저것도 심문의 한 방법이었던 것이다. 물론 심문이라기보다는 고문에 가까웠지만…….

자신의 말에 브렌이 더 이상 아무 말도 하지 않자 입가에 싸늘한 비웃음을 띠던 발록은 천천히 자신의 손을 들어 올렸다.

"그럼 고상하게 마법을 사용할까? 에니메이트 데드(근처에 있는 시체를 움직이게 만드는 주문이지만 좀비로 만드는 게 아니라 어느 정도 시간이 지나면 다시 시체로 돌아간다. 능력이 높으면 산 사람도 조종이 가능하다)!!"

"뭐, 뭣!! 싫어어어!!"

루안이 없기에 무슨 마법인지 알 수 없는 브렌들은 몸에 직접적으로 고문을 당할 때와 달리 미친 듯이 거부하며 몸부림치는 흑마법사의 모습에 고개를 갸웃거렸다.

하지만 그것도 잠시, 마법이 실행됐는지 검은 안개가 자신의 몸에 내려앉자 미친 듯이 비명을 질러대는 흑마법사의 모습에 귀를 막고 뒤로 물러선 브렌은 비릿한 미소를 지으며 발록의 행동을 구경하고 있는 카이넨에게 조심스레 물었다.

"저… 저게 무슨 마법인가요?"

카이넨이 미처 대답하기 전에 고개를 돌린 발록이 싸늘한 미소를 지으며 브렌의 질문에 대답해 주었다.

"저거? 저건 좀비로 만드는 흑마법이야. 피를 보지 않고 저 여자가 이 일을 벌인 걸 실토하게 하려면 이것만큼 좋은 게 없지. 지금은 반항하고 있지만 아마 곧 있으면 함락될걸. 그건 그렇고 제법 버티… 케… 케인!!"

피거품을 토하며 몸부림치는 흑마법사의 뒤로 나타난 남자의 모습에 카이넨이 소리쳤다.

그 말이 발록에게 혼란을 줬는지 방심한 틈을 타 갑자기 나타난 검은 로브의 마족이 자신의 온몸을 쥐어뜯으며 몸부림치는 흑마법사를 데리고 순식간에 사라져 버렸다.

"뭐… 뭐야. 뭐?!"

"누구였어? 넌 봤냐?"

"그, 글쎄?"

"젠장, 이 멍청한 자식! 넌 정신을 어디에 팔고 있냐! 아악!! 처음부터 다시 시작해야잖아! 젠장, 발록, 너 나중에 두고 보자."

그렇게 눈 깜짝할 사이에 흑마법사를 놓쳐 버리게 된 카이넨이 발록의 멍청함에 낮게 욕설을 퍼붓더니 '앗' 할 틈도 없이 갑자기 사라져 버렸다. 그리고 그 뒤를 따라 낮게 욕설을 내뱉던 발록까지 사라지자 브렌은 이 황당하고 급작스레 일어난 사건에 멍한 표정을 지었다.

"도대체 뭐야, 저들은?"

"글쎄요, 저도 영……?"

"에이, 뭐가 뭔지 모르겠지만 암튼 살아남았잖아. 그러면 되는 거야. 안 그래?"

간단 명료한 싱의 말에 피식 웃으며 맞다고 대꾸한 하자드는 고개를 돌려 옆에 서 있던 브렌에게 조그마한 목소리로 조심스럽게 물었다.

"아무래도 떠나는 게 좋지 않을까?"

"그러는 게 낫겠군요. 지금은 상처를 입고 돌아갔지만 언제 또 그녀가 나타날지 모르고… 그녀가 나타나지 않는다 해도 그녀의 수족이 오게 될지 모르니 하자드님의 말씀대로 여길 피하는 게 낫겠어요. 단, 짐은 다 놓고 가세요. 그것 때문에 그녀가 쫓아올 수도 있으니까요."

브렌의 말에 잠시 반항했던 순달들도 하자드가 노려보자 투덜거리며 썼던 짐을 내려놓았다. 그렇게 모두 짐을 내려놓는 것을 감독하고 있던 하자드는 말라비틀어진 나무 밑에 쪼그리고 앉아 있는 아셈의 모습에 고개를 갸웃거렸다.

"뭘 하는 겁니까?"

"아… 아무것도 아냐. 반짝이길래 뭐가 묻어 있는 줄 알았거든. 자자, 어서 가자고. 또다시 적이 올지 모르니까!!"

흙이 잔뜩 묻은 손을 흔들며 어색하게 웃는 아셈의 모습에 의문을 품었던 것도 잠시 하자드는 자신을 부르는 케미트의 목소리에 서둘러 그쪽으로 걸어갔고, 곧 그 사실을 잊어버렸다.

"오늘은 여기서 쉬도록 하자."

와와 하며 쓰러지는 동료들을 바라보며 케미트가 걱정된다는 듯이 하자드를 바라보며 말했다.

"괜찮겠어? 너무 가깝잖아."

"알아, 하지만 무작정 도망갈 수도 없어. 게다가 체력도 이미 한계니 더 이상 이동은 불가능해."

"하긴, 그렇지."

풀썩풀썩 쓰러지더니 어느덧 잠이 들어버린 브렌들이나 동료들의 모습에 케미트는 씁쓸한 미소를 지으며 하자드의 의견에 동조해야만 했다. 그러나 그 사건이 일어난 집에서 별로 떨어지지 않은 곳에서 밤을 보내야 한다는 게 영 꺼림칙했다.

그런 케미트의 불안한 마음을 알았는지 바닥에 주저앉던 하자드가 작은 목소리로 속삭이듯 말했다.

"네가 뭐가 불안한 줄 알겠어. 다시 그 여자 흑마법사가 나타날까 봐 두려운 거지. 어이, 솔직해지자구. 괜스레 오기 부리지 말고. 솔직히 나도 두려워. 하지만 설마 그렇게 당하고 또다시 그 자리에 나타나겠어? 생각해 봐. 그 발록이란 마족에게 당한 상처는 우리가 봐도 심했잖아. 안 그래?"

"뭐, 그렇긴 했지. 하긴 아무리 마법이라도 그 정도 상처를 치료하려면 어느 정도 시간이 걸리겠지. 아마 그럴 거야, 그렇지?"

자신에게 묻는다기보다 스스로를 다짐시키는 듯한 케미트의 말에 하자드는 웃으며 그의 손을 끌어당겼다.

"앉아. 우린 불침번을 서야 하는 의무가 있잖아. 저렇게 잠들어 버린 동료들을 지키기 위해 말야."

"쳇, 그렇지. 그건 그렇고 되게 피곤했나 보네. 알람 마법도 걸어주지 않고 잠든 걸 보니 말야. 음… 깨울까?"

케미트의 말에 고개를 돌린 하자드는 브렌의 품에 얼굴을 박고 잠들어 버린 꼬맹이의 모습에 고개를 흔들며 말했다.

"내버려 둬. 저렇게 곤히 잠들었는데 어떻게 깨우겠냐. 게다가 앞으로 두 시간 정도만 있다가 움직일 거라고……."

'에엑, 잔인해. 정말 노예 상인이잖아' 라며 발악하는 케미트를 무시하고 하자드는 연신 처지는 눈꺼풀과 싸움을 벌이기 시작했다. 갈수록 천근만근 무거워지는 눈꺼풀과 싸움을 벌이며 불침번을 서고 있던 하자드는 몽롱한 자신의 머리 속에 불쑥 끼어드는 목소리에 깜짝 놀라 벌떡 일어섰다.

"우왓!! 아, 아셈님?"

"나, 나 때문에 놀란 건가?"

"아, 아닙니다. 그런데 주무시지 않으시고 왜 일어나셨습니까?"

두 사람의 비명에 잠이 깼는지 케미트는 황급히 아셈을 그의 자리로 부드럽게 밀어냈다. 그러나 아셈은 그들의 손길을 거절하고 부드럽게 말했다.

"오늘은 내가 불침번을 서도록 하겠소. 내가 선다니까! 난 어제도 아프다는 핑계로 불침번에서 빠졌으니 다른 사람에 비해 덜 피곤하네. 게다가 하자드와 케미트는 내일도 아이를 업어야 하지 않나. 자자, 쓸데없는 소리 그만 하고 들어가서 쉬도록 해. 잠시라도 눈을 붙여야 내일 또 움직일 수 있을 거 아닌가. 자자, 어서!"

"하… 하지만……."

"하지만이고 저지만이고 그럴 시간 있다면 어서 자도록 하라구!"

발길이 떨어지지 않는 듯 미적대는 하자드와 케미트를 동료들에게로 밀어 넣은 아셈은 그들에게서 조금 떨어진 곳에 앉았다.

　그렇게 아셈의 강한 압력(?)에 밀려 잠자리에 든 케미트는 걱정 때문인지 아까는 그렇게나 쏟아지던 잠이 지금은 도무지 오지 않았다. 심지어는 울타리를 넘는 하얀 양을 30,000마리까지 세워봤지만 잠이 오기는커녕 양들의 숫자를 세느라 머리만 더 아파질 뿐이었다.

　'아까는 그렇게 천근만근 쏟아지던 잠이 막상 누우니 잠이 안 오다니… 이 무슨 고약한 심보… 응? 이게 무슨 소리지?'

　부스럭거리는 소리에 살며시 눈을 뜬 케미트는 불침번을 서겠다고 했던 아셈이 천천히 자리에서 일어나는 모습에 고개를 갸웃거렸다.

　'볼일 보려고 그러는 건가? 그런 거라면 저렇게 인기척을 죽이고 움직일 필요까지는 없는데……'

　잠든 동료를 깨울까 봐 조심스럽게 움직이는 아셈의 자상한 행동에 피식 웃으며 다시 잠을 자기 위해 눈을 감았던 케미트는 점점 멀어지는 인기척에 눈살을 찌푸렸다.

　루안까지는 아니지만 유달리 귀가 좋은 케미트였던지라 조심스런 발걸음이지만 점점 더 멀어지는 기척을 들을 수 있었던 것이다. 점점 더 멀어지는 게 아무래도 볼일을 보러 간 것 같지는 않았다.

　왠지 찝찝한 기분에 몸을 일으키던 케미트는 자신처럼 기척을 느꼈는지 반대편에서 몸을 일으키고 있는 하자드와 눈이 딱 마주쳤다.

　"너도 깬 거냐?"

　"처음부터 자지도 않았다. 그런데 이 시간에 어딜 가는 거지? 그것도 혼자서?"

"글쎄, 나도 모르겠는데, 우리 한번 따라가 볼까? 혼자 조용히 볼일 보러 간 거라면 미안한 일이지만 아무래도 이 밤에 혼자 움직이기에는 위험하잖아! 그런 일도 있었는데……."

케미트의 의견에 잠시 고민하던 하자드 역시 고개를 끄덕이며 조용히 몸을 일으켰다. 아까 아셈이 보여준 행동에 뭔가 신경 쓰이는 게 있었고, 또한 지금은 모습이 보이진 않지만 그가 사라진 곳은 불길했던 그. 집.이 있는 방향이었다.

이래저래 이해할 수 없는 아셈의 행동에 잠시 얼굴을 마주 본 하자드와 케미트는 고개를 끄덕이고는 옆에 누워 있던 무스타모에게 불침번을 부탁했다. 잠결에 일어났지만 다급해(?) 보이는 그들의 표정 때문이었을까, 무스타모는 쉽게 불침번을 받아들였고 하자드와 케미트는 서둘러 아셈이 간 길을 따라 걸었다.

"어디로 간 거야?"

"흠, 여기 발자국이 있다. 그런데 아무래도 여기는……."

"그. 집. 쪽.이지. 그런데 왜?"

"글쎄, 모르겠는데. 설마 거기에 있던 천이나 그릇들을 챙겨오려고 간 건가?"

"웬 헛소리냐. 쓸데없는 소리 하지 말고 어쨌든 따라가 보자. 혹시 아셈이 그 마법사에게 나쁜 마법에 걸렸을지도 모르니까."

하자드의 말에 고개를 끄덕인 케미트는 서둘러 걸음을 옮겼다. 하지만 아셈 역시 서둘렀는지 집 부근에 도달했음에도 불구하고 그들은 아셈의 모습을 찾을 수가 없었다.

혹시나 하는 마음에 서둘러 담장 안을 뛰어넘어 들어간 하자드와 케미트는 혹시나 있을 적에 대비해 서둘러 말라비틀어진 나무에 몸을 숨겼다. 그리고는 주위에 신경 쓰며 아셈을 찾기 시작했다.

"이런, 여기에도 없는데… 혹… 집 안에 들어간 건?"

"글쎄, 그럴 것 같지는 않은데, 하지만 한번 들어가 볼… 아! 저기 있다!!"

아셈을 발견했는지 케미트의 낮은 외침에 하자드는 황급히 케미트가 있는 곳으로 걸어갔다. 그리고 그가 가리킨 곳을 보니 집 뒤쪽 야자 나무 밑에 서 있는 아셈의 모습이 보였다.

"잠깐. 저기 아셈 옆에 누가 있는 것 같지 않아?"

아셈을 부르려던 하자드는 케미트의 말에 눈을 크게 뜨고 나무 그늘에 가려진 방향을 노려보았다. 그러자 정말 케미트의 말처럼 아셈 말고도 누군가 있는지 아셈이 뭐라 말하고 있는 모습이 보였다.

"도대체 누구야? 누구랑 말하는 거야?"

"낸들 아냐! 설마 마족인가? 그렇다면 왜 아셈이랑? 앗, 모습이 보였… 뭐, 뭐야!! 왜 저녀… 읍읍…….."

아셈의 곁에 있는 인물의 모습을 확인하고 반사적으로 소리친 케미트의 입을 서둘러 막았지만 하자드는 자신이 한발 늦었다는 것을 알게 되었다. 어둠 속에서 천천히 걸어나와 자신의 모습을 드러낸 남자의 얼굴에는 재미있다는 듯한 미소가 떠올라 있었던 것이다.

"이런이런, 쥐새끼들이 따라왔군. 아셈, 너도 나한테 뭐라 할 자격이 없겠네. 저번에 그런 일도 있었는데 또다시 자신의 꼬랑지를 달고 오다니 말야."

"쳇, 그럴 수도 있지. 그리고 이건 다 그 암만 사건 때문에 열받아서 그런 거라고!! 네가 그런 짓만 저지르지 않았더라면 나도 이런 실수를 하지 않았을 거라고!!"

이죽거리는 남자의 말에 아셈이 오만상을 찌푸린 채 삿대질까지 해대며 그 남자에게 버럭 화를 내었다. 그 이질적인 모습에 어버버거리고 있는 케미트를 대신해 하자드가 버럭 소리를 질렀다.

"오덴, 네가 어떻게 여긴!!"

"감히… 오덴님이라고 불러라! 내 이름을 함부로 부르다니!! 그래, 이 녀석들을 어떻게 할까? 이 녀석들이 살아서 가게 되면 네가 귀찮아지지 않겠냐?"

"당연히 귀찮아지지. 내가 일일이 말하지 않아도 네가 알아서 처리하겠지?"

"좋아, 내가 처리해 주지. 안 그래도 키메라들이 많이 망가졌는데 때맞춰 싱싱한 재료들이 제 발로 굴러 들어오다니 운도 좋군."

킥킥킥 웃으며 점점 접근하는 마법사의 모습에 하자드와 케미트는 도망갈 생각도 하지 못했다. 지금 그들로서는 자신들이 들은 말을 받아들이는 것조차도 벅찼던 것이다.

"하나만 묻지. 네가 아셈에게 마법을 걸었나?"

차가운 케미트의 말에 갑자기 아셈과 오덴이 웃음을 터뜨렸다. 그렇게 한참을 웃어대던 두 사람은 언제 웃었냐는 듯 웃음을 멈추고는 다시 이죽거리는 표정으로 돌아왔다.

"생각보다 바보였군, 케미트."

"뭐?"

"그래, 바보로군. 키메라에게는 머리가 필요없으니 다행이긴 하지만 정말 심각하구만. 어떻게 그런 생각을 다 할 수 있냐?! 이 녀석은 마법에 걸린 게 아니라 예전부터 나와 거래를 한 사이지. 한마디로 한팀, 한동료라는 말이다."

"뭣?!"

오덴의 말에 하자드와 케미트는 순간 할 말을 잃고 말았다. 그런 하자드와 케미트의 얼굴을 바라보며 잠시 웃어대던 오덴은 한껏 미소 띤 얼굴로 그들이 궁금해하는 사실을 설명하기 시작했다.

"쉽게 설명하면 이 녀석이 장자권과 암만을 완. 전. 히. 차지하도록 내가 도와주는 대신 이 녀석은 그 대가로 거액을 지불하기로 했지. 어때, 이제 알겠어?"

"어… 어차피 장자권과 암만은 아셈 네 것……."

"그래, 내 것이지. 하지만 아버지가 망설이는 것 같더군. 기분 나쁘게 고작 첩의 자식인 나와 너를 사이에 두고 말야."

이죽대는 말에 충격을 받았는지 비틀거리는 케미트를 부축하며 그동안 조용히 있던 하자드가 차가운 어조로 입을 열었다.

"그런 이유로 저자와 손을 잡은 겁니까? 고작 그것 때문에? 이 많은 희생자와 우리 나라를 마계화시키면서까지요?!"

"고작이라니… 역시 빡빡한 전사들은 이래서 안 된다니까. 암만에서 얼마나 많은 보석, 즉 돈이 쏟아져 나오는 줄 알고 있나? 셀 수도 없이 어마어마하다구!! 그걸 반으로 나누는 것도 아까워 동업자였던 바라카 집안을 몰살시킨 녀석인데, 그걸 고스란히 태생도 천한 이복형에게 모조리 빼앗기는 걸 이 녀석이 가만히 보고 있을 것 같아? 당연히 아니지."

"마, 말도 안 돼!! 그땐 아버지와 나, 심지어는 아셈 너도 다쳤잖아!!"

"그 정도 다쳐 줘야 이 녀석이 지 아버지에게 의심을 사지 않을 거 아냐. 그들을 그 사막으로 데리고 간 건 이 녀석이었으니까 말야."

믿을 수 없다는 케미트의 말에 아셈은 비릿한 미소를 지었고, 그의 옆에 있던 오덴이 대변자인 양 아주 당연하다는 듯이 말하였다. 그런 그들에게 하자드와 케미트는 그만 할 말을 잃고 말았다.

착하던 아셈이… 조용하고 얌전하던 아셈이… 장례식 때 그 누구보다 슬퍼하던 아셈이 그들을 죽인 범인이라니……. 믿고 싶지 않지만 이게 진실이라면 자신들은 정말 철저하게 우롱당해 왔던 것이다.

"그래, 바라카 집안 처리부터 시작해 이 녀석은 여러 가지로 나에게 도움을 준 내 동료지. 누구보다 나에게 필요한 녀석이야. 아참! 잊어버릴 뻔했다. 너, 도대체 무슨 생각으로 아까 날 이 집으로 불러들인 거냐? 하마터면 그 흑마법사 때문에 죽을 뻔했다구! 너 도대체 무슨 생각이었어!"

오후에 겪었던 불유쾌한 일이 떠오른 아셈이 큰 소리로 소리 지르자 오덴이 미안한 듯 머리를 긁적였다.

"아, 그거 말야? 너한테는 미안한 일이지만 그건 내가 술수를 부린 거야. 분명히 그 집에 너희가 들어간 걸 알면 그 여자가 이성을 잃고 그곳에 쫓아올 거라 생각했거든. 그러면 그녀를 찾고 있던 마족들도 움직일 테고, 그렇게 되면 그녀가 죽게 될 가능성이 크잖아. 뭐, 죽지 않더라도 치명상은 입게 될 테고……. 예상대로 그렇게 됐고. 물론 너한테 미안하긴 해도 많은 마력을 소모하고 다친 나로서는 그 여자를 제거하려면 그 방법밖에 없었다구."

하자드와 케미트는 자신들은 언제라도 죽일 수 있다는 듯이 신경 끊고 서로 담소를 나누고 있는 두 사람의 모습에 기가 막혔다. 하지만 열받는 것보다 그들이 자신들에게 들려주고 있는 사실이 놀라왔고, 그 사실을 어떻게든 남아 있는 동료들에게 전해주고 싶었다. 그렇기에 저들이 자신들의 대화에 빠져 있는 틈을 타 단도를 이용해 조심스레 암호를 남기고 있었다.

물론 동료들이 볼 가능성은 희박하지만 말이다.

"어이, 그래도 네 계획 때문에 내가 죽을 뻔했잖아! 그런데 왜 죽이려는 거야?! 아직은 쓸모 있을 텐데? 솔직히 너보다 마법이 강하잖아."

"말을 꼭 그렇게 해야겠냐. 쯧… 마음에 안 들지만 솔직히 마력도 높고 여러모로 쓸모야 있지. 하지만 그 여자가 내 계획을 엉망으로 만들고 있다고!! 그 여자가 뜬금없이 게이트를 만들기 시작한 거야. 게다가 우리가 노리던 암만에까지 말도 없이 게이트를 만들어 버렸다구? 제길, 너에게 계약을 하라고 시킨 건 자기였으면서 말야."

투덜대는 오덴을 달래듯 어깨를 두드리던 아셈은 부드럽게 질문을 던졌다.

"그럼 게이트를 만든 이유는 모르겠네?"

"몰라. 그걸 내가 어떻게 아냐. 아무리 나라 해도 그 여자의 생각은 도무지 모르겠단 말야."

투덜거리며 고개를 절레절레 흔드는 오덴을 바라보며 아셈은 부드러운 미소를 지으며 속삭이듯 말했다.

"모른다… 라, 그럼 너도 더 이상은 필요없겠군."

"뭐, 뭐라고?! 네가 감히 나를 배신하는 거냐!! 아셈, 네가 감히 나 없이도… 뭐, 뭐야 그건!!"

아셈의 말에 뻘게진 얼굴로 분노를 터뜨리던 오덴도… 동료들에게 알리기 위해 조심스레 상황을 관찰하고 있던 하자드와 케미트도 갑자기 바닥에 떨어진 거대한 자루에 놀라고 말았다. 그렇게 거대한 가죽 자루를 꺼내 든 아셈은 자루의 입구를 풀면서 방긋 미소 지었다.

"궁금해? 보여줄까? 하긴 내가 말하는 것보다 보는 게 더 이해하기 쉽겠지. 자, 봐. 좀 망가지긴 했지만 이쪽이 진짜 아셈이거든!"

"뭐!!"

"······!!"

"······!!"

놀라 소리 지르는 오덴이나 말도 내뱉지 못한 채 굳어버린 하자드와 케미트나 거대한 자루의 입구에서 떨어진 반쯤 벌거벗은 남자에게서 시선을 뗄 수 없었다.

처참할 정도로 망가진 얼굴로는 정체를 알아볼 수 없지만 머리카락이나 어깨에 문신—카스틴 제국의 남자는 등에 가문의 문신을 새긴다—으로 하자드와 케미트는 그가 아셈이라는 것을 알 수 있었다.

'그렇다면 저 남자는 누구란 말인가!!' 라는 의문이 세 사람의 머리에 가득 찰 무렵 아셈, 아니, 아셈의 모습을 한 사람이 비릿한 미소를 짓더니 천천히 소리쳤다.

"폴리모프 해제!"

"루··· 루안?!"

"살아 있었구나!!"

내 모습에 놀람 반 반가움 반으로 소리 지르는 하자드와 케미트를 바라보며 나는 비릿한 미소를 지었다. 한번 배신당한 뒤로는 무사해서 다행이라는 그들의 그런 표정도 믿을 수 없게 된 나였던 것이다.

"예, 믿었던 아셈 덕에 죽을 뻔했지만 살아남았죠."

끔찍한 흉터가 남은 내 목을 보여주자 하자드와 케미트가 숨을 들이키는 것을 볼 수 있었다. 하지만 이제는 상황이 역전되어 오덴은 그런 나를 가리키며 부들부들 떨고 있었다.

"네… 네가 어… 어떻게 살 수 있었느냐?!"

그런 그의 모습에 더욱 짙은 미소를 지으며 나는 천천히 입을 열었다.

"어떻게 살 수 있었냐고? 전 불사신이거든요. 아하하하하, 이건 농담이고… 저처럼 한번 열받아봐요. 죽을 수 있나. 이것도 농담이고. 왜요, 궁금해요? 알려줄까요?"

영웅이란 언제나 인간이다!

그리고 영웅이란 인간이 만드는 법이다!!

영웅이란 언제나 인간이다!
그리고 영웅이란 인간이 만드는 법이다!!

"크ㅇㅇㅇㅇ윽."

피 끓는 소리와 함께 무언가 땅에 부딪친 소리에 아셈은 얼굴에 난 상처에서 흐르는 피를 닦으며 천천히 소리가 들린 쪽으로 걸음을 옮겼다.

땡그랑, 소리에 발 밑을 바라보니 루안이 넘어진 반동 때문이었는지 시리도록 아름다운 빛의 검날이 뽑혀 있는 것이 보였다.

조심스레 검을 집어 올린 아셈은 찬란한 빛을 내는 검의 아름다움에 흥분을 감출 수 없었다. 그 흥분된 감정이 여실이 드러난 눈으로 아셈은 목 주위를 붉게 물들이며 널브러져 있는 루안을 바라보며 거만한 목소리로 입을 열었다.

"넌 참 운이 나빠! 마족과 그렇게 친하지만 않았더라면, 그리고 그렇게 잘난 척하며 이곳저곳을 쑤시고 다니지만 않았더라면 이렇게 죽일 생각까지는 없었는데 말야. 너의 그런 돌출 행동에 매번 나와 오덴의 신경이 거슬렸거든. 참, 걱정하지 마! 네 녀석의 이 멋진 검은 앞으로 내가 잘 써줄 테니까! 이런, 피가 번지는군. 더 이상 더러워지기 전에 어서 나도 자리를 피해야겠어."

그렇게 말하고는 돌아서려던 아셈은 순간 자신의 발목을 움켜잡는 피투성이 손에 놀라 그만 검을 떨어뜨리며 비명을 질렀다.

믿을 수 없게도 자신이 베어 반쯤 덜렁거리는 목을 한 루안이 자신을 분노로 이글거리는 눈빛으로 노려보며 천천히 몸을 일으키고 있었던 것이다.

"꽤 아프던걸? 처음 잘려본 거지만 기분 더럽군."

피 끓는 목소리와 함께 음산하게 배어 나오는 내 목소리에 아셈은 그저 덜덜 떨 뿐이었다. 그런 그의 모습에 나는 스산한 미소를 지으며 몸을 일으켰다.

카이넨의 말을 듣고 설마설마 했지만 진짜로 동료 중에 배신자가 있을 줄이야. 그것도 동료 중에서 가장 착하고 순진하다 생각했던 아셈이…….

"이, 인간이……."

"아니지. 설마 제가, 아니, 이 몸이 인간으로 보이는가? 그건 그렇고, 내가 전에도 말한 적이 있을 텐데. 과도한 욕심은 화를 부른다고."

"그… 그게… 그… 그러… 니까……."

변명을 하려는 듯 제대로 움직이지도 않는 입으로 연신 중얼거리는 아셈의 모습을 더 이상 보기 싫은 나는 피범벅이 된 손을 들어 그의 입을 움켜쥐었다. 그런 나의 행동에 새파랗게 질려 고개를 흔들어대는 그에게 나의 미소를 담은 인사를 건네며 그의 입을 잡은 손에 힘을 주었다. 그것이 그의 생의 마지막 인사였다.

퍼퍽 하는 낮은 소리와 함께 터져 나간 머리와 함께 넘어가는 그의 몸을 바라본 나는 내 방심으로 인해 땅바닥을 구르게 된 검을 주워 들었다. 다행이 손상된 부분은 없었지만 깨끗하고 아름다운 검날에 내 피와 더러운 아셈의 피까지 묻어 있다는 사실에 왠지 기분이 나빠졌다. 그래서 나는 서둘러 내가 입고 있는 옷으로 검을 닦은 다음 영롱한 빛을 발하는 검을 볼에 대며 낮게 속삭였다.

"미안, 스티아. 내가 방심해서 이런 꼴을 당하게 하다니… 하지만 이제 약속할게. 이제부터는 절대로 그 누구도 다시는 스티아에게 손대게 하지 않을게. 정말이야, 나 약속할 수 있어."

검을 쓰다듬으며 맹세한 나는 천천히 널브러져 있는 아셈을 바라보며 혀를 찼다.

"쯧쯧, 벌써 죽다니. 아직 빚을 다 갚지도 못했는데… 이걸 어쩌지. 잠깐! 그리고 보니 아셈이 내가 그와 오덴의 신경에 거슬린다는 말을 했었지. 그럼 오덴이랑 이 녀석이랑 한패였나? 음… 그렇다면 그 녀석에게도 갚아야 되겠군. 빚이란 받을 건 확실히 받고 갚을 건 확실히 갚아야지. 안 그래, 아셈? 그러려면 참, 아셈 네 옷 좀 빌리자. 어차피 죽었으니 너에게 옷이란 필요없잖아."

그렇게 중얼거린 나는 주섬주섬 아셈의 겉옷을 벗기기 시작했다. 피에 젖고 부서진 살점이 여기저기 붙은 옷에 기분 나빠진 나는 클린으로 옷에서 피를 닦아낸 후 서둘러 옷을 벗고 그 옷으로 바꿔 입었다.

나중에 브렌들에게 혼이 날지 모르지만 오덴을 잡기 위해서는 나로 움직이는 것보다 아셈으로 움직이는 것이 편했던 것이다. 특히 그 녀석을 산 채로 잡기 위해서는 더욱이…….

그렇게 모든 준비를 마친 나는 아셈을 담기 위해 마법 주머니를 펼쳐 커다란 가죽 부대를 꺼낸 뒤 그곳에 피범벅이 된 아셈을 집어넣었다. 물론 다시 마법 주머니에 넣기 전에 방수 마법을 하는 것을 잊지 않고 말이다.

솔직히 내 마법 자루에 아셈을 넣기 싫었다. 내 마법 주머니는 내 보석 창고와 연결되어 있기에 아셈의 몸에서 흐르는 더러운 피가 내 아름다운 보석에 묻는 건 진짜진짜 싫었기 때문이다.

하지만 거부감보다 복수심이 더욱 강했기에 나는 아셈을 담은 자루와 피에 젖은 내 옷가지, 그리고 내 사랑하는 검을 마법 주머니에 집어넣고 의미심장한 미소를 지으며 폴리모프를 시전했다.

"빚은 확실히 갚아야겠죠. 그러니 각오 단단히 해두는 게 좋을 겁니다. 전 그대로 갚아주는 게 아니라 곱하기를 선호하는 편이니까요."

그렇게 복수할 것을 생각하며 웃음 짓던 나는 저 멀리서 들리는 발소리에 마치 맞아 기절한 것처럼 바닥에 엎드려 누웠다. 그리고 잠시 있었을까, 익숙한 목소리가 들리더니 동료들의 모습이 드러났다.

그렇게 기절한 척 하자드의 등에 실려 이동한 나는 무척이나 걱정하는 브렌과 루, 이오의 모습에 내 계획을 순간 후회했다. 하지만 그보다 더욱 후회한 일이 있었으니 발록이란 마족 놈이 방심하다 흑마법사를 놓친 일이었다. 만약 나라면 그렇게 어벙하게 놓치는 일은 없었을 것이다. 정체를 숨기고 있느라 아무것도 못한 채 놓치게 된 게 무척이나 억울했다.

내가 상황을 설명하는 내내 공포에 질려 덜덜 떠는 오덴의 모습에 그동안의 나의 인내와 고난의 시간이 어느 정도 보상받는 것 같았다.

그 모습을 한참 즐기던 나는 아셈의 시체 곁에서 새카맣게 굳어 있는 두 남자를 바라보며 퉁명스럽게 말했다.

"뭐, 당신들이 믿을지 안 믿을지 모르겠지만 먼저 공격한 건 아셈 쪽이었습니다. 전 방어한 것뿐이에요. 물론 과다 방어라 할 수 있지만……."

내가 설명하는 내내 오덴과는 다르지만 마찬가지로 새파랗게 질려 굳어 있던 하자드와 케미트를 바라보며 나는 퉁명스럽게 말했다. 솔직히 그들이 믿든 안 믿든 나와는 아무 관계가 없었다.

나는 이제부터 그들과 따로 움직이기로 마음먹었기 때문이다. 믿었다가 또다시 배신자가 나와 내 목을 치려 할지 모르니까 말이다. 뭐라 변명을 하려는지 그들이 입을 열었지만 무시한 나는 고개를 돌려 내 사냥감을 노려보았다.

오덴은 처절하게 내 덫에서 도망치려 했지만 불행히도 아무리 그가 용을 써봤자 그의 실력으로 나의 손에서 벗어나기는 절대 무리였다.

이미 내가 리버스 그래비티(중력 마법)를 사용해서 그의 양발을 땅에 완전히 붙여 놓았고 또 위저드리(정숙의 공기라는 이름을 가지고 있는 이 마법은 사일런스와 비슷한 효과를 낸다. 다만 상대방의 마법사에게 걸어 말을 하지 못하게 만드는 마법이다)로 그의 입을 봉해놨기에 말을 해서 마법을 실행하는 인간 마법사인 그로서는 나에게서 도망칠 방법이 없는 것이다.

그런 상황에서도 리치 주제에 아직도 삶에 미련이 남았는지 발악하는 오덴의 모습에 괴롭히는 재미가 쏠쏠한 나는 방긋방긋 미소 지었다.

"리치 주제에 살고 싶은 건가요? 하긴 오래 살고 싶으니 리치가 된 거겠군요. 걱정 말아요. 좀 더 오래 살도록 내가 조금은 놀아줄 수 있으니까요."

공포에 질린 눈으로 처절하게 고개를 흔드는 오덴의 모습에 나는 더욱 짙게 미소 지으며 송곳같이 날카로운 다크 애로우를 하나둘 만들기 시작했다.

평소보다 길고 가늘게 만든 애로우를 내가 오덴에게 하나씩 날릴 때마다 몸 여기저기에 크고 작은 구멍이 뚫린 오덴이 고통에 몸부림치며 소리없는 비명을 질러댔다. 그런 모습에 동정심이 들기는커녕 나는 그저 재미있을 뿐이었다.

'나, 성격 파탄자였나? 원래는 이런 성격이 아니었는데… 이거 위험 수위 아냐?' 라는 생각이 들어 걱정도 되긴 했지만 그래도 오덴의 발악하는 모습이 재미있다는 생각은 변치 않았다.

"저런 상황에서도 비명 소리 하나 들리지 않는 걸 보면 네가 마법을 쓴 모양이군."

그동안 아무 말 없던 하자드에게서 나온 말에 나는 시선을 돌려 대답 대신 고개를 끄덕여 주었다.

"하지만 저건 너무 잔인하지 않아? 아무리 복수라 하더라도… 차라리 그냥 죽여라."

내 공격에 팔이 떨어지고 어깨가 부러진 채 너덜거리자 케미트는 적인 그에게 난생처음으로 동정심마저 드는지 도리어 나를 책망하였다. 자신이 당한 것을 잊고 말이다.

'아무리 조두라 하더라도 그걸 잊어버리냐? 정말 바보냐!!' 라고 소리치고 싶었지만 눈에 띄게 굳어버린 하자드와 케미트의 모습에 흥이 깨져 버린 나는 고개를 끄덕였다.

게다가 비명 소리 하나 들리지 않아 슬슬 지겨워졌던지라 나는 널브러져 있는 오덴에게 다가가 그의 얼굴을 발로 찼다. 내 발길질에도 정신을 차리지 못하는 오덴을 바라보며 나는 비릿한 미소를 지으며 천천히 입을 열었다.

"더 놀아주고 싶지만 지겹다는 주위의 요청이 있어서 오늘은 이만큼만 해야겠군요. 이런, 왜 그런 표정인가요? 설마 지금 저를 비웃는 중?"

내 말에 겁을 먹기는커녕 어느덧 정신을 차린 오덴이 비웃듯이 바라보기에 나는 씨익 웃으며 그의 걱정(?)거리를 단번에 해소시켜 주었다.

"에이, 그런 걱정은 하지 않아도 돼요. 꼭 영혼 구슬을 찾아 파괴하는 방법을 쓰지 않아도 리치를 제거하는 방법이 있거든요. 설마 모르고 있었어요? 리치는 마나로 움직이잖아요. 그 마나를 봉인해 버리면 마나로 움직이던 몸은 녹아버리잖아요. 그 뒤로 영원히 마법도 육체도 얻지 못하니… 이런, 정신은 살아 떠돌게 되니 죽게 되는 건 아닌 건가? 뭐, 그래도 그 정도 실수는 용서해 줄 거죠?"

더 이상 검게 될 수 없을 거라 생각했던 얼굴이 더욱 검게 질렸고, 나는 부드러운 미소를 지으며 작은 목소리로 용언을 사용했다. 안티 매직 같은 걸로 대충 해뒀다간 나중에 깨질 수가 있기에 나는 그의 힘을 완전히 묶기 위해 드래곤 고유의 절대적인 마법인 용언을 사용했던 것이다.

용언이 시작됨과 동시에 마나가 흩어지자 마나로 지탱하고 있던 몸이 눈에 띄게 무너지기 시작했다. 마치 싸구려 밀랍 초가 커다란 불씨로 인해 빠른 속도로 녹아내리듯 마력으로 이루어져 있던 오덴의 몸이 서서히 녹아내리고 있었다.

발은 땅에 붙은 채 바닥을 기고 있는 그 추한 모습에 마지막 결정타를 날리려던 나는 그냥 그대로 뒤돌아섰다. 단번에 죽여 버리는 것보다 천천히 죽음을 맞거나 아니면 자신들이 불러낸 마물에게 당하도록 말이다.

뒤통수에 느껴지는 애절한 시선을 무시한 나는 천천히 하자드들 쪽으로 걸음을 옮기며 말했다.

"지루하셨을 텐데 그동안 지켜보느라 고생하셨습니다. 이제 정리됐으니 가죠."

"갈… 거야. 하지만……."

아무 말 없이 몸을 돌리는 하자드와 달리 배신을 당했어도 어찌됐든 피가 이어진 동생인지라 케미트는 아셈을 그대로 버려두고 돌아서긴 힘든 모양이었다. 하긴 그대로 두었다가는 피 냄새를 맡고 쫓아올 마물들의 먹이가 될 게 뻔했다.

그 때문인지 차마 떨어지지 않는 발걸음을 내가 재촉하자 한 걸음 한 걸음 떼는 케미트의 모습에 이왕 이렇게 된 거 인심 한번 크게 쓰기로 마음먹었다.

"플레이밍 스피어(파이어 볼과 같은 불타는 공이지만 상대에 닿아도 터지지 않고 튕겨 나가게 된다. 불에 잘 타는 물건이 있는 곳으로 던지면 공이 굴러 다니며 불을 키워 큰 화재를 일으킨다. 일정한 시간이 지나면 사라진다)!"

동그란 불꽃이 내려앉더니 아셈의 몸에 갑자기 화악 불꽃이 일어나자 케미트는 놀란 듯 나를 바라보았으나 나는 그저 어깨를 으쓱거렸다.

"이 정도면 뼛조각도 남지 않을 테니 마물이나 짐승들의 먹이가 될 염려는 없을 거예요. 그럼 이제 된 건가요? 기다리는 사람이 있으니 전 빨리 가봐야 할 것 같은데요. 당신들이 따라온 걸 보니 불침번도 없을……."

"그래, 가도록 하세. 그리고 고… 맙네."

가라앉은 케미트의 말에 대답 대신 고개를 끄덕인 나는 내 진정한 동료들이 기다리고 있는 곳으로 서둘러 걸음을 옮겼다. 다행히 아무런 습격이 없었는지 그 모습 그대로 잠들어 있었다.

안도하며 다가가자 잠귀가 밝은 브렌이 제일 먼저 일어나더니 곧 놀란 눈으로 나를 바라보았다.

"여, 오랜만이네요."

"루, 루안? 루안!!"

예의 바르기로 유명한 그답지 않게 손가락질을 하던 브렌은 갑자기 벌떡 일어나 허둥지둥 달려오더니 나를 꼭 안았다. 그러고는 무사해서 다행이라는 말을 연발하며 내 어깨를 가만히 토닥여 주는데 왠지 마음이 찡했다.

"저기, 루안, 나 좀 볼래요?"

어느새 깼는지 브렌에게 안겨 있던 나의 다리를 톡톡 두드리며 손짓하는 루의 모습에 나는 그의 뜻대로 눈높이를 맞춰 주저앉았다. 그렇게 주저앉은 나는 눈에 불이 날 정도로 강한 따귀에 그만 뒤로 넘어지고 말았다.

"아얏. 이게 무슨……."

"그동안 저와 브렌, 그리고 이오의 마음을 아프게 한 벌입니다. 살아 있다면… 살아 있다면 최소한 기다리고 있을 우리에게 연락을 해줬어야 하는 거 아닙니까!!"

루에게 맞은 볼이 아팠던 것도 잠시였다. 울음 반 화 반인 루의 목소리에 나는 그만 할 말을 잃고 말았다.

"미안해요, 정말 미안해요. 내가 너무 생각이 짧았어요. 그때는 그저 복수할 생각만 가득해 나를 기다릴 동료들을 생각 못했어요. 정말 미안해요."

그렇게 속삭이며 울고 있는 루의 머리를 쓰다듬고 있는데 의아심 가득한 순달의 목소리가 내 귓가에 들려왔다.

"어라, 아셈은 어디 간 거야? 볼일 보러 나간 건가?"

"엑!! 도대체 볼일 보러 어디까지 간 거야?"

아셈의 행방을 묻는 순달들과 그런 그들의 모습에 난처한 듯 입술을 깨물고 있는 하자드와 케미트의 모습이 눈에 들어오자 나는 안고 있던 루를 내려놓고 천천히 자리에서 일어났다.

"찾으실 필요 없습니다. 이미 아셈은 죽었으니까요."

"너… 너 지금 무슨 소리야? 그게 무슨 소리냐구!!"

"죽다니… 누가… 아셈이?!"

놀랐는지 일제히 비명을 지르며 따지는 순달들의 모습에도 나는 담담한 어조로 계속 말을 이어 나갔다.

"그동안 속였던 건 미안하지만 그때 제가 어찌해 볼 새도 없이 아셈이 오덴에게 죽었습니다. 그동안 여러분이 본 아셈은 변신한 저였습니다. 그동안 제가 복수하려고 아셈의 모습으로 변해 있었던 것입니다. 죽은 줄 알았던 아셈이 살아 있으면 오덴이 다시 나타날 거라 생각해서요. 그리고 아셈의 복수는 제가 했습니다. 오덴이 죽었거든요. 제손에……."

"미, 믿을 수가 없어!!"

"아셈이 그렇게 허무하게 죽다니……."

신음을 흘리며 털썩 주저앉는 순달들과 그 뒤로 마치 무슨 생각이냐는 듯이 바라보는 두 남자의 모습에 나는 용언을 사용해 그들의 머리 속에 자그맣게 속삭였다.

[그냥 이대로 생각하게 내버려 둬요. 저들이 사실을 안다고 좋을 게

없잖아요. 죽은 아셈이나 당신이나, 당신의 아버지인 하디자를 위해서라도 저들은 저렇게 알고 있는 게 좋을 거예요. 물론 저들 자신을 위해서라도요. 안 그래요?"

머리 속에 들리는 내 목소리에 놀란 듯 두 남자가 움찔했지만 내 말에 동의했는지 두 남자 모두 대답 대신 천천히 고개를 끄덕였다.

그런 두 남자를 바라보며 착하다고 속삭여준 나는 웅성거리는 순달들을 뒤로한 채 걱정스런 시선으로 바라보는 브렌들에게 다가갔다. 그렇게 하자드를 스쳐 갈 때 그가 작게 속삭인 말에 나는 피식 미소 지었다.

"내가 내 손으로 부하들을 죽이지 않게 해줘서 고마워."

'역시 내가 사실대로 말하면 증거 인멸을 위해서 부하를 죽일 생각이었나?' 라는 생각이 들었지만 내색하지 않은 채 대답 대신 고개를 끄덕여 준 나는 브렌들을 이끌고 그들에게서 좀 떨어진 곳으로 이동했다.

"상황 설명을 부탁해도 될까요? 저런 거짓이 아닌 진실을요."

"물론이죠."

기다렸다는 듯이 던져진 질문에 부드럽게 웃으며 고개를 끄덕인 나는 자신의 옆자리를 비켜주는 브렌의 옆에 앉으며 천천히 입을 열었다.

"…일이 이렇게 된 거였어요. 정말 미안해요. 그때는 너무 화가나 걱정할 거라는 건 생각 못했거든요. 그동안 걱정하게 만들어 정말 미안해요."

"솔직히 저라도 화가 났을 법한 상황이네요. 어떻게 그런 배신을… 지금까지 도와준 게 누군데……."

"맞아, 나라면 확 다 뒤집었을 거라고!! 지금까지 성심성의껏 도와준

게 누군데… 감히 배신을 해!! 저놈들을 그냥 확… 읍읍!!"

홍분했는지 갑자기 소리소리 지르며 일어서는 루와 이오의 모습에 나와 브렌은 황급히 일어나 두 사람의 입을 막고는 놀라 쳐다보는 하자드들에게 아무것도 아니라는 듯이 손을 흔들어 보였다.

그런 내 손짓에 잠시 이상한 듯 바라보고 있던 그들은 자연스럽게 끼어든 하자드로 인해 화제가 다시 그쪽으로 옮겨갔다. 그런 하자드를 바라보며 또다시 사과의 말을(머리 속으로) 건넨 나는 주의하겠다고 약속하고는 읍읍거리는 두 꼬맹이에게 시선을 돌렸다.

"하아, 저를 위해 화내주는 건 좋은데 우리 목소리 좀 줄일까요? 이건 비밀이라구요."

알았다는 듯이 조그마한 머리 두 개가 아래위로 움직이자 나와 브렌은 조심스럽게 입을 막았던 손을 떼어냈다. 그러자 기다렸다는 듯이 화가 잔뜩 난 이오의 목소리가 쏟아졌다. 하지만 내 경고가 먹혀들었는지 이번에는 전과 달리 작게 속삭이는 수준이었다.

"넌 화도 안 나? 왜 배신자인 저들 사정을 일일이 봐주는 거야?! 저들이 믿든 안 믿든 사실대로 말하지 그랬어!! 지금 저들이 하는 짓을 좀 봐. 저들은 지금 배신자인 아셈을 영웅으로 만들고 있잖아. 이게 무슨 짓이냐고!! 하! 영웅. 자기 형을 팔아먹는 배신자가 영웅이라니 웃기고 있네. 정말 웃기고 있어!!"

"이런, 그게 무슨 말버릇인가요? 숙녀는 말을 예쁘게 해야죠. 안 그래요?"

"그… 그렇긴 하지만……."

"어허, 그래도 반성을 안 하는군요. 이 아빠, 이오 때문에 마음 아파요."

조용히 훈계하는 브렌과 풀이 죽어버린 이오의 모습에 웃음 짓던 나는 이오의 마지막 말이 떠올라 피식 웃음을 터뜨렸다.

솔직히 이오의 말처럼 지금 하자드의 행동은 '웃기고 있네' 라는 말이 딱 맞아떨어졌다.

아직도 배신의 충격에서 벗어나지 못했는지 넋이 나간 케미트를 대신해 아셈의 죽음을 멋지게 포장하고 있는 하자드와 그런 아셈의 죽음에 감격하고 동시에 아쉬워하는 그의 동료들의 모습이 정말 한편의 꽁트를 보고 있는 것 같았다.

그런 그들의 모습에 마음 한편으로는 사실대로 털어놔서 저들의 환상을 모조리 깨버리고 싶었다. 하지만 한번 봐주기로 한 거 아니꼽다는 이유로 배신해서 뒤집고 싶은 마음은 없었기에 그저 모르는 척하기로 했다. 하지만 아니꼽고 기분 나쁜 건 어쩔 수 없었다.

"이오에게 너무 화내지 말아요. 솔직히 제가 보기에도 웃기고 있는 것 같으니까요."

"이런 기분이 좋지 않으신 모양이네요. 하긴 저도 그렇군요. 저들을 보고 있자니 영웅이란 참 쉽게 만들어지는 것 같다는 생각이 드네요. 하지만 그렇게 넘어가기로 했으니 끝까지 눈감아 주기로 하자구요. 참! 이럴 때가 아니지!! 연락은 드렸나요?"

"무슨 연락이요?"

고개를 갸웃거리며 내가 되묻자 갑자기 이마에 커다란 힘줄을 두세 개 만든 브렌이 내 귀를 무식하게 잡아당기며 소리를 질렀다.

"그렇게 말하는 걸 보니 분명 할아버님께 연락을 안 한 것 같군요! 으아아아아, 도대체 어떻게 하려고 아무 대책도 하지 않고 자신의 기척을 숨깁니까!! 저희야 힘이 없으니 기다릴 수밖에 없었지만 루치, 아니,

루안의 할아버지께서는 다르잖습니까!! 설마 그분 성격을 생각도 안 하고 그런 일을 저지른 겁니까!!'

"아악!! 귀 아파요. 귀 따가!! 귀에 대고 소리치는 사람이 어딨어요."

"흥, 저는 사람이 아니라 엘프입니다. 자, 어서 저쪽에 가서 카이스트 라님께 무사하다고 연락부터 하세요. 제가 다른 동료들에게 말해 놓을 테니까요!!"

"아, 알았어요."

아픈 귀를 비비며 또다시 혼날까 서둘러 대답한 나는 천천히 동료들과 멀어지기 시작했다. 그런 내 모습에 하자드가 눈치 채고 일어서자 브렌이 뭐라 설명하였다.

그런 하자드에게 '난 괜찮아요. 잠깐 집에(?) 연락 좀 하고 올게요' 라고 소리쳐 준 나는 빠른 걸음으로 동료들에게서 멀어지기 시작했다. 그렇게 좀 떨어진 곳에 도착한 나는 일루전 마법을 설치해 주위의 시선을 차단시키고 주머니에서 핸드폰을 꺼내며 한숨을 내쉬었다.

"내가 정말 잘못한 건가? 하지만 아무리 내가 연락을 안 했다 하더라도 명색이 지혜롭고 근엄하기로 유명한 골드 드래곤인 할아버지가 난동을 피울 리가 없을… 리가 없지. 아무래도 내가 대형 사고를 친 것 같구만… 에휴휴휴휴."

하디자의 궁전에 브레스를 내뿜으며 내 손녀 내놓으라고 소리칠 할아버지의 모습이 너무나 잘 그려지는 듯해 나는 나도 모르게 깊은 한숨을 내쉬었다.

"그래도 데이라나가 있으니까 괜찮을 거야. 그런데 데이라나가 우리 할아버지를 말릴 수 있을까? 그보다 네이피아와 데이라나가 난동을 피우지 않는다는 보장도 없… 지."

거기까지 결론이 내려지자 내가 대형 사고를 쳤다는 생각에 걱정이 되기 시작했다. 하지만 시간을 끌수록 위험해지기에 나는 뭉클뭉클 피어오르는 걱정을 잠시 묻고 천천히 핸드폰의 뚜껑을 열었다.

열자마자 기다렸다는 듯이 공중에 두둥 떠오른 세 드래곤의 머리에 나도 모르게 숨을 들이키고 말았다. 세 드래곤은 블루와 전혀 다른 종족이었음에도 불구하고 그들의 얼굴과 몸은 블루 드래곤인 나와 별로 차이가 없었던 것이다.

"오… 오랜만이네요. 그런데 괜… 찮으세요? 상… 상태가 영……."

그 모습에 찔리는 게 너무 많아 어색하게 인사한 나는 갑자기 불쑥 솟구친 거대한 금빛 드래곤의 머리통에 나도 모르게 뒷걸음질치고 말았다. 그것도 잠시 커다란 눈에 가득 고인 눈물에 놀란 나는 서둘러 할아버지의 몸을 훑어보며 다급히 물었다.

"할아버지, 할아버지, 어디 안 좋은 데 있으세요? 다친 데는… 아, 이런, 다친 데는 많… 군요. 다친 데가 많이 아픈 거예요?"

[괜찮다, 괜찮아. 나는 괜찮다 아가야. 그러는 너는 어디 다친 데 없니!! 다친 데 없다고? 그렇다면 왜 그동안 연락을 안 한 거였니! 이 할애비 마음 아프게 말이다.]

다친 상처 말고도 그동안 맘 고생을 했는지 퀭해 보이는 할아버지의 모습에 나는 너무나 미안했다. 게다가 블루로 오해할 정도로 온몸이 멍투성이인데도 자신은 괜찮다며 나에게 다친 데가 없냐고 묻는 할아버지의 모습에 나는 코끝이 찡해지고 말았다.

'바보, 바보. 스티아를 대신해 잘 모시겠다고 나 스스로 약속해 놓고 이게 뭐야. 정말 난 바보야, 바보!!'

"죄송해요, 할아버지. 정말 죄송해요."

[허허허, 나한테 죄송할게 뭐 있냐! 네가 안 다쳤다면 괜찮다.]

[난 안 괜찮아!!]

서로 위로하며 있는데 갑자기 끼어든 쩌렁쩌렁한 목소리의 주인공이 커다란 손으로 할아버지의 얼굴을 밀치고 나에게 다가왔다. 그렇게 나타난 네이피아는 금방이라도 뛰쳐나와 나를 잡아 흔들듯 살벌한 표정으로 노려보며 씹듯이 말을 내뱉었다.

[너~어, 도대체 무슨 짓을 저지른 줄 알아!! 너 때문에 우리 드래곤과 마족 사이에 전쟁이 날 뻔했잖아!! 내가 그걸 수습하느라 얼마나 이리 뛰고 저리 뛰고 했는데… 너, 진짜 죽고 싶냐!!]

"그게 무슨 소리에요?"

무척이나 화가 났는지 뻘게진 얼굴로 다다다 내쏘는 네이피아의 말에 나는 할 말을 잃고 말았다. 그 충격적인 말에 반쯤 넋이 나가 있는데 그 충격적인 발언을 한 네이피아가 억 하는 비명과 함께 머리를 움켜쥐고 바닥으로 쓰러졌다.

그렇게 쓰러진 네이피아 뒤로 거대한 망치를 뒤로 던지며 데이라나가 자상한 미소(?)를 지으며 다가왔다.

[아가, 네가 걱정할 것은 하나도 없단다. 이 녀석이 말했던 일은 절대 벌어지지 않았으니까 말이다. 그저 우리가 한 거라고는 전령인 라데스에게 네 소식을 물어본(협박&닥달) 것이 전부였을 뿐이야. 그러니까 걱정할 필요 없어. 이 녀석이 심심해서 그런지 네게 그런 장난을 친 거야. 그런 거니까 걱정할 필요 없단다.]

자신의 딸을 질근질근 밟으며 아무것도 아니었다고 말하는 데이라나를 나는 믿을 수가 없었다.

네이피아가 장난이 많긴 하지만 그런 장난을 칠 타입이 아니라는 것을 너무 잘 알고 있었다. 게다가 할아버지와 데이라나, 네이피아의 성격을 생각해 보면 라데스에게 브레스를 뿜으며 협박이나 안 했으면 다행이지… 물어보는 것만으로는 끝낼 성격이 절대 아니었던 것이다.

그런 생각이 떠오르자 알량한 복수심에 불타 아무것도 생각 못한 내가 얼마나 바보 같았는지… 또한 브렌이 왜 그렇게 화를 냈는지 알게 된 나는 미안한 마음에 그만 울음을 터뜨리고 말았다.

"죄… 죄송해요. 제가 생각없이 일을 저질러서……."

[괜찮다, 괜찮아. 이번에 있었던 일을 교훈 삼아 다음부터는 그러지 않으면 되는 거니까. 그런데 도대체 무슨 일이 있어서 그렇게 기적을 숨긴 거니?]

"그게……."

부드럽게 묻는 데이라나의 모습에 잠시 머뭇거렸던 나는 천천히 내가 겪었던 일을 털어놓았다.

그렇게 내 이야기를 듣는 내내 세 드래곤은—네이피아도 어느새 부활했다—내가 아셈에게 배반당해 칼에 맞았다는 말에 불같이 노여워했고 또 내가 어떻게 복수했는지를 말하자 환하게 웃으며 좀 약하긴 했지만 잘했다고 칭찬해 주었다.

내게 있었던 일 하나하나에 슬퍼하고 화내며 웃어주는 세 드래곤의 모습에 나는 가슴이 따뜻해짐을 느꼈다. 정말 내가 사랑받고 있구나라는 것을 다시 한 번 깨달으며 절대 다시는 아무리 화가 나도 사랑하는 가족의 마음을 아프게 하는 일은 하지 않겠다고 맹세했다.

[그렇게 된 거였군. 그렇다면 이번에는 나도 너그럽게 용서해 줄게. 하지만 다음부터는 절대 그러지 마!! 나도 무척이나 네가 걱정됐다구.

솔직히 말하자면 나도 라데스의 머리끄댕이를 잡고 흔들며 네가 어디 있냐구 묻고 싶었다니까!]

약간 아쉽다는 듯이 입 주위를 핥으며 말하는 네이피아의 말에 드래곤의 거대한 손에 머리끄댕이가 잡혀 대롱대롱 흔들리는 라데스의 모습을 떠올린 나는 나도 모르게 큰 소리로 웃음을 터뜨리고 말았다.

"큭큭큭, 만약에 그럴 일이 있다면 그때 꼭 저도 불러줘요. 꼭 구경하게요."

[오냐, 꼭 약속하마!! 그런 재미있는 구경은 많은 드래곤이 봐야 좋은 일이지!! 참 그건 그렇고 아쉽지만 너도 이제 그만 가봐야 하는 거 아니니?]

네이피아의 말에 나는 그제야 어느새 동쪽에서 모습을 서서히 보이는 태양의 존재를 알아챌 수 있었다. 그 태양을 바라본 나는 아쉬운 한숨을 내쉬며 내 가족들을 바라보았다.

"아쉽지만 이제 작별해야 할 시간이네요. 이 일이 끝나면 바로 갈테니까요, 그동안 싸우지 마시고 건강히 계세요! 그리고 다친 상처 빨리 치료하시구요. 아무리 드래곤이 통뼈라 하지만 그 정도 상처는 위험하다구요."

[에끼, 할아버지에게 장난은… 아하하하하. 오냐, 알았다. 치료할 테니 걱정 말고 너도 건강해라!!]

"몸조심하구!!"

[자주 연락해!!]

세 드래곤의 마지막 인사를 끝으로 나는 핸드폰을 닫고는 황급히 뛰기 시작했다.

"아무래도 브렌에게 또다시 잔소리 듣게 생겼는데……"

아니나 다를까, 도착하자마자 하자드의 눈총을 받으며 나는 브렌에게서 어마어마한 잔소리를 듣게 되었다. 에휴우우우우.

"어이 일어나!! 갈 준비 해야지. 우린 이미 준비 다 끝났다구!!"

요란스런 외침과 무식한 손길에 눈을 뜬 나는 쏟아지는 햇빛 너머로 보이는 하자드의 모습에 부스스 자리에서 일어났다. 욱신거리는 머리를 쥐어잡고 있는데 순간 이해되는 단어에 놀라 눈을 부릅뜨고 소리쳤다.

"무슨 소리야? 가다니 어딜?!"

"어디긴 어디야. 시바를 잡으러 가야지, 잠탱이 씨."

내 귓가에 속삭이는 모종의 목소리에 놀라 무릎걸음으로 도망간 나는 내 앞에서 방글방글(?) 웃고 있는 남자의 모습을 가리키며 소리를 질렀다.

"카… 카이넨? 여… 여긴 웬일입니까?! 그리고 시바라뇨?"

"웬일이긴, 드디어 도망간 시바의 은신처를 찾아서 알려주러 온 거지. 참! 시바는 그 여자 흑마법사의 이름이야. 그런데 아침 댓바람부터 왜 이렇게 소란을 피우고 난리야. 이 녀석 아침마다 이러냐?"

카이넨의 말에 케미트가 씨익 웃더니 고개를 끄덕이며 내 잠버릇에 대해 늘어놓기 시작하였다. 깨우는 사람을 쥐패느니 발로 차느니 하는 불유쾌한 평가가 쏟아졌지만 그보다 중요한 일이 있기에 불쾌해도 우선 참기로 했다.

"남의 잠버릇 평가 그만 하구요. 은신처를 찾았다니… 그 때문에 이 아침부터 오신 겁니까? 어, 잠깐. 그런데 하자드 당신들 모두 같이 갈 생각이에요?"

내 말에 당연하다는 듯이 고개를 끄덕이는 하자드와 그의 동료들의 모습에 나는 순간 할 말을 잃고 말았다. 하지만 그것도 잠시 정신을 수습한 나는 멍청하게 희죽 웃어대는 그들의 모습을 바라보며 소리소리 질렀다.

　"미쳤어요? 당신들이 가면 죽을⋯⋯."

　"그래, 죽을지도 모르지. 하지만 우리 나라에서 벌어진 일이야. 그러니 우리가 처치는 못하더라도 도망갈 수야 없지, 안 그래? 우리는 긍지 높은 사막의 전사니까!"

　"하아~ 이건 또 무슨 소립니까. 아무튼 죽어도 저는 모릅니다."

　"걱정 마, 걱정 마. 쉽게 죽을 우리가 아니니까!"

　"맞아, 순달은 거의 바퀴벌레 생명력이라고."

　그렇게 걱정 말라며 자신은 자신이 지킨다고 말하는 그들의 모습에 더욱 걱정이 된 나는 한숨을 푹 내쉬었다. 그런 나를 달래려는 듯 카이넨이 어깨를 두드리며 말하였다.

　"아하하하. 내버려 두라잖아. 죽어도 자신들이 죽으니까. 그건 그렇고, 아주 멋지게 복수했더군. 그래, 만족했나?"

　"어디까지 아시는 겁니까?"

　내 말에 '모두!' 라고 대답한 카이넨의 말에 잠시 눈살을 찌푸린 나는 어깨를 으쓱이며 솔직히 내 속마음을 털어놓았다.

　"솔직히 아쉬워요. 너무 일찍 끝낸 것 같아서요."

　"아쉬워? 정말 잔인하네. 영원히 이 세상을 떠돌게 만들어놓고 아쉽다고⋯⋯? 쯧쯧, 그녀석도 불쌍하기도 하지. 존재성이 없어진 채 영원히 살게 됐으니 말이야."

　"흥. 영원히 살고 싶어서 리치가 된 녀석이니, 어쩌면 그 녀석에게는 그게 복인지도 모르죠. 그건 그렇고 무엇 때문에 온 거예요?"

"왜 오긴. 아까도 말했다시피 같이 가자고 온 거야."

"아차! 그랬죠. 그럼 어서 준비를… 이런, 저만 준비하면 되는군요. 그런데 정확히 어디예요?"

벌써 치매가 왔냐며 놀리는 그들을 노려본 나는 카이넨의 대답을 기다렸다. 그러자 카이넨이 난처하다는 듯 머리를 긁적이며 말하였다.

"솔직히 나도 몰라. 어이, 놀린 게 아냐. 발록이 안다고 했다고……. 그 녀석이 데리러 온다고 하니 여기서 잠시만 기다리면 돼."

"하~ 아? 그럼 저를 일찍 깨울 필요는 없었잖아요!"

"그거야 내 맘이지. 안 그래?"

할 말을 잃고 멍하니 있는데 귓가에 낮게 혀를 차는 소리가 들려왔다. 그쪽으로 고개를 돌리자 못 말리겠다는 표정으로 고개를 절레절레 흔드는 발록이 보였다.

"야, 오면 왔다고 말을 해야지 거기서 뭐 하고 있냐?"

"하도 기가 막혀서 인사말을 잊은 것뿐이야. 너도 참 고생이야. 하필 저런 싸이코 마족에게 걸려서 말야."

안쓰럽다는 듯 나를 바라보는 발록이나 하자드, 브렌의 시선이 아니어도 나 스스로 내가 불쌍하다는 생각이 물씬물씬 들고 있었다.

'에휴휴휴~ 도대체 내가 전생에 무슨 업보를 졌기에…….'

평소보다 더욱 침침해진 동굴 안에서 나직한 여자의 목소리가 흘러나오고 있었다. 너무 작아서 뭐라고 하는지 잘 알아들을 수 없지만 말하고 있는 여자의 살벌한 표정을 보아 아무래도 욕설인 듯싶었다.

"이 씹어 먹어도 모자랄 것 같은 마족들아, 복수할 테다!! 필히 어떠한 일이 있어도… 어떠한 희생을 하더라도 내가 복수할 테다!!"

커다란 마법진, 그것도 피로 써진 듯한 붉은색의 마법진 가운데 누워 있는 시바는 손톱으로 돌 바닥을 긁으며 누군가에게 저주를 퍼붓는 중이었다.

그러나 동굴을 쩌렁쩌렁하게 울리는 그녀의 목소리와는 달리, 지금 그녀의 몸은 복수를 할 수 있을 것 같지 않았다. 여기저기 처참하게 쥐어뜯기고 다친 상태라 자칫 잘못했다가는 그대로 부서져서 쓰러질 것만 같았다.

그런 모습이 걱정되는지 어둠에 몸을 숨기고 있던 케인이 천천히 나서더니 조용히 입을 열었다.

"아무래도 그 몸부터 치료하세요. 그 몸으로 무리하게 마법을 실행하시는 건……."

"입 닥쳐라!! 감히 누구에게 말을 건네는 거냐! 내 아무리 몸이 이렇게 되었다 한들 너한테까지 무시당할 것 같으냐? 당장 꺼져라! 당장 내 눈앞에서 사라지란 말이다. 감히 누구한테 그런 모습을 보이는 거냐!!"

"하… 하지만……."

"아악!! 나를 보지 말란 말이다!! 그런 눈으로 이런 비참한 나를 보지 말란 말이다!!"

발악하듯 바락바락 소리 지르는 시바의 목소리에 케인은 어쩔 수 없이 다시 어둠 속으로 몸을 숨겨야만 했다. 그녀가 자신을 싫어하고 거부하는 것은 하루 이틀 일이 아니었지만 이런 상황에서까지 자신을 거부하자 케인은 더욱 마음이 아팠다.

그렇게 마음이 아픈 케인만큼 시바 역시 마음이 편치 못했다.

시바는 이런 식으로 그를 보고 싶은 마음도, 망가질 대로 망가진 자신의 모습을 그에게 보여주고 싶은 마음도 없었다. 그에게는 착하고 자상했던 자신의 모습만 보여주고 싶었던 것이다.

물론 지금 자신의 앞에 보이는 케인의 모습이 거짓이란 것을 잘 알고 있지만 그와 똑같은 모습이… 그 시선이 변해 버린 자신을 책망하는 듯해 시바는 몸보다 마음이 더욱 아팠다.

"꺼져라. 다시는 그 얼굴을 나에게 보이지 말아라!! 나를 책망하는 듯한 그 얼굴을 보이지 말란 말이다!!"

그렇게 미친 듯이 소리 질러 케인을 쫓아낸 시바는 쓰러지면서 나직한 목소리로 속삭이듯 말했다.

"제발… 그런 눈으로 보지 마. 보지 말아 달라고 샤르으."

"야, 이쪽이 맞냐?"

"맞아, 쓸데없는 소리 그만 하고 이 날파리들이나 빨리 처리해."

투덜대며 연신 어쌔신 버그(파리와 비슷한 이 벌레 몬스터는 이름에서 알 수 있듯이 살인 마물이다. 이 마물이 살인 마물이라 불리는 것은 암수가 함께 행동하는 것에서 기인한다. 사람을 발견하면 산란을 위해 유일한 공격 수단인 독을 이용해 몸을 마비시킨 후에 자신의 알을 그 몸에 낳는다. 그 알은 짧은 기간에 유충으로 변하여 인간의 육체를 파괴시키면서 성충이 된다) 떼를 처리하는 카이넨과 발록의 모습에 나는 그들이 있어 정말 편하다는 것을 다시 한 번 느낄 수 있었다.

전이라면 내가 나서서 해치워야 할 것을 그들이 먼저 눈치 채고 처리하고 있었다. 그렇게 되니 뒤로 자연스럽게 물러날 수 있게 된 나는 전보다 더욱 편하고 강건하게 브랜들을 보호할 수 있었다.

하지만 정말 완벽한 것은 없는 모양이다.

적들을 잘 감지하고 먼저 나서서 사냥(?)하며 다 해치우는 그들에게도 단점이 있었다. 사냥을 할때 철저하게 즐긴다는 점과 다른 동료들을 전혀 신경 쓰지 않는다는 점이었다.

그 바람에 천천히 즐기는 카이넨과 발록의 손에서 반쯤 병신이 되어버린 마물들을 하자드들이 나서서 완전히 숨통을 끊어놔야 했기에 위험 부담은 줄었지만 그들은 그전보다 무척이나 더 바빠지고 말았다.

"으라아아아아, 죽어랏!!"

"케엑!! 이 자식아, 어따 던지냐?!"

"앗차! 이놈 목은 내가 잘랐다!! 이 이빨 기념으로 가져가!"

"야, 네가 잡은 거냐!! 숨통만 겨우 끊은 주제에 잘난 척은……."

그대로 둬도 죽을 마물들의 목을 베며 기쁜 듯이 소리 지르는 순달의 모습에 나는 고개를 절레절레 흔들며 그나마 살아 움직이는 마물들에게 다크 애로우를 날렸다.

대형(50~60센티 정도) 파리같이 생긴 마물이 날개가 쥐뜯겨진 채 한쪽 다리를 질질 끌며—팔과 다리가 네 개밖에 없고, 사람처럼 직립 보행도 가능함—하자드들을 피해 도망다니는 모습이 왠지 불쌍해 보였지만 용서해 주고 싶은 마음은 요만큼, 아주 요만큼도 없었다.

감히 우리를… 아니, 이 나를 공격했는데 어떻게 용서해 주겠는가!! 싸그리 다 죽여 삐리지…….

퍼억 터져 나가고 잘려져 나가면서 뿌려지는 어쌔신 버그의 끈쩍끈쩍한 녹색 피에 눈살이 찌푸려졌지만 그래도 이런 식의 전투라면 할

만은 했다.

"크에에에엑!!"

"흠, 이게 끝이로군. 아~ 아침 운동 한번 잘했군."

"별로… 하지만 심심하지 않아서 좋군."

산뜻하게 미소 지으며 몸에 묻은 피를 터는 카이넨과 발록의 모습에 나는 그만 할 말을 잃고 말았다.

나와 하자드들만이라면 분명 목숨을 걸고 싸워야 겨우 이길—이겼다기보다 도망갔을 가능성이 크다—마물들을, 그저 중년의 아저씨가 새벽 약수터에서 아침 운동을 잠시 한 것처럼(왠지 예가 이상한데…) 아무렇지 않게 말하는 그의 모습에 약간 질렸다.

'도대체 어떻게 살기에…… 정말 마계는 절대 가보지 말아야 할 것 같군.'

어떠한 일이 있어도 마계는 가지 않겠다고 다짐한 나는 이리저리 뛰느라 지친 동료들에게 스크렝스를 걸어주었다. 그렇게 일일이 걸어주며 돌아다니던 나는 자신들의 불타는 검—내가 그들의 검에 화이어 블레이드를 걸어주었다—을 바라보며 흥분에 겨워 있는 순달들의 모습이 눈에 들어와 피식, 웃음을 터뜨렸다.

"그게 그렇게 신기합니까?"

"응. 좀 그래! 마치 내가 마법 검의 주인이 된 것 같거든."

"너한테 마법 검이 뭐가 필요있냐!! 쓰지도 못할 걸……. 그건 그렇고 나도 신기한데… 나 역시 이런 검은 처음이거든. 역시 마법이란 좋은 거였어. 이런 멋진 검도 만들 수 있고… 하지만 이걸 어떻게 검집에 넣지?"

자신의 불타는 검을 바라보며 걱정스럽다는 듯이 묻는 케미트의 말에 나는 내가 걸었던 마법을 풀어줬다. 내가 풀지 않아도 어느 정도 시간이 흐르면 풀어지는 마법이지만 그들의 걱정대로 불붙은 칼을 검집에 넣긴 곤란해 보였기 때문이다.

"마법을 걸었으니 어느 정도 체력은 회복될 거예요. 참! 깜빡할 뻔했네. 모두 수고 많았어요."

"뭘……."

"이 정도야 뭐……."

내 칭찬에 쑥스러운 듯 머리를 긁적이는 순달과 싱의 모습에 콧방귀를 끼던 하자드가 퉁명스럽게 대꾸하였다.

"뭐가 괜찮냐? 너희가 한 게 뭐 있다고… 그래. 우리야 뭐, 뒤처리 당번이니 수고한 게 있나. 정작 수고한 사람은 저 마족들이지."

"고맙군. 알아줘서……."

놀리는 건지, 진짜 고마운 건지 알 수 없는 카이넨의 말에 잠시 그를 바라보고 있던 나는 고개를 절레절레 흔들며 발 밑에 널브러진 마물 조각을 가리키며 물었다.

"이 녀석들을 그 여마법사가 보낸 건가요?"

"아냐, 아무리 강한 흑마법사라 해도 마물은 부릴 수 없지. 마계인이 아닌 이상 말야. 그리고 그 흑마법사가 보낸 건 저것들이야."

"에? 뭐가… 아악!!"

차가운 발록의 말에 그가 가리킨 곳을 바라본 나는 하늘에 생긴 거대한 마법진 뒤로 키메라들이 하나 둘 빠져나오는 것을 볼 수 있었다.

"자, 2차전… 그럼 즐겨보실까."

"이번에는 좀 버텨줬으면 좋겠어. 아까는 입맛만 버렸거든."

즐기듯 날아가는 두 마족의 모습에 한숨을 내쉬던 나는 다시 하자드들의 무기에 화이어 블레이드를 걸려 했다. 하지만 하늘에서 울리는 발록의 목소리에 그 계획을 포기해야만 했다.

"어이, 이 녀석들은 내가 모두 죽인다. 나에게 잠깐의 여흥을 줄 정도의 사냥감이긴 하나 마물들은 우리 마계의 생물. 그런 마물들을 가지고 장난치는 것은 용서할 수 없고, 그 짜깁기 처리를 너희 손에 맡길 수 없으니 내가 한다. 다들 쉬고 있어!"

"뒤처리도 다 하실 건가요?"

"물론!!"

발록의 의견에 당연하다는 듯이 웃으며 말하는 카이넨의 모습에, 그런 그들에게 모든 걸 맡기기로 했다. 그리고 나는 혹시나 튀어나올 파편에 대비해 주위에 튼튼한 실드를 쳤다. 그러나 그럴 필요까진 없었던 모양이다.

어떤 마법을 사용하는지 도무지 모르겠지만—마법이 아니라 마력일지도 모르지만—발록과 카이넨은 그들이 말했던 대로 뒤처리를 완벽하게 하였다. 뼛조각 하나 없이 완벽하게 태워 버리고, 소멸시켜 버린 것에 나는 혀를 내두르며 그의 전투 쇼를 관람하기 시작했다.

마물들과 달리 즐기는 것도 포기한 채 무작정 걸리는 대로 단숨에 소멸시키는 두 마족의 실력에 머리가 없는 키메라도 공포감을 느끼는지 도망가려 했지만 그들의 손에서 벗어나기에는 역부족이었다.

그렇게 단시간에 모든 것을 처리해 버린 두 마족은 산뜻한 표정으로 땅에 내려섰다.

"자, 정리됐으니 이제 가자."

지치지도 않는지 무덤덤하게 말하는 발록의 모습에 고개를 절레절레 흔든 나는 앉아 있는 동료들에게 출발하자고 외쳤다.

그렇게 몇몇의 사건—마물과 키메라의 습격 사건이 있었지만 두 마족이 알아서 처리했다—을 치루고 한참 동안 쉬지 않고 계속 걸어가고 있는데, 지루했는지 아니면 지쳤는지 내 옆으로 다가온 케미트가 속삭이듯 조심스레 물었다.

"어이… 언제쯤이면 도착한데? 나뿐만 아니라 다른 동료들까지 슬슬 지쳐 간다구."

하자드보다 더 독한 행군을 강요하는 두 마족으로 인해 꽤나 지쳤는지 숨소리까지 흐트러진 케미트와 그의 동료들의 모습에 나는 그들을 달래려 조심스레 입을 열었다. 하지만 케미트의 물음에 내가 대답하기도 전에 앞서 걷던 발록이 고개를 돌려 '그거 나한테 한 말인가?'라고 물었다. 은은한 살기가 배어 있는 발록의 목소리에 당황한 나와 케미트가 미처 변명을 늘어놓기 전에 다시 몸을 돌린 발록은 손을 올려 100미터 정도 앞에 모래와 돌로 이루어진 광산을 가리켰다.

"설마… 저기가?"

"맞아. 왜 가까워서 불만인가?"

"아… 아뇨. 좋아서 그래요. 좋아서… 아하하하하, 아하하하하하!"

"뭘 그리 웃고 있냐. 이상한 놈들 같으니라구. 어이, 발록. 이거 이상하지 않아? 왠지 느낌이 우중충하잖아."

카이넨의 말에 이상한 눈으로 웃어대는 나와 케미트를 바라보고 있던 발록이 시선을 돌려 카이넨 쪽으로 걸음을 옮겼다. 카이넨 곁으로 다가간 발록이 동굴 입구를 살피더니 퉁명스럽게 말했다.

"우중충하든 밝든 우리에게 다른 수가 있냐. 쓸데없는 소리 그만 하고 들어가! 어이, 먼저 들어간다."

발록은 그렇게 말하고는 불쑥 들어가 버렸다. 그 뒤를 카이넨이 같이 가자며 들어가는 걸 멍하니 바라보고 있던 나는 정신 차리라며 내 어깨를 두드리는 브렌의 손길에 긴 한숨을 내쉬었다.

"헤유, 우리도 별수있나요. 들어가죠."

고개를 끄덕이며 어두운 굴 속으로 들어선 나는 따라오는 하자드들이 들어오기 편하게 라이트 마법을 시동시켰다. 나는 내 앞에 걷고 있는 두 마족의 모습에 또다시 긴 한숨을 내쉬었다.

마치 친구 집에 놀러 온 것처럼 아무렇지 않은 듯한 두 마족과 달리 점점 들어가면 들어갈수록 답답하리만큼 옥죄어오는 지독한 살기와 적의에 불안한 느낌이 들었기 때문이다.

불안한 마음에 브렌의 손을 잡고 걷고 있는데 앞서 걷는 줄 알았던 카이넨이 불쑥 내 앞에 나타났다.

"우왓!! 노, 놀랐잖아요?!"

"어라, 미안……. 그것보다 어떻게 하는 게 좋을까?"

'별로 미안한 것 같지도 않구만' 이란 마음이 들었지만 그것도 잠시, 카이넨이 가리킨 방향을 바라본 난 깊은 한숨을 내쉬었다.

"글쎄요. 혹시 어딘지 알고 계시나요?"

정말 혹시나 하는 바람에 물었건만 발록 역시 고개를 흔들었다.

그렇게 믿었던—사실 그다지 믿지는 않았지만—두 마족에게 배신당한 나는 씁쓸한 마음을 애써 달래며 세 개로 나누어진 동굴을 바라보았다.

"휴, 별수없군요. 찍는 수밖에……. 카이넨은 어느 쪽이에요? 맨 왼쪽! 그럼 발록… 아, 알았어요. 오른쪽 한다구요? 그렇다면 저는 중앙입니다. 이쪽으로… 자, 가위바위보!"

다가온 두 마족은 내 외침에 반사적으로 손을 내밀었다. 그리고 갑작스런 공격에도 패자가 된 나는 나와 함께 패배의 쓴 잔을 마신 발록을 바라보며 한숨을 내쉬었다.

그런 우리의 속 끓는 마음을 아는지 모르는지 싱글벙글한 기색이 역력한—안면 근육이 많이 풀리긴 했지만 여전히 눈은 안 웃는다—카이넨은 우리를 이끌고 개선장군마냥 자신이 선택한 굴로 데리고 들어갔다.

제법 깊은지 한참을 들어가자 점점 넓어지는 통로가 나오는게 왠지 불길한 느낌이 든 나는 브렌과 루에게 눈짓으로 주의를 주었다. 여차하면 마법과 정령술을 사용하도록······.

그렇게 점점 넓어지는 통로를 따라 나온 것은 엄청나게 큰 홀이었다. 광산 안에 이런 홀이 있을 거라고는 생각 못할 정도로 깨끗하고 반들반들한 홀은 자연적으로 생겼다기보다 인간의 손길로 만들어진 솜씨였다. 하지만······.

"꽝이군."

케미트의 말처럼 정작 중요한 건더기(?)는 하나도 없었다. 크윽··· 역시 카이넨이었어.

그렇게 기가 죽은 카이넨을 무시한 나는, 나를 바라보며 의미심장하게 미소 짓는 발록을 향해 손을 치켜 올렸다. 그리고 가위바위보!! 크윽!!

"이겼군. 그럼 우선 다시 돌아가도록 하지. 여긴 꽝이니까. 안 그래, 카이넨?"

"크윽!!"

아무 말 없이 이를 득득가는 카이넨을 바라보며 미소 짓는 발록은 천천히 몸을 돌렸다. 그런 그를 바라보며 걸음을 옮기던 나는 흔들리는 바닥에 나도 모르게 비명을 지르고 말았다.

"우왓!! 바… 바닥이! 젠장, 플라이!!"

반사적으로 뛰어올라 플라이 마법을 실행한 나는 정신을 차리고 황급히 주위를 훑어보았다.

정말 다행스럽게도 내가 경고한게 도움이 됐는지 브렌과 루는 물론이며, 나와 달리 그들이 손을 썼는지 하자드들까지 모두 실프에 들려 공중에 떠 있었다. 그 모습에 안도의 한숨을 내쉰 나는 실프에게 도움을 주기 위해 동료들에게 플라이 마법을 걸어주었다.

그렇게 동료들의 안전을 확보한 나는 이제 마족의 안전을(?) 살피기 위해 주위를 둘러보았다. 그리고 곧 눈앞에 펼쳐진 마족의 변신(?)에 놀라 헛바람을 들이키고 말았다.

내 눈, 아니, 우리의 눈에 커다란 검은색 피막 같은 날개를 퍼덕이며 날고 있는 카이넨의 모습이 보였던 것이다.

"나, 날개?"

"날개가 있었어?"

"내가 날개가 있는 게 불만인가? 이런, 발록 녀석 피하지 못했군. 둔하긴……."

비웃음 섞인 카이넨의 말에 그의 시선을 따라 아래를 바라본 나와 동료들은 일제히 비명을 지르고 말았다.

"바, 발록!!"

"주, 죽은 건가?"

놀라 소리 지른 싱의 말처럼 발록의 생사를 확신할 수 없었다. 아니, 솔직히 말하자면 나의 마음은 죽었다는 것에 더욱 기울어 있었다.

일반적인 함정 바닥에 있는 장치처럼 날카롭고 길게 솟아오른 가시가 발록의 몸에 촘촘히, 아주 촘촘히 박혀 있었기 때문이다. 몸은 물론이며 머리까지 박힌 끔찍한 모습에 나도 모르게 눈을 감고 말았다.

"어이, 맘대로 죽이지 마! 난 죽고 싶어도 죽지 못하니까!"

밑에서 들리는 퉁명스런 목소리에 살며시 눈을 뜬 나는 눈앞에 펼쳐진 광경에 입을 떡 벌리고 말았다.

반쯤 절단된 손을 움직여 자신의 몸을 뚫고 나온 가시에서 몸을 빼내고 있었다. 그것뿐만이 아니라 뇌수가 흐르는 머리와 몸이 빠른 속도로 재생되고 있었다.

"재생되잖아!"

"왜 불만인가? 그건 그렇고 정말 짜증나는 장치군."

"아, 그… 그렇네요. 네, 그렇군요."

뼈 부딪치는 소리를 내며 몸을 일으키는 발록의 모습에 눈을 돌린 나는 어색하게 동조했다.

아무리 통각이 둔하다 해도 자신의 하반신이 가시에 박혀 피가 흐르면 아플 텐데도 그는 아무렇지 않은 듯 몸에서 가시를 빼내고 있었다. 게다가 그런 모습을 카이넨 역시 아무렇지 않은 듯 바라보고만 있었다. 한마디로 조바심 내는 것은 발록과 아무런 상관 없는 나와 하자드 쪽이었다.

그렇게 몸을 다 빼낸 발록이 붉은 피를 뿌리며 공중에 떠올라 우리 곁으로 다가올 때쯤에는 그의 몸은 어느 정도 상처가 다 아물어 있었다. 그 엄청난 치유력에 놀라기도 했지만 아무렇지 않은 듯 걸어나가는 그의 수습력(?)에 나는 더욱 기가 질리고 말았다.

"어, 날개가 없어졌네요?"

조심스레 발록의 뒤를 따라가던 나는 루의 말에 고개를 돌렸다. 그러자 루의 말처럼 카이넨의 등에 달렸던 피막 같은 검은 날개가 보이지 않았다.

"접히는 거야. 평소에는 몸속에 넣어두었다가 필요할 때 펴는 거지. 어라, 왜 그런 표정들이야?"

"아뇨, 좀 이해가 안 가서요. 하긴 마족의 몸을 인간의 몸으로 생각하면 안 되겠죠. 역시 괴… 아, 아니에요. 어라, 저기 입구가 보이네요. 어서 가요."

이상한 표정으로 나를 바라보는 두 마족을 잡고 나는 성큼성큼 입구쪽으로 갔다.

그리고는 자신만만하게 방향을 가리키는 발록의 안내로 들어간 우리는 아까와 달리 반쯤 들어가자마자 후회하고 말았다. 이번에는 기다리기도 싫었는지 우리가 들어서기도 전에 그동안 어디 숨어 있었는지 궁금할 정도의 많은 키메라들이 튀어나왔기 때문이다.

"우아아아악!!"

"젠장, 또 키메라야?!"

전에 봤던 것을 비롯해 뱀장어 같은 키메라며, 촉수 하나에 여러 개의 이빨을 가지고 있는 괴상망측한 키메라 등 가지각색의 키메라가 뛰쳐나와 우리에게 덤벼들었다. 하지만 몇 번의 기습을 당했던 우리이기에 이미 싸울 준비를 마친 상태가 그들의 공격을 쉽게 맞받아칠 수 있었다.

"에헤헤헤. 똑같은 수법에 두 번 당하실 이 싱님이 아니지! 게다가 이 불타는 칼까지 가지고 있는데 말이야."

"어이구, 잘났다. 방심하지 말고 조심… 아! 고마워요."

싸우는 건지 방정(?)을 떠는 건지… 그런 싱에게 경고를 주느라 방심하는 바람에 크게 다칠 뻔한 하자드는 때마침 키메라를 처리해 준 발록에게 감사의 인사를 건넸다.

그런 그의 감사 인사에 돌아온 것은 '걸리적거린다. 뒤로 가 있어!' 라는 하자드의 자존심이 무너지는 말이었다. 무너진 자존심에 아파하는 하자드의 모습에 한숨을 쉰 나는 그의 손을 잡아당기며 말했다.

"무너진 자존심은 나중에 되살리고, 우선 이쪽으로 와요."

내 손길에 달려온 하자드를 뒤로 돌린 나는 피가 튀는 치열한—키메라들에게만 그렇겠지만—전투 중에도 서로에게 틱틱대는 두 마족의 모습에 한숨을 내쉬었다.

"너도 참, 자~알 골랐다!! 자~알 골랐어!!"

"……."

아까 자신이 카이넨에게 했던 것과 같이 그가 이죽거리자, 열이 받았는지 미간을 찌푸린 발록은 자신을 덮치는 키메라에게로 달려나갔다. 마치 XX에서 뺨맞고 △△에서 화풀이 한다는 식의 발록의 태도에 나는 한숨을 내쉬며 고개를 절레절레 흔들었다.

요새 카이넨들과 합류해 직접 싸워야 하는 일이 줄어 좋기는 하지만 그 대가인 양 한숨과 보이지 않는 주름이 늘어난 것 같아 왠지 서글퍼지는 나였다.

"아무튼 여기도 꽝인 것 같아. 그럼 루안, 네가 고른 데로 가볼까?"

어느새 정리를 했는지 피를 털며 다가오는 두 마족의 모습에 고개를 끄덕인 나는 힘없이 천천히 걸음을 옮겼다. 그렇게 걸어나온 나와 동료들은 내가 선택한 마지막 하나 남은 정가운데의 굴 입구를 향해 천천히 걸음을 옮겼다.

"아까와 다르게 꽤나 깊군."

"그렇군요."

조심스럽게 묻는 하자드의 말에 나는 고개를 끄덕이며 동의했다. 꽤나 걸었음에도 불구하고 다른 두 길과는 달리 계속 길이 이어지고 있었다.

'이게 좋은 뜻이면 좋겠… 제길, 어째 안 오나 했다.'

"물러서!!"

제법 안으로 들어갔을까. 강한 어둠의 기운을 느낀 나는 그렇게 소리 지르며 황급히 뒤로 물러섰다. 내 이런 반응에 하자드들도 물러서 전투 준비를 했지만 카이넨과 발록은 오히려 한발 앞섰다.

"무슨!!"

"그렇게 걱정할 필요 없어! 너도 아는 녀석이니까! 다만 이 녀석이 적이 될지 동지가 될지 모르지만……."

"적… 이 되겠지요."

카이넨의 말에 부드럽게 대꾸하며 어둠 속에서 천천히 걸어나온 존재는 기분 나쁘게도 스티아의 얼굴과 몸을 한 마족이었다.

'제길… 알고 있지만 기분 나쁘잖아!'

그 종족의 특징이라는—본인이 원하지 않아도 살기 위해 보호색처럼 적이나 상대방이 가장 소중히 생각하는 모습으로 보인다고 카이넨이 부연 설명해 줬다—말을 들어 어쩔 수 없다는 건 알지만 스티아와 너무 똑같은 모습… 목소리를 하고 있는 존재 앞에서는 평정심을 찾기 힘들었다. 괜스레 밀려오는 초조감에 인상을 찌푸리고 있는데, 우리 앞에 모습을 내민 그 케인이란 마족은 긴 한숨을 내쉬더니 조용히 입을 열었다.

"여기서 돌아가십시오."

상황에 맞지 않는 부드러운 부탁조의 말에 잠시 당황했으나, 나는 고개를 흔들고 그의 어투에 맞춰 정중히 거절했다. 그러자 그런 나를 바라보던 케인은 또다시 긴 한숨을 내쉬더니 다시 나에게 말… 아니, 간곡히 부탁을 하는 것이었다.

"여기서 돌아가십시오. 죽을지도 모……."

"네가 공격할 거냐! 이 나를?'

불쑥 끼어들며 소리치는 발록의 말에 순간 케인의 얼굴이 어둡게 굳어버리는 것을 볼 수 있었다. 배신감으로 가득한 발록의 시선과 죄책감이 가득한 케인의 모습을 번갈아 바라보던 나는 이 두 사람이 그저 알고 있는 사이가 아니라는 것을 느낄 수 있었다.

'동료? 아니면 친구? 아니, 그보다는 더 깊은 사이 같은데…….'

나는 복잡 미묘한 감정이 흐르는 듯한 두 마족을 번갈아 바라보며 고개를 갸웃거렸다. 그렇게 잠시 시간이 흘렀을까. 케인이 깊은 한숨을 내쉬더니 천천히 입을 열었다.

"죄송하지만 그래야 할 것 같습……."

"그 여자가 명령한 건가!"

이번 역시 말을 자르며 화를 내는 발록의 모습에 긴 한숨을 내쉬던 케인은 발록을 똑바로 쳐다보며 당당히 말하였다.

"아니요. 그건 제 의지입니다. 그러니 돌아가… 이런… 어서 돌아가십시오!! 제발 돌아……."

"뭐, 뭐야. 뭐가 어떻게 된 거야, 케인!!"

미친 듯이 사라진 케인을 불러대며 소리 지르는 발록의 말처럼 정말

이게 어떻게 된 일인지 알 수가 없었다.

눈 깜짝할 사이에 일어난 일이었다. 우리에게 돌아갈 것을 강요, 아니, 부탁하던 케인이 자신의 말을 미처 끝맺기도 전에 우리의 눈앞에서 사라져 버린 것이다. 그렇게 사라져 버린 케인의 뒤로 남아 있는 것은 왠지 모를 배신감에 젖어 소리치는 발록의 목소리뿐이었다.

"의지라니… 도대체 무슨 소리냐구!!"

"저… 가시긴 가실 겁니까?"

케인이란 마족이 떠난 지 한참이나 지났음에도 불구하고 아무런 반응을 보이지 않는 발록에게 나는 조심스레 질문을 던졌다. 그러자 불쑥 고개를 돌린 발록이 차가운 눈으로 나를 노려보며 잡아먹을 듯이 말했다.

"간다. 간다구!! 따라와!"

그렇게 소리치고는 오히려 앞장서서 걸어가는 발록의 모습에 나는 깊은 한숨을 내쉬고는─어린애는 어쩔 수 없다며─천천히 그 뒤를 따라갔다.

그렇게 더 깊이 들어갈수록 점점 더 강해지는 마법 기운에 눈살을 찌푸리며 나는 가만히 뒤따라 걷고 있는 루를 돌아보았다. 돌아보자마자 눈이 딱 마주친 걸 보니 아무래도 루 역시 이상한 예감을 느끼고 무심결에 나를 바라본 모양이었다.

"마법 기운이 그리 좋진 않죠?"

"예, 무척이나요. 하지만 이게 무슨 마법을 실행하는 건지는 영 감이 잡히지 않네요."

"저도 그래요. 하지만 뭐가 어찌 됐든 좋은 일이 아닌 것 같으니 아무래도 조심하는 게 좋을 것 같아요."

내 말에 루가 알았다는 듯이 고개를 끄덕이더니 자신의 마법 주머니에서 여러 가지 마법 아이템과 스크롤을 꺼내기 시작했다. 그렇게 준비하는 루의 모습을 본 하자드들과 브렌들도 아무 말 없이 각자 전투 준비를 하기 시작했다.

그러나 마족들은 우리의 이런 준비 속에서도 전혀 전투 준비를 하고 있지 않았다. 준비할 필요도 없이 자신들이 이길 거라 생각하는 것 같았다. 정말 오만하기는…….

"저기군."

저 멀리 불빛을 가리키며 중얼거리는 발록의 음성에 우리는 그동안 여러 가지 일로 느슨해진 긴장의 고삐를 바짝 잡았다. 그렇게 긴장의 고삐를 잡아 쥐며 우리는 첫 번째 굴에서 봤던 그 커다란 홀에 버금가는 더 큰 홀로 조심스레 들어섰다.

홀에 들어서자 가장 먼저 보인 것은 거대한 홀과 그 거대한 돌 바닥을 가득 채워놓은 피로 쓰여진 마법진이었다.

"목적을 위해서 이런 짓을 저지르다니… 무척이나 잔인한 여자군."

탁한 케미트의 음성에 나도 동의하듯 머리를 끄덕였다.

그 흑마법사의 주위에는 마법진을 그리기 위해 희생된 목이 잘린 인간과 키메라들로 가득했다. 게다가 마법진 주위에 몰려 있는 사악한 기운에 나는 나도 모르게 눈살을 찌푸렸다.

정말 불길한 느낌이 드는 마법진이었다. 그걸 인지한 나는 공격에 들어가려는 듯 한발 앞서 나가는 카이넨과 발록을 무심결에 부르고 말았다.

"저… 잠시만요."

"왜?"

"무슨 일이야?"

"그… 그게 아무것도 아니에요. 그저 조심하세요."

나갈 타이밍을 너 때문에 놓쳤다는 듯 노려보는 두 마족의 모습에 나는 이 느낌을 뭐라 설명해야 좋을지 몰라 그저 아무 것도 아니라는 듯이 손을 흔들었다.

"갈까?"

카이넨의 말에 고개를 끄덕인 발록은 창을 곧추세우고 앞으로 달려나갔다. 하지만 그 두 마족은 뛰어나간 속도만큼 갑자기 튀어나온 공격에 튕겨져 벽에 부딪쳤다.

콰콰쾅!!

요란한 소리를 내며 벽에 부딪친 카이넨과 발록은 다행히 상처 하나 없이 걸어나왔지만 무너진 자존심 때문인지 그들의 얼굴은 심하게 일그러져 있었다.

"죽고 싶냐. 감히……!"

"왜 방해하는 거냐?!"

옷과 머리에 묻은 돌가루를 털며 윽박지르는 카이넨과 달리, 또다시 방해한 케인을 믿을 수 없다는 듯이 바라보며 발록이 소리쳤다. 그 음성에 담긴 배신감을 느꼈는지 케인이란 남자는 슬픈 미소를 지으며 발록을 바라보았다.

"죄송합니다. 하지만 어쩔 수 없습니다. 그리고… 정말 죄송합니다."

미안한 듯 연달아 사과하는 케인이란 남자를 바라보고 있던 나는,

곧 내 몸에서 느껴지는 불길한 예감에 낮게 신음을 흘렸다. 불행히 한눈을 파는 사이에 어느새 마법이 완성된 듯 웅웅거리는 마나의 기운이 나의 몸을 무겁게 누르고 있었던 것이다.

"크윽!!"

"뭐… 뭐얏!!"

"너는 시간 때우기였냐?"

자신을 누르는 듯한 기운에 당황한 카이넨이 외치자, 케인이란 마족은 더욱 어두워진 얼굴로 우리를 바라보았다. 그리고 그 모습 뒤로 온몸이 땀에 젖은 흑마법사가 의기양양한 표정으로 우리를 향해 소리를 질렀다.

"이 어리석은 것들아!! 이대로 너희는 영원히 시간의 흐름이 멈춘 곳에 갇혀 버려라!!"

저주 같은 그 흑마법사의 말과 함께 발 밑이 꺼지며, 밑으로 떨어지는 느낌에 나는 눈을 감고 비명을 질렀다.

'뭐… 뭐야?'

그렇게 제법 오랜 시간 밑으로 떨어진 나는 이번에는 미처 마법을 실행시키지 못해 어느 정도 몸에 타격을 입을 것이라 생각했다. 하지만 더 이상 몸은 떨어지지 않았고, 그와 동시에 느껴져야 할 통증도 느껴지지 않았다. 그 순간 내 머리 속에는 아주 불길한 생각이 떠오르기 시작했다.

'설마 그대로 죽은 건 아니겠지?'

떨어진 그대로 손쓸 새도 없이 죽고 말았나 하는 불길한 예감이 든 나는 혹시나 하는 마음에 감았던 눈을 슬며시 떴다.

상처 없는 몸에 안도한 것도 잠시, 눈앞에 펼쳐진 광경에 입을 떡 벌리고 말았다.

붉었다, 정말 핏빛처럼 붉었다. 사방이 완전히 피로 칠해진 듯 붉은 공간의 모습에 나는 입을 다물 수가 없었다.

"뭐… 뭐야 여긴!! 설마 죽은 건 아니겠지?!"

"으악! 무슨 끔찍한 소리냐!"

"그럼 여기가 어딘데?!"

공포에 질려 소리를 질러대는 동료들처럼 나도 이곳이 어디인지 알 수 없었지만, 이것 하나만은 확실히 알 수 있었다. 저승계가 아니라는 것!!

"이공간!"

"뭐… 뭐라고?"

"역시 마법사가 만든 이공간이었냐. 젠장, 이거 곤란한데……."

내 말을 알아듣지 못하는 다른 녀석들과 달리, 카이넨과 발록은 난 처한 얼굴로 붉은 공간을 바라보고 있었다.

그 모습을 걱정스레 보고 있던 나는 사방에서 들리는 찢어지는 듯한 여자의 웃음소리에 황급히 귀를 막고 주위를 훑어보았다. 하지만 보이 는 것이라고는 예상했던 흑마법사의 모습이 아닌, 끝 모르게 펼쳐진 핏 빛 하늘과 땅뿐이었다.

"뭐, 뭐야. 뭐?!"

"으윽, 시끄러워!! 도대체 어디서 이 웃음소리가 들리는 거야?"

"젠장, 사방에서 들리잖아!!"

"제길, 그만 좀 웃으라고!!"

사방에서 들리는 찢어지는 듯한 웃음소리에 동료들이 짜증을 내며 그만 웃으라고 소리쳤지만 웃음소리는 더욱 커져갈 뿐이었다.

"캬하하하하! 어리석은 마족들아!! 이곳은 내가 주인인 이공간!! 그럼, 너희의 오만함을 저주하며 죽어가라!! 죽어버려라!!"

"귀찮게 됐군."

"젠장!"

사방에서 쏟아지는 마물과 괴상망측한 키메라에 지겹다는 듯 한숨을 내쉬며 나서는 카이넨의 뒤로 발록이 욕을 내뱉으며 따라나섰다.

그 끝없는 키메라의 모습에 당황한 것도 잠시, 나는 다른 동료들과 함께 서둘러 전투 태세를 갖췄다. 전과 마찬가지로 하자드들의 검에 마법을 걸어주고, 마법으로 공격을 하던 나는 내 마법에 아주 쉽게 죽어 나가는 마물에 고개를 갸웃거렸다.

내 다크 애로우 한 방에 또는 루의 마법 한 방에⋯ 브렌의 독에도 순식간에 녹아버리는 마물들의 모습에 나는 약간 당혹스러웠다. 생김새는 예전에 우리를 그렇게 괴롭히던 존재들과 같은 꼴이었지만 그들이 가지고 있는 힘은 그에 10분의 1에도 미치지 못하였다.

"뭐⋯ 뭐야 이거, 왜 이리 약해!! 아, 재생을 해? 뭐야, 도대체⋯⋯."

"재생이 아냐. 수가 늘어나는 거야! 마, 말도 안 돼!! 이런 경우가 어디 있어!!"

정말 믿을 수 없지만⋯ 믿을 수 없다며 소리 지르는 케미트의 말이 사실이었다.

내가 마법으로 태워 죽인 마물의 재가 남은 자리에서 그와 같은 마물이 여러 마리 생겨나고 있었다. 그리고 그런 현상이 벌어진 곳은 내가 있는 곳뿐만이 아니었다.

동료들이 키메라들을 죽일 때마다 그 자리에 그들이 죽인 것과 똑같이 생긴 키메라가 더 많이 생겨나 그들을 다시 공격하고 있었다.

'도대체 이게 무슨 일이야? 어떻게 이런 일이……!'

"아아아아악!!"

요란한 비명 소리에 고개를 돌린 나는 미처 피하지 못하고 스킬라를 닮은 키메라에게 어깨가 물려 있는 케미트를 볼 수 있었다. 다행히 때마침 달려가 제거한 무스타모 덕에 어깨가 뜯겨 나가는 것은 막을 수 있었지만 그래도 오른쪽 어깨에 커다란 이빨 구멍이 뚫리고 말았다.

하지만 지금 문제는 그것이 아니었다. 어느새 무스타모가 죽인 스킬라 한 마리가 여섯 마리로 늘어나 그들을 공격하고 있었기 때문이다.

"크윽, 이게 뭐야!! 아앗, 아프잖아!!"

"멍청아, 그런 소리할 시간 있으면 피해!! 걸리적거리게 그곳에 있지 말고!!"

어깨를 움켜잡고 서 있던 케미트를 발로 차 하피 비스무리하게 생긴 키메라의 공격에서 피하게 한 하자드는 욕설을 퍼부으며 검을 휘둘렀다. 다행히 약한 키메라라 그런지 하자드의 검에 두 동강이 나 불이 붙어 비명을 지르며 죽었다. 하지만 이번 역시 그 자리에서 여러 마리의 똑같은 키메라가 더 생겨나고 말았다.

"크윽. 뭐, 뭐가 이래!! 이래서는 끝이 안 나잖아!"

"제길, 다 죽게 생겼군."

전보다 몇 배로 더 늘어난 키메라 떼를 바라보며 순달이 허탈하게 중얼거리면서 검을 휘둘렀다. 정말 믿을 수 없지만 이대로라면 자신들 모두의 전멸은 불 보듯 뻔한 일이었다.

우리가 한 명이라도 마물을 죽이게 되면 그 마물들이 죽은 곳에서 여러 마리의 똑같은 마물들이 생겨났고 그런 마물을 더욱 만들어내는 것은 바로 마족들이었다.

　나와 다른 동료들은 우리와 달리 순식간에 수십의 마물을 죽여 버리는 그들의 힘에 감탄했지만, 곧 몇 배로 마물을 늘려 버리는 그들의 태도에 속으로 열심히 욕설도 퍼붓고 있는 중이었다.

　아무리 우리가, 아니, 마족들이 강하다고는 하나 그들도 생명체이니 한계란 게 분명히 있는 법이다. 하지만 우리 앞에 있는 적은 죽으면 몇 배로 중식해서 덤비니, 아무리 강한 마족이라 해도 체력에 한계가 있기에 불행히도 승산이 없는 상태였다.

　게다가 엎친 데 덮친 격으로 마족들을 제외하고 스테미너가 제일 강한 나마저도 제법 지쳤다는 것이다. 숨소리마저 흐트러진 상태라 이대로라면 위험할 것 같아 우선 잠시라도 쉬기로 결정했다.

　"이쪽으로 와요. 어서요!!"

　서둘러 흩어진 동료들을 내 근처로 불러 모은 후 나는 주위에 아이스 월(얼음의 벽. 마찬가지로 거대한 얼음덩어리가 주위를 둘러싸 방어 및 공격도 가능한 마법이다)을 치고 그 안에 다크 배리어를 쳤다.

　하지만 아무리 이중으로 배리어를 쳤다 해도 적의 수가 워낙 많은 관계로, 오랜 시간을 버티기는 힘들 것 같았다. 그래도 잠시의 시간을 벌 수 있기에 나는 모인 동료들에게 치료 마법을 걸어주기 시작했다.

　루나 브렌, 이오같이 내 주위에서 마법이나 독, 정령술로 싸우는 것과 달리 몸으로 싸우게 되는 하자드들은 여기저기에 난 상처가 심했고, 자칫 잘못했다가는 불구가 될 위험이 있을 정도의 상처까지 입은 상태였다. 이렇게 나가다가는 아무래도 하자드들 쪽에서 먼저 사망자가 나올 듯싶었다.

　"끝이 없어. 저것 봐! 죽이면 죽일수록 수만 더 늘어난다구!! 게다가

저 머저리 마족들이 그 수를 계속해서 배로 늘리잖아!!"

"그건 맞는 말이지만……."

요란한 소리를 내며 부서지는 얼음벽 사이로 비치는 두 마족을 가리키며 짜증스레 소리치는 하자드의 말에 나도 한숨을 내쉬며 동의했다.

그렇다고 죽이지 않을 수도 없었다. 그랬다가는 죽게 되는 건 우리가 될 테니까.

하지만 이런 식으로도 오래가지 못할 것 같았다. 어느새 짜증이 났는지—지친 게 아니라 짜증이다—두 마족의 표정도 일그러질 대로 일그러져 있는 상태였다.

죽고 사는 것을 떠나서 강한 상대와 싸우는 것을 좋아하는 마족으로서 무조건 수로 밀어붙이는 하급 마물들과의 장시간 싸움은 짜증만 불러일으키는 것이었다.

'쳇… 이런 상황에서도 별걸 다 따지다니……. 그래, 니들 입맛(?) 고급이다, 고급이야!'

"어떻게 다른 방법이 없나?"

"게다가 이 방법도 오래가지 못할 것 같은데……."

동료들의 말처럼 마물들의 공격으로 인해 이제는 거의 다 부서진 얼음벽을 바라보며 나는 한숨을 내쉬었다. 아무래도 곧 있으면 우리의 짧지만 달콤한 휴식이 끝날 것 같았다.

"이거 깨지… 젠장, 벌써 깨졌어!!"

케미트의 경고처럼 깨진 얼음벽이 튀어 그 파편에 몇몇 마물들이 쓰러졌지만 그들이 쓰러진 곳에서 수십의 마물들이 일어나 또다시 우리에게 덤벼드는 것이었다.

그 바람에 놀란 나는 황급히 다크 배리어를 더욱 강화시켰다. 하지만 여기저기서 내려치는 힘 때문에 더 이상은 무리였다. 그런데……

"워터 스크린(시전자의 주위에 물의 장벽이 생겨 불 공격의 데미지를 막는 정령술)!!"

"뭐, 뭐야?!"

"무, 물이?!"

일제히 덤비던 마물들이 갑자기 튀어 오른 높은 물줄기에 부딪쳐 팅겨 나가는 모습에 나는 눈을 동그랗게 뜨고 음성이 터져 나온 곳을 바라보았다. 그러자 새파랗게 질린 이오가 눈을 감고 있는 모습을 볼 수 있었다.

갑자기 내가 만든 얼음 장벽이 깨지자 놀란 이오가 서둘러 정령술로 주위에 물의 장벽을 친 모양이었다. 하지만 이오의 실력으로는 오래 버티기는 불가능해 보였다. 불행히도 이것은 고등 정령술에 속했던 정령 마법이었기 때문이다.

역시나 예상대로 정령술을 시행한 지 별로 되지 않았음에도 불구하고, 물줄기가 처음보다 현저히 가늘어지고 있었다.

마나 소모가 심한지 비틀거리는 이오의 모습에 나는 황급히 마법을 시행했다.

"프리즈 랑스(땅에서 얼음 기둥을 만들어 공격한다. 땅속에서 거대한 얼음 기둥이 여러 개 솟아올라 공격하는 강한 공격 마법&방어 마법)!!"

퍽퍽 소리를 내며 솟아오른 뾰족한 얼음 기둥에 많은 마물들이 찍혀 죽었지만 그 자리에 또다시 같은 마물들이 만들어졌다. 그 틈에 잠시 시간을 번 나는 비틀거리는 이오에게 다가가 서둘러 스크렌스를 걸어주었다.

 기절한 이오에게 스크렝스를 걸어주고 돌아서기 무섭게 아까보다 배로 빠르게 부서지는 얼음벽에 나는 한숨을 내쉬었다. 전보다 수가 몇 배로 늘어난 상태라 그런지 더욱 빠르게 얼음벽이 부서지고 있었기 때문이다.

 "제길, 아까보다 더 버티기 힘들겠어!!"

 "다른 방법은 없나? 이대로라면……."

 언제든지 싸울 수 있게 무기를 잡고 있지만 싱의 힘없는 목소리는 이미 전의를 많이 상실한 듯했다.

 솔직히 전의를 잃은 건 싱뿐만이 아니었다.

 우리, 심지어 나마저도 죽일 수 있지만 죽인 것보다 배로 더 많이 늘어나는 마물과의 끝이 보이지 않는 싸움에 육체적, 정신적으로 지쳐 가고 있었다.

 "루안, 이곳이 마법으로 이루어진 공간이라면 더 강한 마법으로 이 공간을 공격하면 깰 수 있지 않을까요?"

 "아, 맞아!! 나 바보였어. 그 방법이 있었는데……."

 다급히 묻는 루의 말에 나도 모르게 손뼉을 치고 말았다. 그만큼 기뻤던 것이다. 그리고 그만큼 내가 바보였다는 것을 알 수 있었다. 정말 나는 멍청하게도 지금까지 그 생각을 못하고 있었다.

 아무리 그 흑마법사가 많은 피의 재물과 많은 시간을 들여 마법을 실행했다고 하나 한낱 인간……. 마법의 종족이라는 드래곤인 나와 마력으로 철철 넘치는 마족들까지 있으니 인간이 건 마법 따위는 쉽게 깰 수 있을 것이다.

 "아주 좋은 방법이 생각났어요. 그럼 우선 저들을 불러들여야 하는데 그렇다면……. 아이스 포그(주변에 있는 습기를 모아 안개를 만들고, 안개가 생성된 지역에선 숨도 쉴 수 없는 추위를 느끼게 된다)!! 블리자드(눈보라를 만들어내 무엇이든 얼려 버린다. 심지어는 쓰는 사람까지 얼려 버리기 때문에 주변에 다른 동료들이 방어 마법을 쓰든지 몸으로 지키든지 하여 적만 얼려야 한다)!!"

내가 아는 아이스 마법 중 대량 공격용 마법을 실행시키자 순식간에 얼어버린 마물 덕에—아직 죽지 않아서 다른 마물들이 생기지 않았다—잠시 시간을 번 나는 큰 소리로 카이넨과 발록을 불러들였다.

내 목소리에 그들이 다가오자 나는 서둘러 배리어를 치워 그들을 맞이했다.

"뭐야, 짜증나게!!"

"정말 재미없더군."

투덜대는 카이넨과 발록의 모습에 나는 씁쓸한 미소를 지었다. 그들에게는 우리와 달리 전혀 죽음에 대한 공포심이 없는 모양이었다. 아니면 자신들이 당연히 이길 거라 생각하는 자만심 때문인지도 모르지만…….

그런 그들의 철없는 태도에 한숨을 내쉰 나는 서둘러 내 생각을 그들에게 설명했다. 하지만 그들에게서 돌아오는 것은 시큰둥한 반응뿐이었다.

"그래서……."

"왜… 왜 그런 표정이에요? 그래서라뇨? 아주 좋은 방법이잖아요. 저보다 오래 살았고 마족들이니 마력이 강할 게 아니에요. 그 마력으로 타격 마법을 실행해 이 이공간을 공격하면 이런 이공간쯤은 쉽게 깰……."

"난 마법 못해."

발록의 대답에 잠시 당황한 것도 잠시, 다른 마족이 있기에 고개를 돌린 나는 난처한 듯 딴 곳을 바라보고 있는 카이넨의 모습에 이번에는 진짜 당황하고 말았다.

"왜, 왜 그런 표정들이에요?!"

"그게… 나도 타격 마법은 하나도 할 줄 모르거든. 내가 할 줄 아는 마법이라고는 라데스에게 배운 프로스트 링이나 배리어, 그리고 간단한 이동 마법이 전부라서……."

"……!!"

미안한지 머리를 긁적이며 말하는 카이넨의 모습에 나는 정말 하늘이 노래지는 것 같았다. 유일한 방법이었는데… 마나는 철철 넘치면서 마법을 하나도 할 줄 모른다니!! 그것도 흑마법의 대명사로 불리는 마족이!!

"아악!! 정작 당신들은 도움이 필요할 때는 도움이 안 되잖아!! 이, 일생에 도움이 안 되는 것들아! 머저리!!"

"뭐시라?"

"뭐?"

내 말에 기분 나쁜지 카이넨과 발록이 노려봤지만 공황 상태에 빠진 나에게는 그들의 시선이 눈에 들어올 리 없었다. 그렇게 신세 한탄을 하며 하늘을 원망하던 나는 케미트의 고함에 다시 현실로 돌아왔다.

"되살아났어, 되살아났다구!!"

"되살아난 게 아니라 마법을 약하게 해서 죽이지 않은 거예요. 죽였다가는 수만 더 늘어나니까요!! 무작정 죽이고 보자는 누구들과 달리 나는 머리가 좋답니다."

이제는 대놓고 비난하는 내 말에 머리 나빠서 모조리 다 죽였다는 평가를 받은 두 마족이 나를 노려보았다. 하지만 그들에게 더 이상 잘 보일 필요(?)가 없게 된 나는 그들과 같은 시선으로 노려봐주었다.

'뭘 봐. 불만있냐?' 라는 듯한 내 시선에 카이넨은 피식 웃었고, 발록은 약간 기막혀 했지만 그걸 신경 쓸 때가 아니었다.

어느새 해동된(?) 마물들이 '우어어어' 하며 우리를 향해 달려오고 있었다.

"어이, 가자!"

"예? 어딜 간다는 거예요?"

내 말에 고개를 돌린 카이넨이 빙긋 웃으며 내 귀에 대고 작게 속삭였다.

"어디라니! 저들이 다시 깨어났으니, 머리 나쁜 우리가 이제부터 적을 무작정 죽이러 가야지. 그러니 머리 좋은 너는 다른 방도를 잘 생각해 보라고… 그럼 가자!!"

그렇게 말하고 내가 배리어를 걸기도 전에 뚫고—안에서는 밖으로 나갈 수 있다—뛰쳐나가는 그들의 모습에 나는 소리쳐 그들을 불렀다.

"자, 잠깐만… 제기랄. 도대체 나보고 어떻게 하라고!! 응? 왜요, 루?"

또다시 미친 듯이 일방적인 학살을 해대는 그들의 뒤통수에 대고 고함을 질러대던 나는, 내 어깨를 톡톡 두들기는 손길에 뒤를 돌아봤다. 그러자 루는 눈을 반짝이며 기대에 찬 눈빛으로 나를 바라보고 있었다.

"저… 그래도 루안이 있잖아요."

"저, 저요?!"

루와 브렌들은 영문을 모르겠다는 표정이었지만 루의 말에 기대에 찬 표정으로 나를 바라보는 하자드들의 모습에 나는 그만 난처해지고 말았다.

솔직히 여기서 내가 본체로 돌아가서 브래스를 사용하면 조금이나마 구멍을 낼 수 있을지 모르지만 그걸로는 택도 없었다. 아직 나는 브래스가 완전히 영글지(?) 못한 어린 드래곤이었기 때문이다.

"아, 그 방법이 있었지!!"

오랫동안 봉인해 놓다시피한 마력이 딸려서 그동안 사용을 하지 못해 잊고 있었던 내 최강의 공격 아이템을 떠올린 나는 희망에 차서 정말 미친 듯이 웃어댔다. 잠시 당황하던 다른 동료들도 미친(?) 듯이 기뻐하는 내 모습을 희망에 찬 얼굴로 바라보았다.

"방법이 있어?"

"살 수 있냐고?!"

"무슨 좋은 생각이라도……?"

애절함과 간절함이 가득 담긴 하자드들의 시선을 느끼며 나는 지금도 미친 듯이 싸워대는 머리 나쁜 마족의 모습에 더욱 크게 웃음을 터뜨렸다.

'역시 주인공은 나였어!! 아무리 강해도 역시 최후의 승자는 바로 나, 나란 말이지! 냐하하하하하!!'

그렇게 자신만만하게 웃던 나는 내 마법 주머니에서 따로 보관해 놓았던 일곱 개의 카드를 꺼냈다. 마나 부족으로 사용하지 못했던 전과는 달리 지금의 나라면 한 번에 다 사용하지는 못하더라도 최소 두 개의 드래곤 카드는 사용할 수 있을 것 같았다.

호환성이 있고 나와 맞는 걸 고르는 게 좋을 것 같았다. 그렇다면……

"주위를 부탁할게요! 이쪽으로 오지 못하게 잠시만 시간을 끌어줘요!"

내 고함에 잠시 나를 바라보던 카이넨과 발록이 알았다는 듯이 고개를 끄덕이더니, 내가 쳐놓은 얼음벽을 두들기는 마물들을 일제히 공격하기 시작했다. 그렇게 좀 더 안전하게 시간을 번 나는 일곱 개의 카드를 펼쳐 놓고 잠시 고민에 빠져들었다.

"뭐야, 이건?"

"제 최강의 마법 아이템이요. 그리고 지금 고민 중이니 말시키지 말아주세요."

좋은 생각이 났다고 해놓고서 여러 개의 화려한 그림이 그려 있는 카드를 바닥에 깔아놓고 고민하는 내 모습이 이상한지 물어보는 케미트의 물음에 건성으로 대답한 나는 인상을 찌푸렸다.

실버 드래곤의 해일과 화이트 드래곤의 아이스, 그리고 마지막 내 종족인 블루 드래곤의 라이트닝 브래스를 고른 나는 긴 한숨을 내쉬었다.

아무리 고민을 해도, 내 몸에 무리가 오더라도 세 개의 카드를 사용하는 게 좋을 것 같았다.

아무리 이 카드가 드래곤 하트로 만들어졌다 해도 드래곤이 직접 뿜는 브래스 힘의 반에 반도 미치지 못하기 때문이다. 게다가 이 이공간을 지키는 힘이 얼마나 강한지 모르기에 위험 부담이 있다 해도 이 세 개의 카드를 사용하는 게 좋을 것 같았다.

이런 저런 이유로 그렇게 결론을 내린 나는 긴 한숨을 내쉬며 천천히 브렌 쪽을 바라보았다. 그러자 난처해하는 내 표정이 걱정됐는지 브렌이 황급히 질문을 던져 오는 것이었다.

"왜 그래요? 무슨 문제라도 있나요?"

"예, 조금요. 아무래도 이공간을 깨려면 최소 세 개의 카드를 사용해야 할 것 같은데… 그걸 사용하면 저는 녹다운될 것 같거든요. 아마 손가락 하나 움직이지도 못할 거예요. 그러니……."

"걱정 말아요. 제 목숨을 걸고 루안을 꼭 지켜줄 테니까!! 약속해요"

내가 무슨 말을 하고 싶은지 눈치 채고는 부드럽게 웃으며 말하는 브렌의 모습에 나는 마음 한편에 있던 걱정거리를 떨쳐 버리고는 천천히 일어섰다.

"카이넨, 발록!! 대충 털어(?)버리고 어서 이쪽으로 와요!!"

"뭐?!"

"왜?"

왜냐며 물어보는 카이넨과 발록에게 시간이 없다고 소리치자 더 이상 군소리하지 않고 주위의 마족을 한 번에 전멸시킨 후 서둘러 우리 쪽으로 달려왔다.

두 마족이 다가오자 배리어를 걸은 나는 어느새 배로 늘어나 덤벼드는 마물들 쪽으로 커다란 버스트 플레어(파이어 볼의 열 배 이상의 화력을 가진 주문으로 파이어 볼의 강화판으로 보면 된다)를 수십 개 날리며 큰 목소리로 소리쳤다.

"모두 엎드려요!! 그리고 제 세 번째 마법이 실행되면 일어나서 일제히 벽을 공격하는 거예요! 알았죠? 그리고 루, 브렌, 배리어를 부탁해요!!"

내 물음에 두 남자는 고개를 끄덕이며 각각 자신의 배리어를 주위에 펼쳤다. 마법 실드와 정령으로 만들어진 실드가 이중으로 겹쳐지자 내 것보다는 약하지만 제법 튼튼한 배리어가 우리의 주위를 둘러싸기 시작했다.

우리의 이런 행동에 두 마족은 영문을 모르겠다는 표정이었지만—설명을 따로 해줄 시간이 없었다—그래도 별말없이 알았다는 듯이 고개를 끄덕이며 하자드들과 마찬가지로 일제히 몸을 숙였다. 그들이 안전하게 몸을 숙이자 나는 세 개의 카드를 쥐고는 미친 듯이 달려오는 마물들을 향해 마법을 실행했다.

"해일!!"

마법이 실행됨과 동시에 내 마나가 순식간에 모조리 빨려 나가는 느낌에 나도 모르게 휘청거리고 말았다. 이렇게 큰 마법을 실행한 적이 없었기에 급격한 마나의 소모로 몸에 무리가 간 것이다.

그러나 그만큼 효과는 대단했다. 공중에서 엄청난 해일이 뿜어져 나와 마물들을 덮쳐 쓸어버렸다. 어마어마한 물살이 휘몰아치며 마물들을 비롯한 이공간을 가득 채우기 시작했다. 이공간을 넘칠 듯 채운 어마어마한 물이 이공간의 끝에 부딪쳐 우리에게 돌아오자 나는 서둘러 두 번째 마법을 실행했다.

"아이스!!"

말이 끝나기 무섭게 퍼진 냉기는 우리를 덮치던 해일을 순식간에 얼려 버리고, 심지어 브렌들이 만들어놓은 배리어까지 얼려 버리고 말았다. 그 바람에 내 동료들은 자신의 몸까지 침입한 냉기에 반쯤 언 채 덜덜 떨기 시작했다.

하지만 지금의 나한테는 그런 급격한 추위가 전혀 느껴지지 않았다. 두 번째 마법 실행 후 급격한 마나의 소모로 쓰러졌지만 브렌의 도움으로 간신히 몸을 지탱하고 있는 상태였기 때문이다.

"괘, 괜찮아?!"

"마나의 소모가 너무 심해서 그런 것 같아요. 루, 부탁할게요."

"알았어요, 스크렌스!!"

놀란 듯 묻는 하자드에게 나를 대신해 브렌이 답해 주는 게 들렸고, 나에게 루가 계속해서 스크렌스를 걸어주는 것을 느낄 수 있었다.

하지만 그건 무의미했다. 인간인 루의 마법으로 거의 소갈되다시피 한 내 마나가 되돌아오기는 무리였다.

그렇게 쓰러진 나는 나의 이 한심스러운 모습에 울화가 치밀었다. 몸만 정상이라면 아마도 난동을 부렸을 게 분명했다. 여전히 제대로 일을 처리 못하는 내 자신에 짜증이 났다.

아무래도 나는 그동안 나를 너무 과대평가한 모양이었다. 나 스스로 무리하면 세 개 정도는 쓸 수 있을 거라 생각했는데, 두 개에서 그만 녹다운이 되어버린 것이다. 바보같이……

내가 이렇게 비관하고 있을 때 카이넨이 그답지 않게 내 머리를 쓰다듬으며 위로하듯 속삭였다.

"비관하지 마. 너로서는 최선을 다한 거니까. 게다가 나머지는 우리에게 맡겨!!"

"너치고는 괜찮았다. 부서지지는 않았지만 말야."

걱정이 담긴 카이넨의 말과 달리 발록은 아주 현실적인 칭찬을 해주었다.

나에게는 잔인한 말이지만 현실적인 그의 칭찬(?)처럼 내 두 마법으로 이공간이 팽창되기는 했지만 깨어지지는 않았던 것이다.

한마디로 내 생각이 '빗나갔다' 라는 말이었고, 아직 나는 '그것밖에 안 돼' 라는 말이었다. 자존심 상하게시리……

"그래도 이 정도면 어디야! 게다가 마물까지 잠시 조용해졌으니 우리가 벽을 공격하면 어떻게든 길이 나지 않을까?"

"글쎄……. 하지만 한번 해보죠. 다른 길이 없으……."

"아… 뇨. 제가 한 번 더 하… 겠습니… 다. 라이트닝!!"

왠지 오기가 생긴 나는 남아 있는 마력을 끌어 모아 힘껏 소리쳤다. 순간 나는 세상이 까매지는 것을 느낄 수 있었다.

다행히 내 마법이 성공했는지 요란한 번개 소리와 함께 주위에서 뭔가 일제히 부서지는 소리가 들렸다. 그 소리를 들으며 나는 천천히 눈을 감았다.

'다행히 성공했구나……. 역시 나는 천재야!'

"이런!! 위험하겠어."

요란한 소리를 내며 쏟아지는 번개에 카이넨은 서둘러 자신의 손목을 그었다. 그러자 곧 퍽 하고 튀어나온 피가 검은 안개로 변해 주위를 둘러싸기 시작했다. 그 안개는 배리어처럼 주위를 감싸더니 주위로 쏟아지는 번개들을 흡수하였다.

그렇게 자신들 주위를 안전하게 만든 카이넨은 아직도 요란하게 울리는 번개 소리에 인상을 찌푸리며 다시 나를 쳐다보았다.

"미쳤군."

"오기의 승리군."

마나의 고갈로 쓰러진 나와 새파랗게 질린 채로 그에게 연신 스크렌스를 걸어주는 루를 바라보며 카이넨과 발록이 그렇게 평가를 내렸다.

발록의 평가대로 나의 오기의 승리인지, 강한 세 마법에 타격을 받은 이공간의 벽에 여기저기 금이 가더니 일제히 부서져 내리기 시작했다. 그런 소리를 들으며 카이넨은 고개를 끄덕이며 대답했다.

"그래, 정말 오기의 승리군."

'시끄럽잖아. 도대체 누가 머리가 울리도록 쨍쨍거리는 거야?! 어라 라라, 몸은 또 왜 이래? 움직이지 않잖아!'

손가락 하나 까딱일 수 없는 몸에 당혹감을 느낀 나는 지구보다 더 무겁게 느껴지는 눈꺼풀을 힙겹게 들어 올렸다. 아주 힘겹게 눈을 뜨고 보니 피로 쓴 주술이 번진 마법진 위로 각혈과 욕설을 토해 내며 일어서는 여자의 모습이 보였다.

'저 여자……!'

"어! 루안, 깼어요? 다행이다! 얼마나 걱정했다구요. 이제 좀 괜찮아요?"

내가 깨어난 것을 발견한 루가 소리치자, 나를 부축하고 있던 브렌과 이오가 안부를 물었다. 하지만 나는 그들의 걱정 어린 안부에 대꾸조차 해줄 수 없었고, 몸을 움직이거나 목소리를 내기는커녕 점점 처지는 눈꺼풀을 고정(?)시키기도 힘들 정도로 무기력한 상태였다.

'젠장… 이렇게 무기력해 보기도 오랜만이군. 아니, 드래곤이 된 후로는 처음인가? 오랜만이든 간만이든 기분이 정말 뭣 같군.'

전생(?)에 워낙 아파 도움을 받고 살았던지라 그에 대한 반발심 때문인지, 몸이 건강해진 후로는 앞에 나서서 일을 주도해 나갔기에, 오랜만에 느끼는 이런 무기력한 상태에 기분이 팍 가라앉았다.

그런 내 마음을 아는지 모르는지, 어느새 내 곁으로 다가온 카이넨이 그답지 않게 흘러내린 내 머리를 치켜올리며 다독여 주는 것이었다. 우와! 내가 잠든 사이에 뭘 잘못 주어 먹은 건가? 이 녀석이 갑자기 왜 이래?

"어이, 무리하지 말라구! 이제부터 뒷일은 우리에게 맡겨둬, 알았지? 참! 덕분에 살았다. 고마워!"

윙크까지 하고 돌아서는 카이넨의 행동에 나는 황당한 표정으로 멍하니 바라보았다. 그 시선 사이로 갑자기 케미트가 불쑥 끼어들었다.

"아니, 우리도 뒤처리에 가담할 거요!!"

"맞소, 힘은 안 되더라도 우리도 싸울 거요."

"맞아, 맞아!!"

자신들의 참여가 당연하다는 듯 하자드를 비롯해 다른 동료들 모두 고개를 끄덕이며 자신의 검을 치켜세워 올리는 것이었다.

그들의 그런 무모한 행동을 비웃는 시선으로 바라보던 두 마족이 무언가 말하려 입을 열었지만 그보다 째지는 여자의 웃음소리가 먼저 터져 나왔다. 그 웃음소리는 우리의 시선을 모두 그쪽으로 잡아당겼다.

우리를 잡아당긴 웃음소리는 순식간에 사라졌고, 곧 이글거리는 눈빛의 흑마법사는 마치 케미트를 죽일 듯 노려보고 있었다. 아무래도 케미트의 발언에 무척이나 자존심이 상했는지, 안 그래도 마법이 깨지면서 생긴 반작용으로 엉망이 된 흑마법사의 얼굴이 마치 뭐 씹은 것처럼 심하게 구겨져 있었다.

"웃기고 있군. 아무리 내가 무너졌다 한들, 네깟 것들에게 질 것 같으냐?!"

"지든 이기든 해봐야 하는 거 아닌가. 그리고 우리가 아무리 약하다 한들 하늘이 공정하시다면 정의로운 우리 편에 힘을 실어주실 거다! 그렇기에 우리는 이길 수 있다!!"

호기롭게 케미트가 소리쳤지만 이번에도 흑마법사를 비롯한 두 마족의 비웃음만 살 뿐이었다. 솔직히 그들의 만용은 두 마족뿐 아니라 같은 편인 나에게도 비웃음밖에 사지 못했다.

그럼에도 불구하고 그들은 검을 치켜세운 채 금방이라도 덤빌 기세였다.

그런 그들의 모습에 여자는 더욱 크게 웃다가 웃음을 딱 멈춘 채 악에 찬 눈으로 케미트를 노려보며 소리쳤다.

"아하하하하! 정말 웃기는군, 웃겨. 코미디도 아니고! 뭐? 하늘이 공정하다면 정의로운 너희 편에 힘을 실어줄 거라고? 웃기는 소리 그만해라! 하늘이 공정하다면 너희는 여기에 있지도 않았을 것이다! 안 그런가, 케미트 안마르!!"

"어… 어떻게 내 이름을……."

"어떻게 아냐구, 안마르? 그 성은 나한테 평생 잊지 못할 원수의 성이다!! 눈이 있다면 똑똑히 봐라, 내가 누군지!!"

놀란 듯 자신을 바라보는 케미트에게 그렇게 소리친 흑마법사는 자신의 로브를 걷어 젖혔다. 나는 점점 내려오는 눈꺼풀에 힘을 주어 올리며 그녀를 노려보았다.

로브를 걷자 나타난 것은 얼굴의 반이 검은 마법진으로 가득 세겨져 있는 30대 초반의 금발 머리 여성이었다. 그 금발 머리 여자, 아니, 시바라는 여자는—카이넨이 이름을 알려줬었다—마치 철천지 원수라도 만난 양 자신 앞에 있는 케미트를 씹어 죽일 듯이 노려보았다.

나와 브렌들, 두 마족 역시 저 여자와 케미트의 사이를 알 수 없었지만 케미트를 비롯해 하자드, 심지어 다른 동료들까지 저 여자의 정체를 아는지 여기저기서 웅성거렸다.

"어이, 인간! 아는 사이냐?"

두 마족 역시 궁금했는지 옆에 있던 하자드에게 아는 사이냐고 묻자, 하자드가 천천히 고개를 끄덕이며 설명했다.

"저분은 시바 바라카로 암만에서 하르콘을 처음 발견한 마모드 바라카의 부인이… 아! 그… 그렇다면!!"

말하는 도중 시선을 돌려 시바에게 고함을 지르는 하자드처럼 나도 그 못지않게 내게 닥친 상황에 충격을 받은 상태였다.

내가 아셈으로 변장했을 때 나를 아셈으로 오해한 오덴이 자랑스레 떠들었던 말이 생각났기 때문이다. 아셈이 암만을 손에 넣기 위해 오덴과 손을 잡고 바라카 가문을 멸문시켰다는 것을……

그런데 어떤 이유인지 모르겠지만 바라카 집안의 여자, 그것도 바라카의 부인인 시바가 살아 있었던 것이다. 그것도 복수심에 불탄 채로……

"너희의 계획대로라면 난 이미 죽은 사람이겠지. 그러나 살아남았어. 복수를 다짐하면서 말야. 케미트, 하늘이 정의의 편이라면 누가 죽어야 할 것 같나? 너희 안마르라는 성을 가진 자들인가, 아니면 나인가? 당연히 너희겠지. 그렇다면 죽어라!! 클라우드 킬(들이마시면 커다란 피해를 입는 연두색 독구름이다. 공기보다 무겁기 때문에 시간이 지나면 아래로 깔려 토지에 막대한 악 영향을 끼친다)!!"

"실프!!"

예상은 했는지 갑작스럽게 퍼져 나간 연두색 독구름이 우리를 덮치기 전에 브렌의 실프가 바람을 불어와 한곳으로 밀어냈다. 한쪽으로 몰린 독구름으로 인해 돌이 녹아들어 가는 것을 보고 나는 진심으로 브렌의 현명함에 감탄했다.

그런 안도감을 느낀 것도 잠시, 언제 만들었는지 수십 개의 다크 블로우가 날아들었다.

'으악! 죽기 싫어어어어어어어어어어… 어? 왜 안 날라오지?'

아무런 느낌이 없자 조심스레 다시 눈을 뜬 나는 사방에서 날아오는 다크 블로우를 손으로 쳐내는 아주 무식하고 힘이 센 두 마족을 볼 수 있었다.

하지만 그들도 피가 흐르는 마족(?)이었는지 블로우를 쳐낸 손이 시커멓게 썩어 들어갔지만 그보다 빠르게 재생되고 있었다.

'으아아아아! 되게 아프겠다. 아무리 재생된다고 해도 아프지 않나? 마족은 통각을 느끼는 세포가 없는 건가? 어라, 지금 뭐라고 하는 것 같은데……'

낮은 목소리가 흘러 들어오기에 귀를 기울였더니, 시바가 공격 중에 혼잣말하듯 연신 뭐라고 속삭이는 소리였다. 그 소리에 귀를 기울였던 나는 이내 얼굴을 굳히고 말았다.

'안 듣고 말걸……. 난 적을 동정하긴 싫단 말야.'

"옛날, 옛날 남편과 귀여운 아들이 살았습니다. 언제나 꿈을 좇아 사막을 헤매고 다니는 남편과의 삶은 힘들고 고생스러웠지만, 그래도 하루하루가 행복했던 삶이었답니다. 하지만 불행이 닥쳐왔어요."

자신의 이야기가 아니라 마치 동화를 읽어주듯 가볍고 밝은 여자의 음성이었다. 그녀의 말에 케미트와 하자드를 비롯해서 처음 듣는 다른 동료들도 눈에 띄게 충격을 받은 얼굴이었다.

"행복이라 생각했던 하르콘의 발견은 동업자의 배신으로 크나큰 불행이 되고 말았습니다. 그녀는 남편과 남편의 동업자와 같이 떠난 암만 여행길에서 마물들의 습격을 받게 되었던 것입니다. 처음 보는 마물들이 잔인하게 사람들을 죽이는 처참한 상황에 넋이 나가 있던 그녀를 그녀의 남편이 아들과 함께 도망치게 했지요. 그리고 그녀와 아들이 도망칠 수 있는 시간을 벌기 위해 남편은 만류하는 동업자의 팔을 뿌리치고 무모하게 마물들에게 덤벼들었답니다. 처절히 울리는 남편의 비명을 뒤로한 채 그녀는 살기 위해 그렇게 도망쳐야 했답니다. 그 뒤 오랜 시간을 사막을 헤맨 끝에 죽어가는 아들을 안고 헤어졌던 동업자의 천막을 겨우 찾을 수 있었던 그녀는 그곳에서 동업자의 배신을 알게 되었답니다. 동업자라 믿었던 하디자 안마르의 아들 아셈이 자신의 가족을 죽이라고 했다는 사실을……. 으윽!! 그깟 돈 때문에 내 남편과 사랑하는 아들은 그렇게 죽고 말았다!! 돈이 그렇게 중요했나! 사람의 신의와 목숨을 앗아갈 만큼!!"

아무 말 못하고 고개를 숙이고 있는 케미트의 모습에 더욱 화가 치밀었는지 시바는 미친 듯이 우리에게 마력탄을 날리기 시작했다.

하지만 기세 좋게 날아든 마력탄은 아까와 마찬가지로 무식한 미족의 손길에 튕겨져 나갔고, 여전히 재생되는 미족이기에 시바가 모든 마나를 끌어올려 던진 마력탄은 광산 주변에 크고 작은 돌 조각만 만들어낼 뿐이었다.

"자멸?"

"글쎄, 하지만 네 말대로 이대로 놔뒀다가는 우리가 손쓸 새도 없이 자멸할 것 같은데……."

발록의 평가에 카이넨이 고개를 끄덕였다.

내가 보기에도 아주 정확한 평가 같았다.

그녀가 날리는 다크 애로우와 다크 블로우는 우리에게 오기도 전에 두 미족이 차단했기에 정작 그녀가 죽이려 하는 케미트에게는 전혀 피해를 입히지 못했다.

하지만 무식하게 연달아 마법을 실행하는 그녀는 그렇지 않아 보였다.

이미 그녀는 카이넨과 발록에게 상처를 입은 상태였고, 그 상처가 낫기도 전에 내가 그녀의 마법을 깨는 바람에 그 반작용으로 몸이 다친 상태였다. 이미 그녀는 자신의 몸에서 흘린 피로 붉은색을 띠고 있었다.

그런 상황에 무식하게 마법을 연발하고 있으니 정말 이대로라면 마나의 부족을 떠나서 과다 출혈로 사망할 것 같았다. 그러나 그런 것에 전혀 신경 쓰지 않는지 케미트만 노려보며 죽을 듯이 마법을 날리는 것이었다.

"어이, 그걸로는 우리에게 피해도 주지……."

"왜, 왜 마족이 저 녀석의 편을 드는 거냐, 왜!!"

비웃음 가득한 카이넨의 말을 잘라 버리며 시바가 울분이 가득한 음성으로 소리 지르자 카이넨은 요상한 누명에 무지 억울한지 손까지 흔들어대며 반박했다.

"어이, 편을 들다니 그 무슨 끔찍한 소리야. 난 그저 네가 벌인 일을 처리하러 온 거야!! 그래, 네가 먼저 말을 꺼내서 말인데 왜 마족과 거래를 해서 이곳을 마계화시키는 것이냐? 그리고 왜 마물들……."

"왜 케인을 불러들인 거냐?"

"어이, 나도 말 좀 하자. 끼어들지 말라고. 그리고 케인을 불러들일 생각으로 부른 게 아니라, 그 녀석이 계약에 잡힌 거야. 생각 좀 하고 말해!"

조목조목 따져 대는 카이넨을 살벌한 시선으로 잠시 노려봐 준 발록은 다시 시선을 시바에게 돌리고는 그녀에게 재차 대답을 강요했다.

그러나 정작 시바는 다른 대답(?)을 발록에게 들려주는 것이었다.

"왜, 왜 나를 방해하는 거냐? 내 남편과 사랑하는 아이를 죽인 저 원수를 왜 돕는 거냐고!!"

"진짜 말이 안 통하네. 안 돕는 거라니까! 읍, 이 자식, 어따 더러운 손을 넣고 그래!!"

답답한지 자신의 가슴을 치며 나서는 카이넨의 입을 손으로 막으며 앞으로 나선 발록이 차갑게 가라앉은 음성으로 말했다.

"케인만 내놔! 그러면 난 여기서 떠난다! 케인만 내놓으면!!"

"죄송합니다. 저는 못 갑니다. 아뇨, 갈 수가 없습니다."

언제 나타났는지 비틀거리는 시바의 몸을 부축하며 케인이 슬픈 눈으로 우리, 정확히 발록을 바라보며 고개를 흔들었다.

"케인!!"

그런 케인의 모습에 발록이 믿을 수 없다는 듯이 크게 그의 이름을 부르자, 순간 동굴이 흔들렸다.

'이거 위험한데……'

쩌렁쩌렁한 발록의 목소리가 아니어도 아까부터 계속 벽에 부딪친 마력탄으로 인해 우리의 머리 위로는 크고 작은 돌 조각이 계속 떨어지고 있는 중이었다. 처음에는 조그마한 돌 조각에 불과했는데 이제는 여기저기서 큼지막한 돌이 떨어지는 것이, 자칫 잘못하면 모두 산 채로 암매장될 것 같은 불길한 예감이 들었다.

'으악!! 아직 죽기 싫어. 게다가 카이넨이랑 같은 묘를 쓰고 싶은 마음도 없다고!! 젠장, 이걸 어떻게 해야 하나. 빨리 처리해야 하는데 왜 이리 저 마족들은 늑장을 부리는 거야!! 마음 같아서는 내가 나서고 싶은데 몸이 이러니 나설 수도 없고. 좋은 방법이 없……! 아, 그 방법이

있었지. 카이넨, 카이넨!!'

내 마음의 외침을 들었는지 케인과 발록의 대치를 구경(?)하고 있던 카이넨이 고개를 돌리고 나를 바라보았다. 그 모습에 속으로 '앗싸!! 성공했다'를 외치며 나는 굳어버린 얼굴 근육을 움직여 간신히 미소를 만들어냈다.

"카이넨, 카이넨! 내 목소리 들려요? 들린다면 내 부탁 하나만 좀 들어줘요!!"

"부탁? 뭔데……?"

생각보다 순순히 들어주는 카이넨의 행동에 안도한 나는 시선을 돌려 비틀거리는 자신의 몸을 부축하는 케인의 손길을 차갑게 밀쳐 내는 시바를 쳐다보았다. 잠시 그렇게 시바를 바라보던 나는 속으로 미안하다라는 말을 전하고는 다시 카이넨을 바라보며 속으로 외쳤다.

"죽여줘요."

"누굴? 이 놈들을?"

죄책감으로 고개를 들지 못하는 케미트와 무언가 결심을 했는지 굳은 얼굴의 하자드……. 그리고 그 뒤에서 심한 충격 때문인지 입만 벙긋거리는 동료들을 카이넨이 손가락으로 가리키자 나는 눈을 감고 중얼거렸다.

"아뇨, 그들이 아니에요. 제가 원하는 건 시바예요. 시바, 그녀를 죽여주세요."

"흠… 내가 보기에는 이 녀석들이 악당 같은데……."

"아뇨, 정작 악당은 죽었습니다. 아셈이라고 안마르의 동생이죠. 하디자는 모르겠지만 케미트와 하자드는 확실히 몰랐어요. 나중에 설명해 드릴 테니 부탁……"

"알았어. 하지만 좀 곤란할 거야. 시바를 죽이는 건 어렵지 않지만 케인이 있잖아. 케인은 분명 시바를 보호하려 할 테고, 케인에게는 이 녀석이 있거든."

그렇게 말하고는 발악하다 쓰러진 시바에게 마나를 보내주고 있는 케인과 그런 케인을 묵묵히 바라보고 있는 발록을 번갈아 가리키는 것이었다.

"힘드나요?"

"글쎄, 해봐야지. 단, 일이 어떻게 얽혔는지가 관건이야. 그건 그렇고 도대체 언제까지 보고만 있을 거야?! 답답해 죽겠네."

여전히 자신의 할 일(?)만 하는 케인과 그런 케인을 묵묵히 바라보고 있는 발록의 모습이 답답한지 카이넨이 불쑥 끼어들어 소리쳤다.

"젠장. 놔뒀다가는 오늘이 다가도 끝이 안 나겠군. 어이, 케인, 너 도대체 무슨 계약을 한 거야? 만약 그 인간의 복수가 계약의 내용이었다면 어서 이 녀석들을 다 죽여 버리고 끝내!"

카이넨의 냉정한 말이 준 충격으로 그동안 넋이 빠져 있던 하자드가 정신을 차렸는지 검을 치켜들고는 케미트 앞에 섰다. 마치 케미트를 지키려는 듯이……

그런 하자드의 모습에 천천히 몸을 일으킨 케인은 고개를 가로저었다.

"걱정 마세요. 복수를 부탁하지 않았으니까요."

"그럼 계약 내용이 뭐야? 도대체 저 인간이 뭘 원했길래 그 여자의 곁에서 떠나지 못하는 거냐구?!"

"다시는 자신을 혼자 두고 떠나지 말아달라고 하더군요. 영원히요."

"뭣?"

담담한 케인의 어조에 그동안 가만히 듣고 있던 발록이 천천히 입을 열었다.

"그녀가 원하는 건 네가 아니다."

"알고 있습니다. 지금 그녀에게 보여지는 건 죽은 그녀의 아들인 샤르으겠지요. 잘 알고 있습니다. 하지만 어쩔 수가 없지요. 제 종족이 그러니까요. 그러니……"

알고 있다고 말하는 케인의 얼굴에는 부드러운 미소가 떠올라 있었지만 내가 보기에는 그 무엇보다도 슬픈 듯한 표정이었다.

"그러니 뭐냐. 설마 네가 나를 공격할 생각이냐?"

"아니요, 제가 어떻게 발록님을 공격하겠습니까? 버려진 저를 주워다 키워주신 분을요. 하지만 계약은 계약이니 저도 어쩔 수가 없군요. 그러니 부탁드리겠습니다. 저를 죽여주세요! 버려진 저를 주워 여기까지 키워주셨으니 죽음까지 책임져 주셔야지요."

"……!"

순간 농담인 줄 알았다.

환하게 웃으며 자신을 죽여달라는 말을 누가 진담으로 받아들이겠는가, 농담인 줄 알지.

하지만 진심이었는지 되묻는 카이넨의 말에 고개를 끄덕이며 부탁한다고 하는 것이다.

그렇게 충격에 휩싸여 있는 우리와는 달리 유달리 더욱 담담하게… 아니, 그럴 줄 알았다는 듯이 받아들인 발록은 긴 한숨을 내쉬더니 약하게나마 입가에 미소를 띤 채 입을 열었다.

"몰랐는데 아주 뻔뻔하구나."

"네, 제가 생각해도 아주 뻔뻔하다는 걸 잘 알고 있습니다. 하지만 말은 그렇게 하셔도 들어주실 거잖습니까. 언제나처럼요."

웃으며 되받아치는 케인의 말에 픽 웃은 발록은 대답 대신 아공간에서 자신의 창을 꺼내 들었다.

"감사합니다. 그리고 언제나 고맙습니다."

"잡아라!"

창을 들고 나서며 내뱉은 발록의 말에 당황했는지, 케인이 손까지 흔들며 자신이 어떻게 감히 덤비냐며 거절했지만 발록은 냉정하게 강요할 뿐이었다.

"다시 말한다 잡아라! 넌 그럼 그냥 죽을 생각이냐? 마족이라면 마족답게 죽어야 할 것 아니냐. 그리고 조금이나마 나에게 미안한 마음이 있다면 그동안 네가 얼마나 강해졌는지 나에게 보여다오."

"…알겠습니다. 그게 제가 당신에게 해드릴 수 있는 전부이니, 제 모든 힘을 다해 성심성의껏 덤비겠습니다."

잠시 생각하는 듯하던 케인이 고개를 끄덕이자 발록은 처음으로 환하게 미소 지어 보였다.

발록과 달리 아공간에 무기를 담아놓을 실력이 되지 못하는지 자신의 손목을 그어 피로 검을 만드는 케인의 모습에 나는 카이넨을 다급히 불렀다.

"카이넨, 카이넨, 말려 봐요!! 도대체 왜 저들이 싸우는 건데요, 왜요?"

"계약 불이행으로 죽는 것보다 싸우다 죽는 게 나을걸. 게다가 싸우며 죽는 것만큼 좋은 게 없잖아!"

"그건 마족이나 그렇지요. 그렇다면 케인은 발록의 손에 죽는 건가요?"

"그렇게 되겠지."

미소 띤 얼굴과 달리 두 마족에게서 점점 피어오르는 살기가 일촉즉발의 상황을 말해 주고 있었다. 하지만 그것도 잠시, 찢어지는 비명 소리에 일촉즉발의 상황이 순식간에 깨어지고 말았다.

"안 돼!! 케인, 안 돼!! 이 엄마를 두고 가지 않을 거지 샤르으? 그럴 거지?"

정신 착란을 일으키는지 케인의 이름과 샤르으의 이름을 번갈아 부르며 만류하는 시바에게 천천히 몸을 숙인 케인은 피와 땀에 젖은 그녀의 머리를 쓸어 넘겨주며 부드럽게 속삭였다.

"이.번. 역.시. 먼저 떠나게 되겠군요. 정말 미안합니다, 어.머.니."

"안 돼!! 안 돼에에에!!"

"미안합니다. 다크 배리어!!"

자신을 붙잡는 시바의 손길을 부드럽게 뿌리친 케인은 시바에게 피해가 가지 않도록 다크 배리어를 친 후 천천히 뒤돌아 발록을 향해 걸어나갔다.

"인사는 끝났는가?"

"네, 신경 써주셔서 감사합니다. 그럼……."

"와라!"

한 수 봐주겠다는 듯이 손가락을 까닥이며 선제공격을 허락하는 발록의 모습에 피식 웃던 케인은 시선을 돌려 카이넨을 바라보았다.

"귀찮게 해드린 것으로도 모자라 이렇게 먼저 떠나게 돼서 죄송합니다, 카이넨님. 부탁 하나 드려도 될까요? 뻔뻔스런 부탁이란 건 알지만 제가 떠난 후 발록님을 부탁드리겠습니다. 이런, 정말 오래 기다리게 해서 죄송합니다. 그럼 들어갑니다!"

대답 대신 발록이 고개를 끄덕이자 피식 웃은 케인은 검을 치켜 잡고 달려나갔다. 쾅, 하는 충돌음이 울리는 동시에 그 충격의 여파가 우리를 덮쳤다.

"으윽!!"

"여… 역시 역부… 족이군요."

심상치 않은 분위기를 느낀 브렌과 루가 미리 실프와 실드로 배리어를 친 덕에 우리에게는 피해가 오지 않았지만 배리어를 만든 브렌과 루는 그렇지 않은 모양이었다. 배리어에 마력탄이 부딪칠 때마다 힘이 드는지 심하게 비틀거리며 낮은 신음을 흘렸다.

"고작 그것 가지고 비틀거리냐? 쯧쯧쯧, 다크 배리어!!"

브렌과 루의 신음 소리에 두 마족의 전투에서 시선을 뗀 카이넨은 빈정거리며 우리 주위에 두꺼운 다크 배리어를 만들어주었다.

어차피 만들어줄 거면 좋게 만들어주지 꼭 한마디 해야 하냐고 쏘아주려 했던 나는 갑자기 나에게… 아니, 정확히 말하면 브렌을 향해 카이넨이 불쑥 손을 내밀어 눈을 동그랗게 떴다.

'설마 보수를 달라고 하는 건 아니겠…….'

"아아, 감사 인사는 됐고, 루안이나 넘겨. 어이, 그렇게 보지 마. 나쁜 뜻이 아니니까. 아무래도 이게 무너질 것 같아서 너보다는 내가 이 녀석을 들고 뛰기 좋잖아. 안 그래?"

'됐어, 그리고 내가 무슨 짐짝이냐, 넘기고 말고 하게'라고 소리 지르려 했던 나는 무섭게 쏟아지는 돌 조각에 마음을 바꿨다.

이대로라면 곧 무너질 것 같은데 약한 브렌이라면 나를 들고 뛸 수 있을 리가 없기 때문이다. 그렇다고 어린 루나 이오가 나를 들고 뛸 수도 없고……. 역시 무식하게 힘이 센 카이넨의 손에 짐짝마냥 들려 나가야 할 것 같았다.

그런 상황이 그다지 마음에 들진 않지만 살기 위해 나는 카이넨의 의견에 동조할 수밖에 없었다.

"괜찮아요, 브렌. 그리고 카이넨의 말이 맞아요. 이럴 게 아니라 어서 도망쳐요. 아무래도 부서질 것 같아요."

"하… 하지만……"

"하지만 하고 있을 때가 아니에요. 시바가 반쯤 정신 나가 있을 때어서 도망쳐야 한다구요!!"

내 말에 고개를 돌린 브렌은 주저앉아 넋 나간 사람마냥 케인의 전투를 바라보고 있는 시바와 그녀의 주위로 무섭게 쏟아지는—다크 배리어 때문에 피해는 가지 않지만—돌 조각을 번갈아 바라보더니 이내 마음을 정했는지 고개를 끄덕였다.

"그럼 루안을 부탁드리겠습니다, 카이넨님."

브렌의 품에서 나를 받아 든 카이넨은 짐짝마냥 어깨에 들쳐 메더니 걱정스런 시선으로 나를 바라보는 브렌에게 자신만만하게 소리쳤다.

"걱정 마! 내가 알아서 할 테니까. 그런데 나갈 거면 저 녀석들도 데리고 나가! 저렇게 멍하니 있다가 생매장되기 쉬우니까."

쏟아지는 돌 조각에서 케미트를 보호하려고 전전긍긍하는 하자드를 제외하고, 아직도 충격에서 벗어나지 못하는 다른 동료들을 카이넨이 가리키자 루는 자신에게 맡기라며 쏜살같이 달려갔다.

갑자기 달려와 자신을 부르는 루의 목소리에 놀란 하자드는 무너질 것 같으니 지금 도망가라는 루의 말에 고개를 끄덕였다. 그리고는 아직도 충격에서 벗어나지 못한 케미트의 뺨을 때리며 소리쳤다.

"어이, 정신 차려!! 이대로 생매장될 거야? 이대로 죽을 거냐고!! 뭐가 어찌 됐든 지금은 니가 리더야!! 리더가 정신을 차려야 밑에 있는 녀석들도 살지!! 알았어? 정신을 차렸으면 어서 움직여!!"

냉정한 하자드의 말에 어느 정도 정신을 차렸는지 케미트는 동료들을 이끌고 조심스레 물러났다. 그 모습에 나는 이오를 품에 안으며 도망갈 준비를 하고 있는 브렌에게 전음을 보냈다.

"저 브렌, 지금 망각초 가지고 있어요? 아, 다행이네요. 그럼 부탁하나 할게요. 나가면 저들의 기억을 모두 지워줘요. 안 그러면 누구의 손에 모두 죽게 될지 몰라요."

내 말에 케미트와 통솔해 동료들을 조심스레 이끌고 뒤로 물러서는 그 누.군.가.를 바라본 브렌은 고개를 끄덕였다.

"걱정 말아요. 잊지 않고 꼭 그렇게 할게요. 많은 생명이 달린 일인데 제가 잊어버리겠습니까. 걱정 안 해도 돼요."

"고마워요. 그럼 어서 브렌들도 나가요!"

"그래, 먼저 나가!"

'엥? 나… 나는!!'

"예? 카이넨님은 같이 나가지 않을 생각이신가요?"

놀란 나와 브렌이 던진 질문에 카이넨은 고개를 저으며 대답하였다.

"난 저 녀석을 데리고 가야지. 걱정 마. 난 튼튼해서 웬만해서는 죽지 않으니까. 게다가 이 녀석도 내가 완벽하게 보호할 테니 걱정 안 해도 돼!"

"정말 괜찮으시겠어요?"

"괜찮… 을 것 같아요. 그러니 제 걱정 하지 말고 먼저 가요. 곧 뒤따라갈 테니까요."

솔직히 불안했지만 믿는 수밖에 없기에 나는 괜찮다고 브렌을 달랬다.

내 권유에도 선뜻 발걸음이 떨어지지 않는지 연신 뒤를 바라보던 브렌과 루는 어서 떠나라는 내 말에 어쩔 수 없다는 듯이 뒤로 물러났다. 곧 그들이 보이지 않자, 시선을 돌린 나는 현저한 실력 차로 온몸이 피투성이가 된 케인을 바라보았다. 그리고 그와 동시에 눈을 감았다.

'젠장, 스티아가 다치는 것 같잖아. 악의가 있는 게 아니란 걸 알지만 정말 마음에 안 드는군.'

일부러 모습을 바꾸는 것이 아니라 종족의 특성상 그렇게 보이는 것임을 알지만 케인의 전투가 내가 사랑해 마지않는 스티아가 피칠갑을 하고 싸우는 것 같아 마음에 들지 않았다. 그런 나와 같은 심정인지 시바가 미친 듯이 비명을 질러대며 앞으로 기어나오기—이미 모든 체력과 마나를 다 쓴 모양이었다—시작했다.

"오지 말아요, 아악!!"

자신의 배리어에서 벗어나 충격파가 난무하는 전투 속으로 다가오는 시바에게 신경 쓰느라 그만 날아든 발록의 창을 보지 못했다. 순간의 방심으로 인해 발록의 창에 심장을 찔리고 만 케인은 찢어지는 시바의 비명 소리를 들으며 천천히 뒤로 무너졌다.

'젠장, 난 또 왜 본 거야!! 왜 눈은 뜬 거냐구!!'

그렇게 넘어가는 케인의 모습이 또다시 죽어가는 스티아의 모습으로 보인 나는 욕설을 내뱉으며 눈을 질끈 감았다.

하지만 동굴이 부서져라 울리는 시바의 애처로움이 배어 있는 처절한 비명에 조심스레 눈을 뜬 나는 가슴에서 피를 내뿜으며 몸을 떨고 있는 케인을 안고 있는 시바를 볼 수 있었다.

시바의 처절한 비명을 들었는지 힘겹게 손을 올린 케인이 울부짖는 시바의 얼굴에 손을 얹고는 힘겹게 미소 지어 보였다. 그 덜덜 떨리는 손으로 흘러내린 시바의 눈물을 닦아준 케인은 슬픈 눈으로 그녀를 바라보며 힘겹게 입을 열었다.

"가… 같이 있… 어주… 고 싶었… 지만 머… 먼저 떠나… 게 되… 었네… 요. 미…… 안."

그 말을 끝으로 케인의 손과 고개가 한쪽으로 풀썩 쓰러지자, 미친 듯이 고개를 흔들어대던 시바는 자신의 머리를 쥐어뜯으며 비명을 지르기 시작했다.

"또다시 엄마만 두고 가지 마!! 아가, 어서 일어나, 어서!!"

"그 녀석은 네 아들이 아냐!! 케인이라고!! 똑똑히 보고 말……."

"아니야아아아!! 죽지 않았어!! 일어나렴!! 일어나서 이 엄마를 보라구!!"

시바는 두 번이나 자신의 아이가 눈앞에서 죽은 충격 때문인지 카이넨의 말에 아니라며 미친 듯이 고개를 흔들며 비명을 질러댔다. 그렇게 한참 동안을 미친 듯이 비명을 지르던 시바는 고개를 들어 피가 흘러내리는 창을 끌고는 돌아서서 핏발이 서린 눈으로 발록을 노려보며 소리쳤다.

"죽어, 다 죽어버려!! 다크 블로우!! 다크 애로우!! 다 죽어버려라!!"

복수를 하려는지 아니면 혼자 죽기 싫어 동반 자살이라도 하려는지 미친 듯이 돌벽을 공격하자, 안 그래도 돌이 부서져 내리던 동굴이 무서울 정도로 빠르게 무너지기 시작했다.

"정말 미쳤군. 같이 자살할 생각인가? 발록, 어서 와!! 아무리 너라고 해도 위험하다구!!"

"데리고 가야 해!!"

마치 비가 쏟아지는 것처럼—빗방울에 비해 크기가 컸지만—쏟아져 내리는 돌 조각을 헤치며 앞으로 나가는 발록의 손을 빠르게 거머쥔 카이넨은 그의 손목을 끌어당기며 소리쳤다.

"웃기는 소리 하지 마!! 케인은 남길 원했어. 헛소리 그만 하고 어서!! 윽! 이런, 루치아, 괜찮아?!"

등에 커다란 돌 조각을 맞은 나는 너무 큰 통증에 대꾸해 주기는커녕 비명조차 지를 수가 없었다.

점점 흐릿해지는 시선으로 무수히 쏟아지는 돌 조각 너머에서 쓰러진 케인을 안은 채 웃다 울다를 반복하는 시바와 다급히 나를 부르는 카이넨의 목소리를 마지막으로, 나는 아무것도 느껴지지 않는 무의식의 세계로 빠져 들어갔다.

눈가로 쏟아지는 환한 햇살에 천천히 눈을 뜬 나는 뜻밖의 화려한 천장에 놀라 몸을 벌떡 일으켰다. 순간 핑 하고 도는 현기증에 이마를 누르고 있던 나는 금빛 침구 위에 놓인 하얀 손을 발견하고는 시선을 천천히 위로 올렸다.

"브렌?"

내 음성을 들었는지 흠칫 놀라던 브렌이 몸을 일으키며 나를 바라보았다. 잠시 멍하니 나를 바라보던 브렌의 피곤에 지친 얼굴에서 환한 미소가 서서히 번져 나가자 나 역시 덩달아 환하게 웃어 보였다.

"정말 오랜만이네요. 아시는지 모르겠지만 구 일 동안이나 종일 주무시기만 했습니다. 그동안 저희가 얼마나 걱정을 했는데요."

"아하하하하, 드래곤이라… 그래서 잠이 많은 편이라 그런가 봐요. 아하하하하!"

"훗, 변명입니까? 하긴 잠이 많기로 유명한 종족인 드래… 읍!!"

웃으며 속삭이는 브렌의 입을 다급히 막은 나는 당황한 기색이 역력해 보이는 브렌에게 조용히 하라며 속삭였다. 그런 뜻밖의 내 행동에 놀란 눈으로 바라보던 브렌은 조용히 들려오는 노크 소리에 알았다는 듯이 고개를 끄덕였다.

그런 브렌에게 미안하다고 작게 속삭여 준 나는 천천히 브렌의 입을 막았던 손을 풀어준 후 들어오라고 큰 소리로 외쳤다.

그렇게 문을 열고 들어선 하디자와 하자드는 일어나 있는 내 모습에 잠시 놀란 눈을 하더니 곧 환하게 미소 지어 보였다.

"드디어 깨어나셨군요. 다행입니다. 걱정 말라는 브렌 씨의 말은 들었지만 쉬이 일어나시지 않으셔서 저도 은근히 걱정했거든요."

"아하하, 제가 좀 오래 잤죠. 저희 집은 잠이 많은 게 유전(?)이거든요. 그런데 하디자님께서 여기까지 웬일이신가요?"

내 질문에 잠시 난처한 듯 하디자가 브렌을 바라보자 눈치 빠른 브렌은 웃으며 루와 이오에게 내가 깨어 있다는 것을 알리고, 간단한 요기거리를 가져오겠다며 나갔다.

그렇게 브렌이 나가자 의자에 앉아 있던 하디자는 뭔가 할 말이 있으나 하기 힘든지 한참을 망설였다. 끝내 긴 한숨과 함께 입을 연 하디자의 모습에 나는 황급히 손을 들어 그의 입을 막았다.

"저… 무슨 말씀을 하시려는지 대충은 저도 압니다. 하지만 하디자님의 가족 일은 제 일이 아닙니다. 그러니 제가 들을 이유가 없지요. 게다가 저도 곧 모두 잊어버릴 테니 신경 쓰지 않아도 됩니다. 다른 동료인 순달들과 같은 방법으로 저도 잊어버릴 생각이거든요."

내 말에 잠시 놀란 눈으로 나를 바라보던 하디자가 깊은 한숨을 내쉬며 고개를 끄덕였다.

"…고맙소. 난 정말 그 말밖에 할 말이 없군. 보답이라고 하면 자네가 비웃을 것 같지만 하르콘의 가격을 자네의 네이피아 상단에는 30퍼센트 싸게 팔겠네."

"이런, 정말 고맙군요. 보스(?)가 무척이나 기뻐할 겁니다. 그럼 할 말은 다 끝나셨나요? 실례인 건 알지만 제가 아직 피곤해서요."

환하게 웃으며 내가 축객령을 내리자 또다시 깊은 한숨을 내쉰 하디자는 고개를 끄덕이더니 천천히 몸을 일으켰다.

"아니야, 내가 미안하게 됐군. 막 일어난 사람에게……. 그럼 나는 이만 나가 보겠네. 푹 쉬도록 하게."

그 말을 끝으로 나가는 하디자에게 하디자님도 푹 쉬라는 안부의 인사말을 건넨 나는 자신의 주인인 하디자가 나갔음에도 나갈 기미를 보이지 않는 하자드를 바라보며 퉁명스럽게 말했다.

"당신은 안 나갈 건가요? 전 정말 쉬고 싶거든요."

"믿을지 안 믿을지 모르겠지만 그. 일.은. 아셈 혼자 벌인 일이야. 정말 하디자님은 모……."

내 요청에 다른 대답이 되돌아오자 단박에 잘라 버린 나는 진짜로 아픈 머리를 손으로 누르며 하자드를 노려보았다.

"저 정말 지쳤거든요. 그러니 한 말 두 번하게 만들지 말아주세요! 당신 주인의 가족사는 나와 아무 관계 없으니 듣고 싶지도 않아요! 게다가 브렌이 오면 당장 지워 버릴 생각이라구요! 자, 그럼 됐습니까! 그렇다면 이제 그만 나가주시겠어요?"

"알았어. 할 말이 끝나면 나갈 테니 그만 히스테리 부리지 그래? 노처녀도 아니고 왜 그리 히스테리… 알았어, 알았다구. 결론만 말하지. 브렌이란 엘프가 건넨 약초차(?)는 자네 생각이었다면서. 망각차라고

해야 하나? 아무튼 고마웠어. 덕분에 내 손으로 죽이지 않게 돼서 말이야. 정말 고마워."

'역시, 죽은 자는 말이 없다라는 방법을 쓰려던 것이었나. 징한 놈, 독한 놈! 내가 미리 브렌에게 부탁해 두길 정말 잘했군, 잘했어. 역시 나는 천재! 그런데 그들이라니…… 설마 거기에 나와 브렌들도 끼어 있었던 건가? 그렇다면 이놈, 진짜 나쁜 놈이잖아!!'

속으로 독한 놈, 징한 놈, 나쁜 놈이란 말을 퍼부어댔지만 겉으로는 웃으며 아직도 나갈 기미를 보이지 않는 하자드에게 강력한 사념을 담아 또다시 축객령을 내렸다.

"그 말 전해 드리지요. 그럼 안녕히… 제.발. 나가시길 빌겠습니다. 참! 그리고 저희가 갑자기 사라져도 걱정 마세요. 저흰 저희 집에 간 것일 테니까요."

"인사도 안 하고 갈 생각이야?"

"어차피 잊혀질 사람인데 인사가 뭐 그리 중요하겠습니까. 그래도 걱정하실지 모르니 쪽지는 남겨두겠습니다. 그럼 이제 그만 나가주실 까요?"

"잔인하군. 그렇지만 여러모로 고마웠어. 그리고 전해주는 김에 두 마족에게도 고맙다고 전해주겠어? 나오자마자 갑자기 떠나 버려 감사 인사도 못했거든. 아! 알았어, 알았다구. 이만 나갈게. 너 정말 잔인해. 알아? 아냐구!!"

"모릅니다. 그럼 잘 가세요."

세 번째 내려진 축객령을 더 이상 피할 수는 없는지 드디어 징한 하디자가 일어서서 나가자 나는 힘없이 침대에 풀썩 쓰러졌다.

구 일 동안의 숙면 덕에 어느 정도 체력과 마나는 돌아왔다고는 하나, 아직 한창기(?) 때의 파워와 체력이 돌아오지 않았는지 이 정도의 대화로 지쳐 버리고 말았다.

그렇게 잠시 누워 있었을까. 조용한 노크 소리와 함께 맛있는 냄새를 풍기며 쟁반을 든 브렌과 이오, 루가 환히 웃으며 들어오는 것이었다.

"아, 브렌 왔어요? 우왓! 땡큐. 맛있겠다. 어라, 루, 머리 잘랐네요. 귀여… 이런, 울지 말아요. 전 괜찮다구요."

다행이라며 울먹이는 루를 꼭 안아준 나는 브렌이 건네준 스프를 떠먹다가 오묘한 표정으로 문을 노려보고 있는 이오를 볼 수 있었다.

"어이, 오랜만에 봤건만 나를 안 보고 문을 바라보다니. 배신자!! 농담이고 왜? 문하고 원수졌냐?"

눈물까지 글썽이는 최고의 연기력을 보여주는 내 모습에 기가 찬 듯 이오는 흥! 콧방귀로 평가를 내리는 것이었다. 쬐만한 것이…….

"가관이로세, 가관. 무슨 놈의 드래곤이……. 으씨, 괜히 걱정했잖아."

"어머, 걱정해 줬어? 역시 이오는 의리가 있다니까!!"

"무슨 놈의 의리냐, 의리긴!! 내가 잠시 속은 거지. 그건 그렇고 우리의 새로운 영웅 씨께서 무슨 할 말이 그렇게 많다고 평범한 너를 그렇게 잡고 있었다냐."

"감히 나를 평범하다고 치부하다니… 그런데 영웅이라니? 무슨 소리야?"

"그게, 저희가 돌아오니까 영웅이 됐더라구요."

툴툴거리는 이오를 대신해 거기까지 설명하던 루가 갑자기 주위를 살피더니 작은 목소리로 속삭였다.

"아무래도 마계화 진행도… 마을을 덮치던(우리가 떠난 뒤 마을까지 마물이 내려왔다더군요) 다른 마물들도 그녀의 죽음으로 일제히 사라져서 그런 것 같아요. 게다가 유일하게 그 사카이나 사막에서 살아나온 존재가 케미트들이잖아요. 그들의 등장에 맞춰 일제히 마물도 사라지고 말이에요. 그러니 영웅을 좋아하는 인간들이……."

"잠깐, 끼어들어서 미안한데… 마물들은 카이넨들이 처리해 준 것 아냐?"

"맞아. 하지만 인간들은 인간만 영웅으로 만들잖아. 마족이 도와준 것을 봤어도 그걸 애써 잊어버리고 인간들이 한 일만 기억하고, 그걸 치장해 영웅화시키더라구. 그 모습이 너무 자연스러웠고 또 뻔뻔해서 놀랍더라."

"어이, 어이, 넌 반은 인간이잖아. 동족을 옹오해야지 그렇게 비난하면 쓰……. 아아아아아아!! 아프잖아!!"

빈정대는 이오의 모습에 순간 장난기가 솟은 내가 이오의 이마를 손가락으로 톡톡 치며 말하자, 발끈한 이오가 나의 머리를 움켜잡고(열 받았는지 되게 아팠다) 소리를 질렀다.

"아프다고 했다!! 난 엘프야!! 하프라 해도 마음은 완벽한 엘프라구! 그럼 너는 과거의 기억 때문에 너 자신을 인간이라 생각하는 거야?"

이오의 말에 나는 들었던 스푼을 내려놓고 빤히 이오를 쳐다보았다. 한참을 고민한 나는 곧 환하게 미소 지으며 고개를 저었다.

"아니지. 난 드래곤이야. 위대하고 고귀한 종족인 드래곤!! 인간 따위가 아니라구!! 알아들었냐, 오케이?"

내 말에 콧방귀를 뀌고 돌아서는 이오의 모습에 피식 웃던 나는 잠시 남아 있는 스프를 내려다보았다. 스프와 스푼을 번갈아 바라보던 나는 스푼을 내려놓고 접시째 들고 스프를 들이마셨다.

"우왁!! 뭐 하는 겁니까? 식사 예절을 잊어버리신 겁……."

그런 내 행동에 놀랐는지 말리는 루 앞에 손가락을 흔들어 보이며 나는 자신만만하게 소리쳤다.

"인간의 예절 따위는 내가 신경 쓸 필요없죠. 난 드래곤이라구요. 게다가 더 이상 여기 있고 싶지도 않구요. 대충 다 먹었으니 우리의 보금자리로 가자구요."

"하지만 아직 몸이……."

"괜찮아, 괜찮아. 할아버지께 데려가라고 연락할 거니까. 이런, 그렇다면 한동안 할아버지께 잡혀 있어야 할 텐데……. 에이, 이참에 우리 할아버지한테 갈래요?"

"에엣?"

"드… 드래… 읍!!"

내 의견에 놀랐는지 소리 지르는 루의 입을 황급히 틀어막은 나는 루의 귓가에 나직하게 속삭이듯 말했다.

"어이, 루, 여기서 그렇게 떠들면 안 되잖아요. 우리 목소리를 좀 줄이자구요."

고개를 끄덕이는 루의 모습에 손을 놓아준 나는 내 가슴을 찌르며 자신만만하게 말했다.

"구박할까 봐 그런 거라면 걱정하지 말아요. 제가 누굽니까. 드래곤계의 공주님 아닙니까. 나랑 같이 가면 괴롭힐 사람은 한 명도 없을 거예요. 게다가 이참에 루는 드래곤에게 마법을 배우는 게 어때요? 좋죠? 역시 루라니까. 브렌은… 당연히 따라온다구요? 역시 의리파 브렌이라니까. 땡큐!! 그럼, 이오 너는……."

눈을 반짝이며 쳐다보는 루와 당연히 가겠다는 브렌과 달리 이오는 심통에 찬 얼굴로 투덜거렸다.

"난 싫어. 친구들도 없……."

"그곳에는 드래곤 레어가 많이 모여 있어 희귀한 보석이 매우 많고 구경하기 좋은데. 아쉽네. 이오는 보석을 좋아하……."

"갈래. 보여줄 거지?"

루보다 더욱 눈을 반짝이며 쳐다보는 이오─이오는 보석이라면 굉장히 좋아했다. 드래곤인 나와 비슷할 정도로……─를 바라보며 나는 씨익 웃었다.

"보여주지. 그러지 말고 이오야, 나랑 같이 손 잡고 다른 드래곤 레어 털어볼래? 너희 엄마도 내 레어의 보물 창고─정확히 말하면 레어의 보물 창고가 아니지만─를 털었던 기억이 있는데. 좋다구? 오케이. 그럼 오늘 드래곤&엘프 도적단 창단한다!!"

무슨 소리냐며 놀라 만류하는 루와 브렌의 말을 가뿐히 넘기고(?) 몸을 일으킨 나는 냐하하하햐 웃으며 핸드폰을 꺼내 들었다. 역시나 열자마자 기다렸다는 듯이 두둥 나타나는 금빛 드래곤에게 내가 지을 수 있는 가장 환한 미소를 지어 보이며 소리쳤다.

"할아버지!!"

『파이널 드래곤』終

작가 후기

안녕하세요.

1권 작가의 말을 쓴 것이 엊그제 같은데 벌써 후기를 쓰게 됐네요. 세월 참 빠릅니다, 빨라요.

아하하하… 1권에 쓴 제 프로필로 인해 부모님께 웃음을 샀던(별명에서 부모님이 쓰러지시더군요. 너무하대요. 솔직한 게 좋지 않나요?) 것도 엊그제 같은데 말입니다.

처음에는 저 혼자 시작한 소설이 청어람의 도움으로 책이 되고, 책으로 나오면서 많은 도우미들(청어람 담당자 분과 파이널 드래곤 카페의 모든 분들)을 만난 끝에 이렇게 완결에 도달하게 되었습니다.

아하하하하! 왠지 기분이 이상하네요.

아직도 제가 쓴 소설이, 아니, 책이 나왔다는 것도 받아들여지지 않건만 벌써 완결이라니…….

정말 이 모든 것은 지금까지 제 책을 읽어주신 모든 분들의 덕분입니다.

다시 한 번 감사드립니다.

더 멋진 글, 멋진 소설로 만나뵙기 바라겠습니다.

그럼 다시 만나뵐 때까지 언제나 즐거운 생활, 행복한 생활이 되시길…….

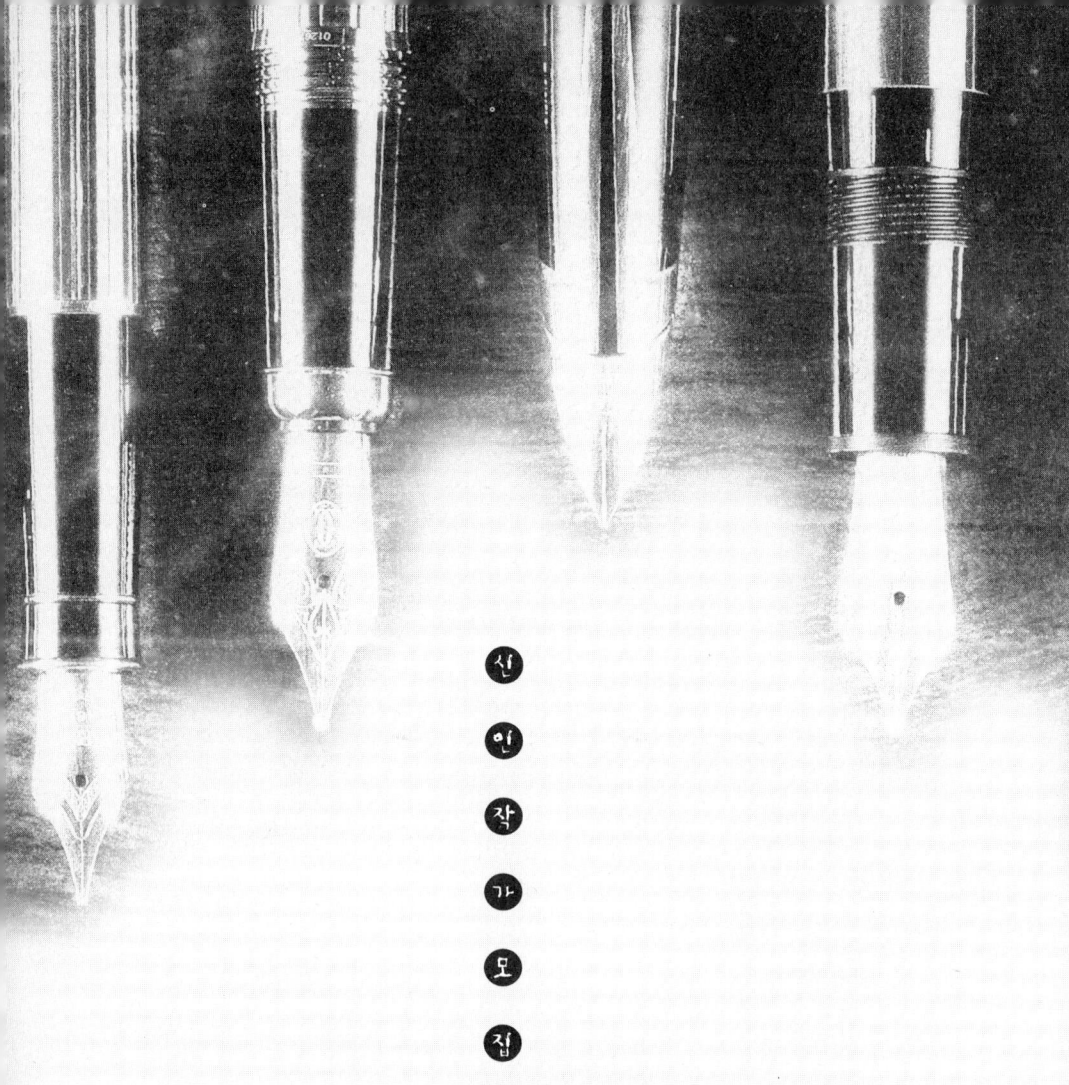

신 인 작 가 모 집

시작이 반이라고 했습니다.
작가의 길에 대한 보이지 않는 벽을 과감히 깨뜨리십시오!
청어람은 작가 지망생 여러분들의
멋진 방향타가 되어드리겠습니다.

저희 도서출판 청어람에서는
소설 신인 작가분들을 모집합니다.
판타지와 무협을 사랑하시는 분들의 많은 참여를 바랍니다.
소정의 원고(A4용지 150매)를 메일이나 우편으로 보내주시면
검토 후 출판 여부를 알려드리겠습니다.

주소:경기도 부천시 원미구 심곡1동 350-1 남성B/D 3F 우편번호420-011
TEL:032-656-4452 · **FAX**:032-656-4453
http://www.chungeoram.com
e-mail:chungeoram@chungeoram.com